Der Erzähler, ein junger Fotograf, unternimmt eine Autofahrt durch Frankreich in Begleitung seines amerikanischen Freundes Phillip Dean, der sich in Dijon in ein junges Mädchen verliebt. Ihr Name ist Anne-Marie, sie ist achtzehn und allein. In einer Mischung aus Voyeurismus, Eifersucht, Sympathie und schriftstellerischer Neugier versetzt sich der Erzähler ganz in Phillip hinein, schildert die unvergleichliche erotische Intensität zweier ungleicher Menschen. Dieser Roman war James Salters größter Erfolg. Seine sexuelle Offenheit und seine Sinnlichkeit stellen ihn, wie das *Time Magazine* schrieb, auf eine Stufe mit den großen Liebesromanen unseres Jahrhunderts.

James Salter, 1925 in Washington D.C. geboren und in New York aufgewachsen, diente zwölf Jahre als Kampfflieger in der US Air Force, bevor 1957 sein erster Roman *The Hunter* erschien. Seitdem lebt er als freier Schriftsteller in New York City und auf Long Island. Er gilt als moderner Klassiker der amerikanischen Literatur.

James Salter im Berlin Verlag:
Lichtjahre (978-3-8333-0351-7)
Letzte Nacht (978-3-8333-0416-3)
Dämmerung (978-3-8333-0519-1)
In der Wand (978-3-8333-0542-9)
Verbrannte Tage (978-3-8333-0595-5)
Alles, was ist (978-3-8270-1162-6)

James Salter

Ein Spiel und ein Zeitvertreib

Roman

Aus dem Englischen
von Beatrice Howeg

Berlin Verlag Taschenbuch

MIX
Papier aus verantwortungsvollen Quellen
FSC® C019821
www.fsc.org

Dezember 2013
Die Originalausgabe erschien 1967 unter dem Titel
A *Sport and a Pastime* bei Doubleday, New York

Umschlaggestaltung: ZERO Werbeagentur, München
unter Verwendung eines Bildes von
© Ken Kaminesky/CORBIS
Druck und Bindung: C. H. Beck, Nördlingen
Printed in Germany
ISBN 978-3-8333-0950-2

www.berlinverlag.de

»Bedenke aber, daß das Leben in dieser Welt
nichts ist als ein Spiel und ein Zeitvertreib …«

Koran, LVII 19

1 September. Es ist, als wollten diese strahlenden Tage nie enden. Die Stadt, die im August fast leer war, belebt sich jetzt wieder. Sie füllt sich. Die Restaurants, die Läden öffnen die Türen. Die Menschen kommen vom Lande zurück, vom Meer, von Fahrten auf verstopften Straßen. Im Bahnhof herrscht großes Gedränge. Da sind Kinder, Hunde, Familien mit alten Koffern, die von Stricken zusammengehalten werden. Ich bahne mir einen Weg hindurch. Es ist wie in einem Tunnel. Schließlich trete ich hinaus in die blendende Helligkeit des *quai*, über mir ein Dach aus Glaspaneelen, welches das Licht noch zu verstärken scheint.

Zu beiden Seiten zieht sich die lange Linie der Waggons dahin, dunkelgrün, die Farbe so alt, daß sie Blasen wirft. Ich gehe an ihnen entlang und lese die Nummern ab, erste und zweite Klasse. Es macht Spaß, all die kleinen Schilder mit den aufgeprägten Zahlen zu sehen. Es ist, als zählte man Geld. Für mich hat es etwas Luxuriöses, mich in die Hände jener zu begeben, die diese großen, schlafwandlerischen Züge kontrollieren. Durch das klare Fensterglas blicken Menschen heraus, leer und still wie Invaliden. Es ist nicht einfach, ein freies Abteil zu finden, überall sitzen schon Leute. Mein Gepäck wird schwer. Auf halbem Weg den Bahnsteig hinunter steige ich ein, gehe den Gang entlang und schiebe schließlich eine Tür auf. Niemand sieht auch nur auf. Ich hebe mein Gepäck in die Ablage und lasse mich auf einem Platz nieder. Stille. Es ist, als säßen wir im Wartezimmer eines Arztes. Ich blicke um mich. An den Wänden hängen Tourismusfotos, Landschaften aus der Bre-

tagne, der Provence. Mir gegenüber sitzt ein Mädchen mit Muttermalen an den Beinen, die die Farbe von Trauben haben. Mein Auge kehrt immer wieder zu ihnen zurück. Sie haben die Form der Kanalinseln.
Endlich setzen wir uns mit einem leisen Grunzen in Bewegung. Man hört das Ächzen des Metalls, das scharfe Zuschlagen von Türen. Ein angenehmes Ruckeln über den Weichen. Der Himmel ist bleich. Ein Franzose schläft in der Ecke, blaue Jacke, blaue Hose. Die Blautöne passen nicht zueinander. Hose und Jacke müssen von unterschiedlichen Anzügen stammen. Er trägt perlgraue Socken.
Bald schießen wir durch eine Gasse des Aufbruchs, die Häuser der Vorstadt zucken vorbei, gewöhnliche Straßen, Wohnungen, Gärten, Mauern. Das geheime Leben Frankreichs, in das man nie hineinkommt, das Leben von Fotoalben, Onkeln, Namen von Hunden, die gestorben sind. Und nach zehn Minuten liegt Paris hinter uns. Der Horizont aus sich zusammendrängenden Gebäuden verschwindet. Schon jetzt fühle ich mich frei.
Das grüne, bourgeoise Frankreich. Wir fahren mit enormer Geschwindigkeit. Wir überqueren Brücken mit einem abrupten trommelnden Stampfen. Das Land öffnet sich. Wir sind auf dem Weg in kleine Städte, in die niemand fährt. Weite weizenfarbene Strecken wechseln mit grünem flachem Land, still und fruchtbar. Die Bauernhäuser sind aus Stein. Die Weisheit von Generationen besagt, daß Land der einzig wahre Reichtum ist, ein Wissen, das sich nie selbst in Frage stellt, das sich nicht zu ändern braucht. Offenes Land, flach wie Sportplätze. Ein paar Baumgruppen.
Sie hat auch auf dem Gesicht Leberflecken, und ein Finger ist verbunden. Ich versuche mir vorzustellen, wo sie arbeitet – in einer *pâtisserie*, beschließe ich. Ja, ich kann sie hin-

ter Glasvitrinen mit Gebäck stehen sehen. Ja. Das wird es sein. Ihre Schuhe sind schwarz, ein wenig staubig. Und sehr spitz. Die Spitzen sind absurd. Billige Ringe an beiden Händen. Sie trägt einen schwarzen Pullover, einen schwarzen Rock. Sie ist dicklich. Mit zusammengezogenen Brauen liest sie die Liebesgeschichten im *Echo Mode*. Wir scheinen noch schneller zu werden.
Wir fliegen durch die Kleinstädte. Cesson, ein farbloser Bahnhof mit einer alten Uhr. Flüsse mit Schleppkähnen. Wir donnern durch einen Bahnhof, die Leute auf dem *quai* stehen still wie Kühe. Tunnel jetzt, die auf die Ohren drücken. Es ist, als mischte jemand ein riesiges Kartenspiel aus Bildern. Gleich kommt ein Zaubertrick. Ruhe, bitte. Sogar der Zug wird ein wenig langsamer, als gehorchte er. Das Mädchen mir gegenüber ist eingeschlafen. Sie hat einen schmalen Mund, die Winkel sind herabgezogen vom Gewicht eines bitteren Wissens. Ihr Gesicht ist der Sonne zugewandt. Sie rührt sich ein wenig. Ihre Hand rutscht herunter, legt sich auf ihren Bauch, ein Bild wie von Rubens. Jetzt öffnen sich plötzlich ihre Augen wieder. Sie sieht mich an. Dann guckt sie weg, aus dem Fenster. Nun hat sie beide Hände über dem Bauch gefaltet. Ihre Augen schließen sich wieder. Wir legen uns in die Kurven.
Kanäle, satt schimmernd wie Jade, ziehen unter uns vorbei, Kanäle, auf denen breite Schuten liegen. Das Wasser trägt eine grüne Algenschicht. Man könnte fast auf der Oberfläche schreiben.
Heufelder in langen, rechteckigen Mustern. Jetzt sind Hügel da draußen, keine sehr hohen. Pappeln. Leere Fußballfelder. Montereau – ein Junge wartet auf seinem Fahrrad neben dem Bahnhof. Kirchen mit Wetterfahnen. Kleine Bäche mit unter Bäumen festgemachten Ruderbooten. Sie

beginnt nach einer Zigarette zu suchen. Ich sehe, daß der Verschluß ihrer Handtasche kaputt ist. Wir fahren jetzt parallel zu einer Straße, wir sind schneller als die Autos. Sie scheinen zu zögern und treiben langsam davon. Die Sonne trifft mein Gesicht. Ich schlafe ein. Der schöne Stein der Feldbegrenzungen und Bauernhöfe geht ungesehen vorbei. Das Muster der Felder geht vorbei, einige hell wie Brot, andere meeresdunkel. Jetzt wird der Zug langsamer und beginnt sich mit einem gemessenen, würdevollen Rattern zu bewegen, wie eine Kutsche. Ich schlage die Augen auf. In der Ferne sehe ich das Skelettgrau einer Kathedrale, die blaue Kontur von Sens. Im Bahnhof, wo wir ein paar Minuten halten, laufen Reisende über die aufgebrochene Oberfläche des *quai*, man hört den Kies unter ihren Füßen. Trotzdem ist es seltsam still. Geflüster und Husten, wie bei einer Pause im Theater. Ich höre das Reißen von Papier, jemand macht eine Zigarettenpackung auf. Das Mädchen ist nicht mehr da. Sie hat ihr Gepäck genommen und ist ausgestiegen. Sens liegt in einer langen Kurve, und der Zug neigt sich. Reisende blicken gleichmütig aus offenen Fenstern.

Die Hügel rücken näher und ziehen neben uns her, während wir uns langsam von der Stadt entfernen. Die Fenster der Häuser stehen offen, um die warme Morgenluft hereinzulassen. Heu ist in der Form von Kästen, runden Haufen, Brotlaiben gestapelt. Über uns zieht plötzlich die Fußgängerbrücke zu einer Kirche vorbei. In ihren Mauern gibt es breite Risse, in denen Vögel nisten können. Ich werde diese Dorfstraßen entlangwandern, ich werde diesen schimmernden Bächen folgen.

Rosa, Umbra, Ocker, Sienabraun – das sind die Farben dieser Städte. Es gibt lange, ansteigende Weiden, die von Baum-

reihen begrenzt werden. St. Julien du Sault – das Hotel scheint ganz leer zu sein. Heuhocken sind jetzt zu sehen, herumliegende Heubündel. Große Quadrate von Mais. Cezy – der Bahnhof wirkt wie die Kulisse eines Theaterstücks, das schließen mußte. Pyramiden, Mansarden, Barrikaden aus Heu. Obstgärten. Kinder arbeiten in Gemüsegärten. JOIGNY steht in roten Lettern auf einem Schild.
Wir überqueren einen kleinen Fluß, die Yonne, als wir nach Laroche hineinfahren. Da gibt es ein Hotel, das Dach schwarz vor Alter. Blumen in den Kästen vor den Fenstern. Wir halten noch einmal. Hier steigt man um.
Neben verlassen wirkenden Gepäckkarren stehen wir schweigend herum. Ein Mann verkauft Sandwiches und Bier von einem Karren. Eine schwangere Frau geht vorbei und sieht mich kurz an, als sie auf meiner Höhe ist. Sonnengebräuntes Gesicht. Helle Augen. Ein heiterer Gesichtsausdruck. Mir kommt es so vor, als seien die Menschen, besonders die Frauen, wieder real geworden. Die eleganten Geschöpfe der Großstadt, der Boulevards, der Seebäder sind verschwunden. Ich erinnere mich kaum noch an sie. Dies hier ist eine andere Welt. Auf der anderen Seite der Gleise stehen Schuppen voller Fahrräder. Arbeiter in blauen Overalls sitzen in der Sonne auf Bänken, wartend.
Von hier an ist die Linie nicht mehr elektrifiziert. Der Zug ist langsamer. Wir passieren grüne Teiche, in die Bäume gestürzt sind. Bitter riechender Rauch treibt ab und zu in das Abteil, jener erstaunliche, ätzende Rauch, der sich in Stahl frißt und Bahnhöfe kohleschwarz färbt.
In einer Ecke sitzt ein stilles Mädchen, sie trägt einen Trenchcoat, sie hat glänzendes blondes Haar, und ihr Gesicht ist wie das eines Vogels, eines dieser harten kleinen

Gesichter, deren Knochen sich unter der Haut abzeichnen. Ein leidenschaftliches Gesicht. Das Gesicht eines Mädchens, das vielleicht in die Stadt ziehen wird. Sie hat große, dunkel umrandete Augen. Ein breiter Mund, wachsbleiche Lippen. Um ihren Hals liegt eine Kette aus Talmidiamanten. Mir scheint, daß ich auf einmal alles klarer sehe. Die Details einer ganzen Welt öffnen sich mir.

Der Himmel ist jetzt fast ganz wolkenbedeckt. Das Licht hat sich verändert, auch die Farben. In der Ferne wirken die Bäume blau. Die Felder werden trocken. Ich sehe Tunnel aus Heu, Moscheen, Kuppeln. Jedes Haus hat seinen Gemüsegarten. Die Straßen sind leer – ein Motorrad, ein Lastwagen, sonst nichts. Gereist wird woanders. Vor einem Haus hängen zwei Käfige, damit die Kanarienvögel frische Luft bekommen. Wir fahren an Ziegeln aus Heu vorbei, an Heufässern. Die Lokomotive scheint mühsam zu arbeiten. Der Säuregeruch des Rauchs kommt und geht. Die langen schrillen Pfeifsignale, die sich in der Weite verlieren, erfüllen mich mit Freude.

Sie hat einen Karamelbonbon aus ihrer Handtasche genommen. Sie wickelt ihn aus, steckt ihn sich in den Mund, um auf keinen Fall reden zu müssen. Ihre Finger spielen mit dem Papier, sie rollen es langsam zusammen, immer fester. Ihre Augen sind blaßblau. Sie können direkt durch einen hindurchblicken. Ihre Nase ist lang, aber feminin. Ich würde gerne ihre Zähne sehen.

Sie berührt das Haar, erst unter einem Ohr, dann unter dem anderen. Ihr Ehering scheint emailliert zu sein. Ein violetter Regenschirm ist an ihrem Koffer festgeschnallt. Der Griff ist goldfarben, nicht viel dicker als ein Bleistift. Sie trägt keinen Nagellack. Sie sitzt jetzt unbeweglich da und sieht aus dem Fenster, ihr Mund zu einem vagen Ausdruck von Resignation verzogen. Das kleine Mädchen, das mir gegenübersitzt, kann den Blick nicht von ihr wenden. Ich sehe auch hinaus. Wir sind jetzt bald da. Schließlich erscheinen in der Ferne gegen den graustreifigen Himmel die Umrisse einer Stadt. Ein einzelner hoher schlanker Turm, auffallend wie ein Monument: Autun. Ich hole mein Gepäck herunter. Mich überkommt ein plötzlicher Anflug von Nervosität, als ich es durch den Gang trage. Der ganze Gedanke, hierherzukommen, erscheint mir wie eine Phantasterei.

Nur zwei oder drei Leute steigen aus. Es ist noch nicht Mittag. An der Wand hängt eine große Uhr mit schwarzen Zeigern, von denen der eine jede halbe Minute ein wenig ruckt. Als ich losgehe, setzt sich der Zug in Bewegung. Irgendwie macht es mir Angst, daß er ohne mich weiterfährt. Der letzte Waggon rollt an mir vorbei. Er gibt den Blick auf leere Gleise frei, auf noch einen *quai*, auf dem sich keine Menschenseele befindet. Ja, ich kann es mir schon jetzt vorstellen: An gewissen Morgen, an gewissen Wintermorgen wird die Stadt dunstverhangen sein, und die Einzelheiten, die Gegenstände werden nur langsam aus dem Nebel heraustreten, während man auf sie zugeht. An den Nachmittagen wird die Sonne ihnen ihr kaltes, körperloses Licht aufdrücken. Ich gehe in das Bahnhofsgebäude hinein. Da ist ein Zeitungskiosk mit eisernen Läden. Er ist geschlossen. Eine große Waage. Fahrpläne an der Wand. Der Mann hinter der Scheibe des Fahrscheinschalters blickt nicht auf, als ich vorbeigehe.

Das Haus der Wheatlands liegt im alten Teil der Stadt, es wurde direkt an der römischen Stadtmauer errichtet. Zuerst geht man eine lange Allee entlang, dann stößt man auf den weiten Marktplatz. Eine Geschäftsstraße. Danach, nichts,

Häuser, eine Stille wie auf Utrillo-Gemälden. Schließlich die Place du Terreau. Da ist ein Brunnen, ein dreiseitiger Kleeblattbrunnen, aus dem Tauben trinken, und darüber erhebt sich wie ein großes an Land gezogenes Schiff die Kathedrale. Man kann nur den oberen Teil des Turmes sehen, mit den Schmuckkrabben an den Fugen, dieser wunderbare Turm, der auf den Mittelpunkt der Erde und zugleich in die Leere da draußen weist. Die Straße führt um die Kathedrale herum. Viele der Fenster sind zerbrochen. Die Bleirahmen, wie Diamanten geformt, sind leer und schwarz. Dreißig Meter weiter tritt man in eine schmale Sackgasse, ein *impasse*, wie man hier sagt, und da steht es.

Es ist ein großes Steinhaus, das Dach ist ein wenig eingesackt, die Simse sind abgenutzt. Ein riesiges Haus, die Fenster hoch wie Bäume, genauso wie ich es von den wenigen Tagen eines früheren Besuchs im Gedächtnis habe, als ich, auf dem Weg vom Bahnhof hierher, seltsam überzeugt war, in einer Stadt zu sein, die ich längst kannte. Die Straßen waren mir vertraut. Als wir damals das Tor erreichten, wußte ich bereits, daß ich wiederkommen würde, ein Gedanke, der mich den ganzen Rest des Sommers begleitete. Und jetzt bin ich hier, am Tor. Während ich es betrachte, sehe ich plötzlich zum ersten Mal die Buchstaben, die sich im schmiedeeisernen Laubwerk verbergen, eine Inschrift: VAINCRE OU MOURIR. Dem VAINCRE fehlt das C.

Autun, still wie ein Friedhof. Ziegeldächer, dunkel vom Moos. Das Amphitheater. Der große Platz in der Mitte der Stadt: der Champs de Mars. Jetzt, im Blau des Herbstes, taucht sie wieder auf, diese alte Stadt, im Provinzherbst, der einen im Mark berührt. Der Sommer ist vorbei. Der Garten welkt. Die Morgen werden kühl. Ich bin dreißig, ich bin vierunddreißig – die Jahre verdorren wie gefallene Blätter.

2 Diese blaue, träge Stadt. Ihre Katzen. Ihr bleicher Himmel. Der leere Morgenhimmel, ausgelaugt und rein. Ihre tiefen, gefurchten Straßen. Ihre engen Höfe, der schwache faulige Geruch in ihnen, Apfelsinenschalen liegen in den Ecken. Die unregelmäßigen Bordsteine, deren Kanten abgetreten sind. Eine Stadt von Ärzten, alle mit großen Häusern. Cousson. Proby. Gilot. Sogar die Straßen tragen ihre Namen. Torgänge führen durch die römische Stadtmauer. Die Porte de Breuil, deren Stahlgeländer in den Stein stößt wie die Steigeisen eines Alpinisten. Die Frauen kommen schwer atmend die Steigung herauf, man hört sie keuchen. Eine Stadt, in der es immer noch viele Fahrräder gibt. Am Morgen fließen sie leise an einem vorbei. In den Straßen liegt der Duft von frischem Brot.

Ich wache vor der Morgendämmerung auf, 05.45, die Glocken schlagen dreimal, weit weg und dann, einen Augenblick später, ganz in der Nähe. Die andächtigsten Momente meines Lebens habe ich nachts im Bett verbracht, während ich diesen Glocken zuhörte. Sie überfluten mich, ziehen mich aus mir selbst heraus. Ich weiß plötzlich, wo ich bin: ich bin Teil dieser Stadt und glücklich. Ich lehne mich aus dem Fenster und werde von der kühlen Luft gewaschen, Luft, die, so scheint es, noch niemand geatmet hat. Drei Jungen fahren auf Motorrädern vorbei, fast halten sie einander an Händen. Und dann beginnt das reine melancholische erste Blau des Morgens. Luft, in der man baden kann. Das elektrische Kreischen eines Zuges. Hohe Hacken auf dem Trottoir. Die ersten Vögel. Ich kann nicht schlafen. Ich stelle mich in Läden an, niemand beachtet mich. Die Mädchen gehen hinter den Ladentischen hin und her, Mädchen mit weißen Gesichtern, mit Knöcheln, die weiß wie Seife sind, mit abgetragenen Schuhen, die an den

Außenseiten nachgeben, ihre Kleider gucken unter dem weißen Kittel heraus. Sie haben kurze Fingernägel. Im Winter werden sich auf ihren Wangen rote Flecken ausbreiten.
»*Monsieur?*«
Sie warten darauf, daß ich etwas sage, und dann verschwindet natürlich alles. Sie wissen, daß ich Ausländer bin. Das macht mich ein wenig verlegen. Ich wünschte, ich könnte ohne die Spur eines Akzents sprechen – ich habe das Ohr dafür, ist mir versichert worden. Ich würde gerne alles verstehen, was im Radio gesagt wird, aber das ist unmöglich, ich möchte die Liedertexte verstehen. Ich wünschte, ich könnte ungesehen durch die Stadt gehen. Die kleine Glocke an der Innenseite der Ladentür klingelt, als ich hinaustrete, das ist alles.
Ich gehe zum Haus zurück, öffne das Tor und schließe es hinter mir wieder. Das Klicken ist ein angenehmes Geräusch. Der Kiesbelag, die Steine klein wie Erbsen, bewegt sich unter meinen Füßen, und ein leichter Staub steigt von ihm auf, das Parfüm der Stadt. Ich atme es ein. Ich lerne die Stadt allmählich kennen, die verschiedenen Viertel. Eine Geographie bevorzugter Straßen bildet sich in mir, während ich schlafe. Diese verwinkelte Stadt beginnt sich mir zu öffnen, Detail um Detail, Stein um Stein. Ich gehe am Flußufer entlang, zwischen zwei Brücken. Ich schlendere über den Friedhof, dessen weiße Steine wie Juwelen im letzten Licht schimmern. Es ist, als sähe ich mein Erbe, als schritte ich langsam durch Besitztümer, die eines Tages mir zufallen werden.
Dies sind Notizen zu Fotografien von Autun. Ich sollte sagen, sie waren anfangs Notizen und wurden dann zu etwas anderem, zu einer Beschreibung dessen, was ich als Ereignisse in meinem Leben verstehe. Sie waren eigentlich nur

für mich gedacht, aber ich verstecke sie nicht mehr. Die Zeiten sind vorbei.

Nichts, was hier steht, ist wahr. Ich habe Autun gesagt, aber es könnte genausogut Auxerre sein. Ich bin sicher, daß Sie das nach einer Weile verstehen werden. Ich schreibe nur solche Einzelheiten nieder, die in mich eintraten, Fragmente, die mir in Fleisch und Blut übergingen. Dies ist eine Geschichte von Dingen, die nie existiert haben, obwohl schon der kleinste Schatten eines Zweifels daran, die geringste Möglichkeit, alles in Dunkelheit stürzt. Ich hoffe nur, daß jeder, der dies liest, genauso resigniert ist wie ich. Es gibt schon genug Leidenschaft in der Welt. Alles bebt vor Leidenschaft. Nicht, daß ich glaubte, es sollte sie nicht geben, nein, nein, aber das hier ist nur ein schmaler spiegelnder Splitter, der auf irgendeine Weise immer wieder das Licht einfängt.

Cristina Wheatland – davor Cristina Cabaniss und geborene Cristina Poore – hat ein kühles Gesicht, ein wenig knochig, und große graue Augen. Ihr Vater war Botschafter. Sie führten ein glanzvolles Leben. Sie besuchte Schulen in Argentinien, Griechenland, auf den Philippinen, überall. Ich erinnere mich nicht genau, wie Billy sie traf, nur, daß sie dreiundzwanzig war und daß sie sich auf der Stelle ineinander verliebten. Sie ließ sich gerade scheiden. Er war der Mann, den sie gleich hätte heiraten sollen. Er wußte genau, wie man mit ihr umgehen mußte. Er ist der einzige Mann, der ihr das Gefühl gibt, eine wirkliche Frau zu sein.

»Nicht wahr, Liebling?« sagt sie.

»Aber genau, Bummy.«

Er nimmt Eiswürfel aus einem silbernen Kühler, er scheint sie sorgsam auszusuchen, und er redet, während er uns den Rücken zuwendet. Sie sitzt auf der anderen Seite des Zimmers, die Beine unter sich gezogen. Paris. Es ist drei Uhr morgens. Ihre Tochter, die Bediensteten, das ganze Haus, alles schläft. Sie beugt sich vor, damit ich ihr die Zigarette anzünden kann, und läßt sich dann zurückfallen, sie scheint in den weichen Kissen zu schweben. Sie kann nicht mehr in Amerika leben, sagt sie. Das ist das einzige, was sie stört. Sie war vor kurzem da. Es ist einfach nichts für sie. Es fängt schon damit an, daß sie nicht Auto fahren kann. Billy gibt ihr den Drink. Sie gibt ihn zurück.

»Süßer«, sagt sie. »Ich wollte nur einen halben.«

Er geht noch einmal zur anderen Stirnseite des langen Raums. Ich sehe, daß er ein neues Glas nimmt. An seinen Bewegungen ist etwas geheimnisvoll Langsames, es ist fast so, als ginge er alles vorher in Gedanken durch.

Aber er bewegt sich mit der Grazie eines Traums. Billy Wheatland – er war an der Uni in der Eishockeymannschaft einer der besten Stürmer, die sie je hatten, heißt es immer, und ständig von Freunden umgeben. Man sah ihn nie allein. Er stand vor einem Spiegel, kämmte sich das schwarze, noch von der Dusche feuchte Haar. Wenn er lächelte, leuchtete eine heroische kleine Narbe auf seiner Lippe auf.

Er kommt mit dem zweiten Drink zu uns zurück und reicht ihn ihr wortlos.

»Ich liebe dich«, sagt sie.

Er setzt sich und schlägt die Beine übereinander. Er trägt teure Schuhe. Cristina fährt mit den Fingern die Innenseite ihrer einfachen Perlenkette entlang, herauf und wieder herunter.

An mich gewandt, sagt Billy: »Na ja, du weißt ja, es ist sehr ruhig da unten. Ich meine, es ist eine sehr kleine Stadt. Du bist da gewesen, aber ich glaube nicht, daß dir das wirklich klar ist.«

Sie reden darüber, wem sie schreiben können, um mich anzukündigen. Ich sitze da und höre zu und empfinde eine leichte Aufregung, wie ein Kind, in dessen Gegenwart ein Jahr in einem Internat diskutiert wird.
»Das Wasser ist abgestellt«, sagt er. »Ich weiß nicht mal, wie man es anstellt. Wir haben da einen Verwalter, der das alles macht. Wir sind im Winter nie da gewesen.«
Aber ein Brief wird auch das regeln, oder er kann anrufen. Es ist alles vorbereitet. Ich kann runterfahren, wann immer ich möchte. Cristina beginnt sich mit ihm zu unterhalten. Ich höre kaum hin. Eine Vorstellung, von der ich nicht sprechen konnte, erfüllte mich mit ihrem Licht. Ich dachte an die zehntausend berühmten Fotografien, die Atget von einem Paris machte, das nun verschwunden ist, jene großen, stummen Bilder, überschwemmt vom Braun des Goldchlorid – an die dachte ich und an ihren Urheber, der jeden Tag vor der Morgendämmerung draußen gewesen war und nach und nach die Stadt an sich brachte, sie denen stahl, die in ihr lebten – hier einen Baum, da eine Ladenfront, einen unsterblichen Brunnen.
Ich sah die Ruhe, die Behutsamkeit vieler konzentrierter Stunden, in denen sich diese Stadt, meine Stadt, mir darbot, ihrem einzigen Fremden, Tag um Tag. Das Ganze war natürlich sehr impulsiv. Ich erzählte keiner Seele, was ich vorhatte, diese Ideen können sich so leicht in nichts auflösen. Ich ging nicht weiter, als mir den Moment vorzustellen, an dem ich die Aufnahmen zum ersten Mal jemandem vorlegte. Der Morgen in einer New Yorker Galerie. Die Abzüge werden einer nach dem anderen in die Hand genommen. Asche fällt weich auf den Tisch. Eine Hand wischt sie geistesabwesend beiseite. Gefallen sie Ihnen? Ich stehe da, noch umgeben von der Aura Europas. Sogar meine Klei-

dung stammt von dort. Ich warte auf die Antwort. Diese Bilder können Sie berühmt machen, sagt er schließlich. Mir schwindelt. Einen Augenblick lang erlaube ich mir, daran zu glauben.

»Wie viele Einwohner hat Autun?«

Billy weiß es nicht. Er wendet sich an sie.

»Es ist sehr klein«, sagt Cristina.

»Fünfzehntausend«, schätzt er.

»So klein kann es nicht sein«, sage ich. »Es müssen mehr sein.«

»Es ist klein«, warnt er. »Glaub mir.«

Geliebte Stadt. Ich sehe sie in jedem Wetter, das Sonnenlicht fällt in ihre Straßen wie Bruchstücke aus Porzellan, die stillen Abende, der Viadukt blau im Regen. Und als wir zurückkommen – das ist viel später –, sehen wir lange offene Abschnitte mit Feldern zu beiden Seiten, und wir fliegen eine Gasse aus Bäumen hinunter, die Stämme weiß gekalkt. Die Straßen von Frankreich. Restaurants und Friedhöfe. Schwarze Bäume und Regenschleier. Die Tachonadel zeigt auf einhundertvierzig. Die Achsen knacken wie Holz.

Das Grand Hotel Saint-Louis. Der kleine Innenhof mit seinen Tischen und Metallstühlen. Die Läden der inneren Zimmer sind gegen eine Wand dicken Efeus aufgestoßen. Eisengirlanden sind darin verschwunden, vergessene Balkone. Oben, ein Teil des Himmels von Autun, kalt, bewölkt. Es ist später Nachmittag – das Grün zittert, die kleinsten Triebe gehen auf und nieder, schwanken. Diese durchdringende Kälte Frankreichs spürt man hier, die Kälte, die alles berührt, die zu früh kommt. Drinnen, unter der *coupole*, werden die Tische für das Abendessen gedeckt. Die Lampen in den fabelhaften Glasvitrinen, in denen der

Reichtum dieser alten Stadt dargeboten wird, brennen schon. Da gibt es Uhren in Lederfutteralen, Suppenterrinen, Seidentücher. Ich blicke weiter. Parfüm. Bücher über mittelalterliche Bildhauerei. Halsketten. Unterwäsche. Das Glas trägt dünne Messingbänder an den Rändern, wie bei einem Schiff, und es ist oben geschwungen – eine Kuppel aus farbigen Fragmenten, Sechsecken, bunte Bienenkörbe. Und dahinter gleiten die Kellner in weißen Jacken hin und her.

Kleine, freudlose Stadt mit ihren Cafés und ihrem weiten Platz. Neue Wohnblocks entstehen am Stadtrand. In Straßen, die ich nie gesehen habe. Es gibt zwei Kinos, das Rex und das Vox. In den Brunnen fällt das Wasser. Alte Frauen führen ihre Hunde aus. Es ist Morgen. Ich lese *Die Illustrierte Geschichte Frankreichs*. Ein dichter Nebel hat den Garten in ein Weiß gekleidet, das alles verbirgt. Es ist absolut still. Ich bemerke das Verstreichen der Zeit kaum. Als ich das Haus verlasse, beginnt die Sonne gerade, sich durch den Nebel zu bohren. Der Turm der Kathedrale ist schwarz. Die Tauben grummeln. Um diese Zeit hat man immer das Bedürfnis, mit jemandem zu sprechen, ich kann dem nicht entkommen. Ich gehe unter der langen, mürrischen Flanke der Kathedrale entlang und beginne dann, in die Stadt hinunterzusteigen. Ich kenne alle Straßen. Place d'Hallencourt. Rue St. Pancrace, die Kurven hat wie eine Frau. Ich kenne die schönen Häuser. Und natürlich kenne ich inzwischen ein paar Leute. Das Ehepaar Job – sie ist, glaube ich, die dünnste Frau, die ich je gesehen habe. Die Kellnerin im Café Foy. Madame Picquet. Was das angeht – ich muß Wheatland nach ihr fragen.

3 Der Aufzug erhebt sich flüsternd zu einem prächtigen Apartment über der Avenue Foch. Die Zimmer sind voller Menschen, einige von ihnen in festlicher Abendkleidung. Die Beneduces haben ein kleines Diner gegeben. Alle anderen waren eingeladen, nach dem Essen vorbeizukommen. Zwei Kellner in weißen Jacken bieten Kaffee an. Ich stehe in der Nähe des Fensters. Unten, durch die dunklen und noch duftenden Bäume, treibt der Verkehr auf Scheinwerferlicht vorbei. Paris kommt mir jetzt erstaunlich vor, es ist mir fast ein wenig zuviel. Ich bin auf seltsame Weise treu, ich stelle fest, daß ich das dürftige Leben in der Provinz verteidige, als wäre es etwas Besonderes. Es ist nicht wie das Leben in Paris, sage ich, das genau so ist wie das Leben auf einem großen Passagierschiff. Ein Land entdeckt man in den kleinen Städten, in der Erfahrung der Alltäglichkeit.

»Da ist Anna Soren«, flüstert Billy.

Sie war einmal eine berühmte Schauspielerin, ich erkenne sie wieder. Die Ruine eines großen Stars. Schmale Lippen. Das Gesicht einer überzeugten Trinkerin. Sie schiebt sich ständig mit beiden Händen das Haar hoch und läßt es dann wieder fallen. Sie lacht, aber man hört keinen Laut. Es ist alles Schweigen – sie ist aus lauter Gestern gemacht. Er zeigt mir Evan Smith, dessen Frau eine Whitney ist. Es sind Mädchen da, die in den Modehäusern arbeiten, in Verlagen. Man trifft hier eine gewisse Art von Leuten, Leute mit Geld und Geschmack.

»Aber sicher.«

»Da ist Bernard Pajot.«

Pajot ist Schriftsteller, klein, das Gesicht einer Putte mit Schnurrbart, enorm dick. Sein Lebensstil ist berühmt. Er steht erst abends auf, er schläft den ganzen Tag. Er ernährt

sich von Kartoffeln und Kaviar, und von sehr viel Wodka. Er sieht nicht nur so aus, sagt man, er *ist* Balzac.
»Schreibt er wie Balzac?«
»Es ist schon anstrengend genug, so auszusehen«, gesteht Beneduce zu.
Ich höre Bernard Pajot reden. Seine Stimme ist tief und auf angenehme Weise heiser. Er raucht eine dünne schwarze Zigarre.
»Gestern abend habe ich mit Tolstoi gegessen ...«, sagt er. Hinter ihm liegen Stapel schöner Bücher auf Glasregalen. Sie werden von unten angestrahlt wie eine historische Fassade.
»... wir haben über Dinge geredet, die es nicht mehr gibt.«
Beneduce ist Journalist, Bürochef einer Zeitung. Glattes dunkelblondes Haar, das er ein wenig zu lang trägt, blaue Augen, ein untrügliches Wissen. Er besitzt die ruhige Respektlosigkeit, die man sich nur aneignet, wenn man die Größen unserer Zeit aus der Nähe beobachtet. Und er kennt jeden. Der Raum ist von einem erstaunlichen Sprachgewirr erfüllt. Leute aus der Schweiz sind da, Leute aus Mexiko. Seine Frau ist ein Luchs. Sie sitzt auf der anderen Seite, aber selbst über die Breite des Raumes hinweg setzt sich ihre Selbstsicherheit, ihr langsames Lächeln durch. Sie ist mit Cristina befreundet, ich kenne sie von Nachmittagen auf dem Boulevard. Ich sehe, wie sie ein Café verläßt. Sie trägt am liebsten Twin Sets aus weicher Wolle, ihre Brüste bewegen sich unter dem Stoff, aber ich glaube nicht, daß sie andere Männer trifft. Ihr Mann ist zu gefährlich. Er könnte die anderen zerstören. Er weiß genau, wie man so was macht.
Sie unterhält sich mit Billy. Er ist sehr elegant, sehr schlank. Sein Haar, sehe ich, wird an den Seiten grau. Al-

les andere ist zu Gold geworden, das keusche Gold der Manschettenknöpfe, ein goldenes feinmaschiges Uhrenarmband, ein goldenes Cartierfeuerzeug. Ich weiß nicht, worüber sie reden, über nichts, ich bin sicher, daß sie über nichts reden, weil ich selber tausend Gespräche mit ihm gehabt habe, aber sie bleibt dort, er hat ihre Aufmerksamkeit, Billy, dem Cristina in jenen frühen Tagen manchmal zuflüsterte, sie wolle die Party verlassen, um ein wenig Bum-bum zu machen. Er hat diese weißliche Narbe auf der Unterlippe. Das Auge wandert unweigerlich dahin. Er gibt ihr Feuer. Sie neigt den Kopf ein wenig. Dann richtet sie ihn wieder auf. Sie reden weiter. Mir fällt auf, daß sie nie wirklich still ist. Sie scheint sich unter dem Blick eines Mannes immer leicht, fast unmerklich zu räkeln.

Ich schlendere fort, in ruhigere Bereiche der Wohnung, die sehr groß ist. Hier hallt nichts mehr von den Decken wider, die Stimmen verlieren sich. Es ist, als beträte ich einen älteren, konventionelleren Haushalt. Das Eßzimmer ist dunkel und leer. Der Tisch ist noch so, wie er war, nicht abgeräumt. Das Tischtuch liegt noch darauf, die Stühle stehen durcheinandergerückt da. Glasteller tragen noch einen Rest Brie und Birnenhälften, die schon braun werden. Vor den Fenstern gibt es eine Zone von hohen Zimmerpflanzen, ein Wintergarten, durch den der Lärm der Straße nicht dringt und in dem sich bei Tag das Licht bricht. Es ist ein Zimmer, in dem ich mir die Stille eines entspannten Morgens vorstellen kann, das leise Umblättern der Seiten des *Figaro*, den Maria Beneduce durchsieht, der Seiten des *Herald Tribune*. Sie trägt eine kurze geblümte Morgenjacke. Sie trinkt schwarzen Kaffee, den sie mit einem winzigen Löffel umrührt. Ihr Gesicht ist natürlich und ungeschminkt. Ihre Beine sind bloß. Sie ist wie eine Schauspielerin hinter der Büh-

ne. Ich liebe diesen Moment der Gewöhnlichkeit, diese Pause zwischen den glanzvollen Auftritten ihres Lebens.
Plötzlich ist jemand hinter mir.
»Hab ich dich erschreckt?« sagt Cristina lächelnd.
»Was? Nein.«
»Du hast aber einen ganz schönen Satz gemacht«, sagt sie. »Komm mal mit, ich möchte dich mit jemandem bekanntmachen.«
Eine Freundin aus Bristol in Tennessee, erklärt sie, während sie mich zurückführt. Nein, ich werde sie mögen, sie ist sehr witzig. Sie ist mit einem schwerreichen Franzosen verheiratet. Sie stellt Blumen in die Bidets. Ihn macht das wütend. Ich habe schon jetzt keine Lust mehr, sie zu treffen.
Es kommen immer noch neue Leute, obwohl es schon so spät ist, sie kommen von anderen Diners, aus dem Theater. Beneduce führt ein sehr gutaussehendes Trio herein, einen Mann und zwei unglaublich schöne Frauen in Wildlederstiefeln und betont eng gegürteten Jacken. Mutter und Tochter, sagt Cristina zu mir. Er heiratet sie beide, erklärt sie. An der Bar verfolgt Anna Soren die Unterhaltung um sie herum mit einem unsicheren, durchsichtigen Lächeln. Sie scheint nicht immer genau zu wissen, wer gerade redet. Sie sieht die falsche Person an. Ihre geklebten Wimpern lösen sich ab.
»Weißt du was?« sagt Cristina. »Du bist der einzige von Billys Freunden, den ich wirklich mag.«
Sie freut mich, aber sie verstört mich auch, diese Bemerkung. Ich weiß nicht genau, was sie meint, ich habe nur das Gefühl, daß es fatale Konsequenzen haben wird. Ich habe keine Lust zu antworten, ich will nicht einmal den Anschein wecken, daß ich sie verstanden habe.

»Das sind alles Analphabeten«, sagt sie zu mir.
Eine Frau kommt durch die Menge auf uns zu.
»Isabel!« ruft Cristina aus. Isabel ist ihre Freundin.
Man kann sie nur bewundernd beschreiben. Isabel ist vierzig, und sie trägt ein schönes schwarzes Chanelkostüm mit silbernen Knöpfen und dazu eine weiße Bluse mit Rüschen. An ihrem Finger ist ein Ring mit einem großen Diamanten, einem vollkommen runden Stein, der jeden Lichtsplitter auffängt, und ihr Lächeln ist so blendend wie ihre Aufmachung. Sie hat einen jungen Mann bei sich, den sie vorstellt.
»Phillip …« Ihre Hand flattert hoffnungslos in der Luft, sie hat seinen Nachnamen vergessen.
»… Dean«, murmelt er.
»Mein Gedächtnis, wirklich schlimm«, sagt sie gedehnt. »Jemand sagt mir seinen Namen, und schon hab ich ihn wieder vergessen.«
Sie lacht hoch und laut, ein Lachen vom Lande.
»Jetzt nehmen Sie sich das nicht zu Herzen«, sagt sie zu ihm. »Sie sind das Bestaussehende, was die Party hier zu bieten hat, aber ich würde den Namen des Präsidenten vergessen, wenn ich ihn nicht schon wüßte.«
Sie lacht und lacht. Phillip Dean sagt nichts. Ich beneide ihn um dieses Schweigen, das für ihn irgendwie nicht abträglich zu sein scheint, das auf seltsame Weise sogar schön ist, wie eine Loyalität, die wir nicht teilen.
»Er kommt gerade aus Spanien«, sagt sie. »Stimmt doch, oder?«
»Spanien!« sagt Cristina.
Sein Gesicht scheint es zu beweisen. Er ist noch ein wenig braungebrannt, eine Reise im offenen Wagen.
»Ich liebe Spanien«, sagt Cristina.
»Sind Sie schon mal dagewesen?«

»Oh«, sagt sie. »Oft.«
»Barcelona?«
»Ich liebe Barcelona.«
»Und Madrid …«
»Eine wunderbare Stadt.«
»Wir sind jeden Tag in den Prado gegangen«, sagt er.
»Ich liebe den Prado.«
»Was ist das?« sagt Isabel.
»Das Museum.«
»Das Museum?« sagt sie. »Natürlich, das ist wundervoll. Ich hatte nur vergessen, daß es so heißt.«
»Es ist der Prado«, sagt er.
»Natürlich. Jetzt erinnere ich mich.«
»Was haben Sie in Spanien gemacht?« fragt Cristina.
»Ich bin gereist«, sagt er.
»Ganz allein?«
Bilder eines jungen Mannes in den rötlichbraunen Städten des späten Nachmittags. Valencia. Bäume säumen die großen Avenidas. Sevilla bei Nacht, der Geruch von Staub, der sich gelegt hat, der Duft des Oleanders, voll und grün. Vor dem großen Hotel spritzen zwei Livrierte den Gehsteig mit einem Wasserschlauch ab.
»Nein, ich war mit meinem Vater da«, sagt er.
Plötzlich mag ich ihn. Cristina kann die Augen nicht von ihm abwenden. Sie fragt ihn, wann er geboren ist, und es stellt sich heraus, daß er Schütze ist, ein sehr gutes Sternzeichen.
»Wirklich?«
»Zumindest eines der besten für mich«, sagt sie. »Skorpion ist das schlimmste.«
»Ich bin Waage«, sagt Isabel und lacht auf. »Stimmt doch, oder?«

Dean hat einen kleinen geraden Mund und weit auseinanderstehende intelligente Augen. Sein Haar ist hell und trocken vom Sommer. Ich denke an Schulklassenhelden, Jungen von der Ostküste, Anführer, Fußballspieler, die so schlank wie Mädchen sind.
»Sie haben ein interessantes Gesicht«, sagt Cristina. Sie ist plötzlich voller Unternehmungslust. »Wissen Sie, ich würde Sie gerne malen.«
Isabel lacht. Der Abend hat gerade erst begonnen.
Um drei Uhr morgens – Cristina geht nie schlafen, wenn sie trinkt – wandern wir durch das Gewirr von Les Halles. Die Luft ist zu dieser Stunde frostig, der Lärm scheint in ihr zu hallen. Die Arbeiter blicken beim unverkennbaren Laut hoher Absätze von ihren Kisten auf. Isabel redet. Cristina redet. Sie zeigen auf alles. Wir folgen ihnen gedankenlos durch die großen Barrikaden aus Früchten und Gemüse, an leeren Bars vorbei, durch die Karren und Lastwagen. Schließlich erreichen wir die lauten, eisernen Galerien, wo das Fleisch verarbeitet wird. Es ist, als stieße man in der Dunkelheit auf eine Fabrik. Die großen Lampen unter der Decke sind blendend hell. Der Geruch des Gemetzels ist allgegenwärtig, selbst das Metall verströmt einen intensiveren Duft als alle Blumen. Auf dem Gehsteig stehen Schubkarren voller abgetrennter Köpfe. Es ist eine Szene wie aus Franju und dem berühmten Film, der buchstäblich vor Blut dampft. Wir starren auf die stummen Opfer herunter. Da sind Dutzende von ihnen. Die Mäuler sind rosa, die Nüstern noch feucht. Abgewetzte, aber rasiermesserscharfe Klingen haben sie aufgeschnitten und gehäutet, während die Augen noch flatterten, die riesigen, beredten Augen junger Kälber. Die blutigen Arme des Arbeiters skizzieren blitzschnell die Schnitte. Wo immer sie sich hinbewegen, teilt sich das Fell

wie durch Zauber, die warmen Innereien stürzen heraus. Alles wird sofort zerlegt. Ein Tier, das ihnen vor zwei Minuten zugeführt wurde, ist jetzt verschwunden. Cristina zieht ihren weißen Mantel um sich wie eine Gräfin.

»Ich werde Alpträume kriegen«, sagt sie.

»Soll das heißen, daß wir wirklich irgendwann schlafen gehen?« fragt Billy.

»Laß uns zu diesem Schweinerestaurant gehen«, sagt Isabel. »Du weißt doch, wo das ist, Süßer. Ist das nicht hier in der Nähe?«

»Es ist nur ein Stück die Straße runter«, sagt Billy.

Wir brauchen zehn Minuten, um es zu finden. Es ist natürlich überfüllt, wie immer zu dieser Zeit. Taxis warten mit Standlicht auf der Straße. Überall parken Autos. Touristen kommen hierher, Hochzeitsgesellschaften, Leute, die in den Cabarets gewesen sind, andere, die wachgeblieben sind, um den berühmten Markt zu besuchen. Er soll an den Stadtrand verlegt werden, es wird ihn hier nicht mehr lange geben.

Irgendwie kriegen wir einen Tisch, Billy reibt sich die Hände. Ein köstlicher Duft von kräftiger, gratinierter Suppe liegt in der Luft. Sie ist eine Spezialität des Restaurants. Cristina will keine Suppe, sie will Wein.

»Das ist nicht gut für dich, das weißt du doch«, sagt Billy zu ihr. Sie hat Gelbsucht gehabt, sie hat vier Monate im Bett gelegen. »Warum ißt du nicht lieber etwas Suppe?«

»Iß du Suppe«, sagt sie.

»Bummy ...«

»Was?«

»Ich bestell eine für dich.«

»Mach das ruhig«, sagt sie. Sie wendet sich um und schenkt uns ein strahlendes Lächeln.

Die Leute drängeln sich. Die Kellner haben Mühe durchzukommen. Sie scheinen nichts zu hören, oder es hat keine Wirkung auf sie. Die Gäste vervielfältigen sich wie in einem Traum. Unglaubliche Gesichter auf allen Seiten, Algerier, knochig wie Füße, eine Karikatur von einem Amerikaner, das Rosa von Franzosen. Isabel lacht und lacht. Sie schlägt die Hand vor den Mund und wiegt sich ein wenig vor und zurück. Sie erzählt von einem Streit, der anfing, als ihr Mann und sie die Koffer für eine Reise packten. Er schrie sie auf französisch an.

»Du tust jetzt, was ich sage«, sagte er.

»Das werde ich nicht.« Sie spielt ein wütendes Aufstampfen vor.

»Hör auf, hier rumzutrampeln.«

»Nein.« Sie lacht und lacht.

Natürlich betet er sie an, ich weiß, daß sie mir das gleich erzählen werden.

»Heirate niemals einen Franzosen«, sagt sie. Dann lacht sie.

»Lebst du in Paris?« fragt Dean mich.

»Wie bitte?«

»Lebst du in Paris?« sagt er.

Isabel erzählt von der Familie ihres Mannes. Sie kann sie alle nicht mehr ertragen. Das einzige, wofür sie sich interessieren, ist ihr Enkelkind, sagt sie.

Ich erkläre ihm, daß ich im Haus der Wheatlands wohne. In einer kleinen Stadt.

»Kennst du Dijon?«

»Ja.«

»Es ist in der Nähe von Dijon.«

»Mitten in Frankreich«, sagt er.

»Im Herzen von Frankreich. Es ist eine kleine Stadt, aber es hat seine Qualitäten. Ich meine, es ist keine reiche Stadt, nicht prächtig. Nur alt und schön.«

»Wie heißt sie?«

»Ich glaub kaum, daß du den Namen schon mal gehört hast. Autun.«

»Autun«, sagt er. Dann: »Es klingt wie das wahre Frankreich.«

»Es ist das wahre Frankreich.«

»Er ist verrückt«, sagt Billy warnend.

Es ist fast fünf Uhr morgens, als wir Isabel nach Hause bringen. Wir sind nur noch zu viert, Dean ist fort. Ich bin erschöpft. Ich habe das Gefühl, vor einer seelischen Krise zu stehen.

Die Straßen sind vollkommen verlassen. Der Himmel beginnt sich aufzuhellen. Wir halten vor einem Gebäude an der Avenue Montaigne, Billy bringt Isabel an ihre Haustür. Ich bleibe mit Cristina im Wagen, wir lehnen beide den Kopf an das Polster, ich schließe die Augen.

»Er ist ein netter Junge«, sagt sie. »Wünschtest du nicht auch, du wärst noch mal so jung?«

»So alt bin ich noch gar nicht.«

»Baby ...«, sagt sie beschwichtigend.

»Ich fühl mich nur so.«

»Nein, du siehst noch sehr jung aus. Wirklich. Du könntest als Student durchgehen.«

»Vielen Dank.«

»Wie warst du, als du jung warst?« sagt sie schläfrig.

»Das ist zu lange her.«

»Nein, sag mal, wie warst du?«

»Ich war das Idol meiner Generation.«

Ich höre, wie sie den Kopf bewegt.

»Wußtest du das nicht?« sage ich.

Die Tür geht auf, es ist Billy. Er sinkt in den Sitz. Wir fahren weiter.

»Laß uns noch irgendwo was trinken«, sagt Cristina.
Er schweigt.
»Billy?«
»Willst du wirklich?«
»Wo können wir hin?«
»Ins Calvados«, sagt er.
»Ja«, sagt sie. »Laß uns da hin.«

4 Höfe mit rostigen Toren empfangen mich, als ich zurückkehre. Ummauerte Räume. Hohe Wände, deren Sockel zu bröckeln beginnen. Die Bäume stehen breit und fest auf der Place d'Hallencourt. Das Pflaster unter ihnen besteht aus roten Ziegeln. Adern aus Moos ziehen sich über den Gehsteig. Wenn man in die Stadt hinuntergeht, blühen die Straßen auf. Rue Dufraigne. Faubourg St. Blaise, ein schönes Haus hier, ein kleiner Balkon mit schmiedeeiserner Brüstung, riesige Gärten. Die Bäume ergießen sich über die Mauer und spenden auch dem öffentlichen Gehsteig Schatten. Die Türen wirken fest und sicher.
Ein weiteres großes Haus steht in der Rue de la Grille. Wundervoller verblichener Backstein, die Türen, Fenster, alle Hauptlinien des Gebäudes sind in weißen Stein gefaßt. Eine Kiesauffahrt. Hohe Eisentore. Ich komme am Morgen an dem Haus vorbei, als ein Mädchen in einem rosa Kittel die Fensterläden Zimmer um Zimmer öffnet. Gehört einem Arzt, nehme ich an. Sie sind alle Ärzte hier. *Vétérinaires. Yeux, nez, gorge, oreilles*. Sie verbarrikadieren sich in den festesten Häusern der Stadt, in den größten, die Straßen dominierenden Häusern. Die Griffe und Klingeln werden

jeden Tag poliert. Die Schilder schimmern immer in Hochglanz.
Fußballplakate hängen in den Fenstern billiger Cafés. Autun gegen Charolles. Autun gegen Chagny. Niemand scheint sie zu beachten. Ein paar Männer spielen Domino; sie sehen aus wie Nordafrikaner. Die Fabriken unten am Fuß der Stadt liegen still. Die alten sind längst aufgegeben worden, Gerbereien mit hohen Schornsteinen, die nie rauchen, die Fenster dunkel. Dahinter liegt ruhig der Fluß.
Vier Uhr nachmittags. Die Bäume an der Straße fangen mit den oberen Ästen das letzte volle Licht ein. Aus dem Stadion hört man keinen Laut, ein paar Fahrräder lehnen an seiner Außenwand. Ich lese das Plakat noch einmal und gehe dann hinein und zur Tribüne hinüber, die fast ganz leer ist. Weit weg gleiten die Spieler über das weiche Gras. Man hört keine Rufe, keine Stimmen, nur den schwachen dumpfen Aufprall, wenn einer der Spieler schießt.
Es ist die Leere, die mich anzieht, die blauen Dimensionen dieses Lebens. Jenseits des Platzes erstrecken sich die Felder, so weit man blicken kann, die Bäume der Landschaft. Über uns der Himmel der Provinz, ein paar Wolken. Ab und zu bricht die Sonne durch, vage wie ein Lächeln. Ich sitze alleine da. Ein paar Jungen drehen sich nach mir um, sonst passiert nichts. Es gibt keine Anzeigetafel. Das Spiel treibt hin und her. Es scheint endlos zu sein. Jemand schickt einen kleinen Jungen auf die anderen Seite, um den Ball wieder zu holen, falls er dort ins Aus geht. Ich sehe zu, wie er langsam um das Feld trabt. Er läuft hinter dem Tor vorbei. Dann geht er. Er scheint völlig gedankenverloren zu sein. Schließlich kommt er drüben an, steht klein und einsam an der Außenlinie. Nach einer Weile sehe ich, daß er Steinchen herumkickt.

Ich bin im Zentrum der Leere. Und deshalb erscheint mir jede Handlung reiner, leichter zu definieren. Die Laute trennen sich klar voneinander. Jede Einzelheit tritt hervor. Ich setze mich ins Café St. Louis. Es wirkt wie ein altes Klassenzimmer. Der Lack der geschwungenen Stuhllehnen ist stumpf geworden. Der Fußboden hat jeden Glanz verloren. Es ist ein einziger großer vergilbender Raum mit riesigen Spiegeln an der Wand, die in Größe und Position Fenstern entsprechen, großzügig, zum Teil blind. Zur Straße hin besteht die Wand aus Glastüren. Wohin man auch blickt, man kann hinaussehen. Es wird Billard gespielt. Ich höre zu, ohne hinzusehen. Das leise Klicken der Kugeln ist wie ein Konzert. Die Spieler stehen um den Tisch herum und unterhalten sich mit heiseren Stimmen. Der volle Duft ihrer Zigaretten ... Tagsüber kommen sie nie. Im Morgenlicht sieht dieses Café ganz anders aus. Schal. Der Billardtisch wirkt weniger dunkel. Das Holz zieht sich an den Ecken auseinander. Er ist ziemlich alt, mindestens hundert Jahre, schätze ich, wenn man sich die reichverzierten Beine ansieht. Unter dem blaßgrünen Tuch, das über dem Tisch liegt, wenn nicht gespielt wird, ist der Filz abgeschabt wie die Ärmel eines alten Anzugs.

»*Monsieur?*«

Es ist die alte Frau, die das Café führt. Ein Gebiß, die Zähne weiß wie Knöpfe. Hat vorher wahrscheinlich ihrem Mann gehört. Ich höre es leise in ihrem Mund klappern.

»*Monsieur?*« sagt sie noch einmal.

Später, gegen neun, gehe ich in das Hotel, wo in der Bar Musik gemacht wird und zumindest immer irgend jemand ist, einige Paare, die dort an den Tischen herumsitzen. Auch die drei oder vier Vertreter der örtlichen *jeunesse dorée* sind hier, sie räkeln sich auf den Sofas. Ich habe sie schon öfter gesehen. Einer von ihnen ist ein Engel, zumindest ein gefallener. Er hat ein schönes Gesicht. Weiches dunkles Haar. Ein Mund wie eine faulende Frucht. Nichts kann sie amüsieren – sie schweigen, bis jemand geht, und fallen dann mit kurzen schneidenden Bemerkungen über ihn her, auflachend, manchmal rufen sie dem Barmann etwas zu. Ansonsten sitzen sie gelangweilt herum und üben die Gesten der Verachtung ein. Der Engel ist hochgewachsener als die anderen. Er trägt einen teuren Anzug, die Krawatte ist nachlässig geknotet. Manchmal ein Pullover. Ich habe ihn auf der Straße gesehen. Er muß ungefähr siebzehn sein, und im Tageslicht wirkt er weniger gefährlich, nur ein schwacher Schüler oder ein Junge, der schon jetzt einen schlechten Ruf hat. Sicher verführt er Mädchen. Vielleicht behauptet er sogar, es sei einfach, Frauen seien leicht rumzukriegen. Wenn man etwas wirklich glaubt, wird es wahr, sagt man. Ein kalter Schauer überläuft mich. Ich sehe in ihm eine Selbstsicherheit, die ohne Vorbild auskommt, die einfach da ist, intakt. Sie nährt sich von ihrer eigenen Reflexion. Er sieht sich prüfend im Spiegel an, wenn er sich das Haar kämmt. Er betrachtet lange seine Zähne. Das Zimmermädchen hat sich von ihm ausziehen lassen. Sie haßt ihn, aber sie kann sich ihm nicht entziehen. Ich versuche mir vorzustellen, was er gesagt hat. Er hat einen Instinkt dafür. Er ist dazu da, sie zu jagen, die Schwachen unter ihnen aufzustöbern. Ich weiß nicht, was er empfindet – die Lust des Mörders.

Ich versuche, ihn nachzuahmen, nur für diesen Abend. Als ich nach Hause gehe, sehe ich mein Bild auf dem Glas verdunkelter Ladenfenster dahintreiben. Ich bleibe stehen und gucke mir Kleidung an. Es ist, als käme ich aus einem Film. Ich habe meine Identität abgelegt. Ich laufe frei herum, ohne mein altes Ich, bis ich jemanden treffe, der mich kennt. Und jetzt stelle ich mir vor, es ist ein sehr klares Bild, Claude Picquet zu begegnen. Einen Augenblick lang glaube ich wirklich, daß dies gleich geschehen wird, daß ich sie tatsächlich an der nächsten Ecke sehen und, durch die Cognacs selbstbewußt geworden, ganz natürlich mit ihr reden werde. Wir gehen zusammen weiter. Ich beobachte sie genau, während sie mir etwas erzählt. Es ist mir klar, daß sie an mir interessiert ist, ich umkreise sie wie ein Haifisch. Plötzlich bin ich mir ganz sicher: sie wird es sein. Ja, ich weiß es. Ich werde sie treffen. Natürlich bin ich ein wenig betrunken, ein wenig übermütig und in einer wohligen Verfassung, die mich glauben läßt, daß ich zu ihrem Liebhaber bestimmt bin und mit vollkommener Leichtigkeit in ihr Leben eintreten werde. Ich habe sie schon oft auf der Straße gesehen, sage ich ihr. Ja? Sie tut so, als überrasche sie das. Kennen Sie die Wheatlands, frage ich. Die Wheatlands? Monsieur und Madame Wheatland, sage ich. Ah, *oui*. Also, sage ich, ich wohne in ihrem Haus. Was dann? Ich weiß es nicht – es wird leicht sein, wenn ich erst mal wirklich mit ihr rede. Ich will, daß sie mich dort besucht, natürlich. Ich möchte die Tür hinter ihr zufallen hören. Sie steht am Fenster. Sie hat keine Angst, mir den Rücken zuzuwenden, mich nahe an sie herantreten zu lassen. Ich werde sie nur leicht am Arm berühren … Claude … Sie sieht mich an und lächelt.

Morgen mit Wolken. Windige Morgen. Morgen mit schwarzem Wind, der wie Wasser heranbraust. Die Bäume schütteln sich, die Fenster knarren wie ein Schiff. Es wird regnen. Nach einiger Zeit erscheinen die ersten stillen Tropfen auf dem Glas. Langsam werden es mehr, sie bedecken die Scheibe, beginnen herunterzulaufen. Ganz Autun liegt unter dem kühlen Morgenregen, feuchte Streifen erscheinen auf den Skulpturen der römischen Tore, dann werden sie dunkel vor Nässe, die Schieferdächer glänzen jetzt, auch die Steine auf dem Friedhof und die Brücken über den Arroux. Ab und zu kommt der Wind in Böen zurück, der Regen fällt schräg, schlägt an die Fensterscheiben wie Sand. Regen fällt überall, auf alle Alleen und Fabriken, auf die alten Schönheiten der Stadt. Regen auf dem Tafelglas der Librairie Lucotte, Regen auf Les Arcades, auf den Cygne de Montjeu. Ein langer gleichmäßiger Regen, der mich zufrieden stimmt.

5 Er kommt am späten Nachmittag an. Es ist die erste Woche im Oktober, und das Wetter ist mild gewesen – ein prachtvoller alter Wagen, der über jeden Zeitgeschmack erhaben ist, hält vor dem Tor, und darin sitzt Phillip Dean. Das ist natürlich eine vollkommene Überraschung, und vielleicht zeige ich das.

»Hör mal, ich hoffe, ich stör nicht«, sagt er fast schüchtern.

»Nein, überhaupt nicht.«

»Ich hab mir gedacht, ich fahr einfach mal runter.«

»Nein, ich freu mich, daß du da bist.« Etwas dümmlich füge ich einen Moment später hinzu: »Ist das dein Wagen?«

Er besteht darauf, daß ich ihn bewundere. Ein offener Wagen, der flach und dunkel von der Fahrt in der Dämmerung steht. Wir gehen um ihn herum, bleiben vor dem Kühler stehen. Da ist die emaillierte Markenbezeichnung in blauen Lettern: Delage.

»Oh, das ist eine berühmte Marke. Ich dachte, die sind pleite.«

»Sind sie auch«, sagt er. »Das ist ein 52er.«
Wir umkreisen ihn noch einmal langsam.
»Ich hab mich sofort in ihn verliebt«, sagt er.
Es *ist* ein wunderschöner Wagen. Dean folgt mir und zeigt auf besondere Details. Die Scheinwerfer sind groß wie Waschschüsseln.
»Ich hab ihn erst vier Tage.«
Er gehört einem Freund, der ihn nicht oft genug fahren kann. Dean benutzt ihn nur.
»Wollen wir ein Stück fahren?« fragt er. »Komm, wir fahren ein bißchen rum. Du mußt auf der anderen Seite einsteigen.«
Ein kühler Oktoberabend. Die Sitze sind kalt und riechen nach Leder. Die Türen schließen mit einem satten, eindeutigen Laut. Er schiebt den Zündschlüssel hinein und läßt den Motor an. All die Nadeln zucken.
»Er fährt sich wie ein Traum«, sagt er. »Schnell wie der Wind.«
»Das kann ich mir vorstellen.«
»Nein wirklich, der ist schnell.«
»Wie schnell?«
»Das weiß ich noch nicht«, sagt er. »Ich taste mich langsam heran.«
Wir fahren die gewundenen, geheimnisvollen Straßen hinunter. Die Fensterläden der Stadt sind geschlossen. Leute kommen von der Arbeit nach Hause, einige auf Fahrrädern, die meisten gehen zu Fuß. Ich sehe die Blässe ihrer Gesichter, als sie sich umwenden, um den Wagen anzusehen. Er hat Pariser Nummernschilder. Sie wissen natürlich nicht, wem er gehört.
Wir überqueren den Platz und fahren die lange offene Straße zum Bahnhof hinunter. Fahrräder schwimmen ne-

ben uns, ihre schwachen Lampen flimmern über der Straße. Die Linie der dunklen Bäume zieht sich den ganzen Weg entlang und führt dann in einer Kurve zu dem Platz vor dem Bahnhof. Die Hotels stehen ihm gegenüber, der Busbahnhof an der Längsseite. Die Kabine, in der man Paßfotos machen kann, ist erleuchtet. Vier Fotos für einen Franc. Zwei Taxis warten. Die Fahrer – einer ist eine dicke Frau mit Brille – sind in der Hotelbar, eingehüllt in den vertrauten Duft von Tabak und Wein. Bis der Zug kommt, gibt es für sie nichts zu tun.
Wir halten einen Moment und blicken zurück auf die Stadt. In einem Wagen zu sitzen, macht alles sehr privilegiert. Die Luft ist melancholisch und dunkel. Leute gehen vorbei, auf dem Weg zu einer Erledigung. Hinter uns fließt der Fluß.
Es wird kalt in dem Wagen. Als wir zurückfahren, frage ich ihn, ob er eine Heizung hat.
»Die funktioniert nicht«, sagt er, »aber ich glaub, ich kann sie in Ordnung bringen.«
Wir halten vor dem Foy, und er öffnet die Kühlerhaube.
»Guck dir das an«, verkündet er.
Es ist ein Gewirr aus Schläuchen und Leitungen.
»Ich hab früher Motorräder repariert«, sagt er. »Das hier ist natürlich ...«
»... ein anderer Schwierigkeitsgrad.«
»Man muß sich vorstellen, das sind drei Motorräder«, sagt er. »Dann wird alles einfach.«
Er berührt die Schläuche, sucht nach dem, der zum Heizaggregat führt.
»Kannst du den finden?«
»Irgendwann schon«, sagt er und richtet sich auf.
Wir gehen in das Café. Es hat Nischen mit Sitzbänken an

beiden Seiten und in der Mitte eine Tischreihe. Eine kleine Bar. Ein kleiner Tanzboden. Weiter hinten spielen ein paar Männer Karten. Ansonsten ist es leer. Die Gäste kommen später und sitzen in weißem Schweigen vor dem Fernseher. Wir nehmen eine Nische am Eingang. Dean hat sich entschlossen, über Nacht hierzubleiben. Ich habe ihm gesagt, daß das ganze Haus leer ist.
»Ich werd morgen ein bißchen rumfahren«, sagt er. »Ich würde mir gern die Umgebung angucken.«
Durch die Tür sehe ich Leute, die den Delage bewundern.
»Dein Wagen ist eine ziemliche Sensation.«
»In Paris«, sagt er, »haben sie gedacht, daß ich mindestens ein Herzog bin. Vor den Hotels haben die Türsteher immer die Tür aufgerissen, weißt du. Verbeugung. *Bonjour Monsieur*. Ich habe knapp genickt.«
»Du hast nichts gesagt?«
»Ein paar Worte auf spanisch«, sagt er bescheiden. »Kriegt man hier was zu essen?«
»Hast du Hunger?«
»Ein wenig. Aber ich kann warten.«
»Wir essen im Hotel.«
Nach einer Pause sagt er: »Also, ich habe nicht so viel Geld bei mir ...«
»Keine Sorge.«
»Ich erwarte einen Scheck«, sagt er. »Der müßte eigentlich jeden Tag kommen.«
»Mach dir darüber keine Sorgen«, versichere ich ihm.
»Kennst du viele Leute hier in der Stadt?« fragt er.
»Ach, ein paar«, sage ich. »Es ist sehr ruhig hier.«
»Ruhig«, sagt er. Er scheint zu überlegen. »Also, ich meine, wie ruhig?«
»Es ist ruhig«, sage ich ihm. »Willst du noch einen?«

Wir gehen etwa um acht ins Hotel. Der Speisesaal ist hell erleuchtet, er erscheint mir noch strahlender als gewöhnlich. Vielleicht hat das mit meiner Stimmung zu tun. Dies ist schließlich ein Ereignis, ich habe so lange allein gegessen. Wir sehen in die Speisekarten. Unsere Köpfe neigen sich ein wenig, um die Dinge genau anzusehen. Die leisen, beruhigenden Laute des Essens umgeben uns. In der Mitte des Saals steht ein Tisch mit einer Schale glänzender Früchte. Daneben ein Tablett mit Käse: *bleu de Bresse*, schwer und fett, kräftig riechend; *roquefort*, geädert wie Marmor; die kleinen eingewickelten *chèvres; gruyère* … Und jetzt bemerke ich zum ersten Mal, daß in der Nähe der Tür eine Gruppe sitzt, bei der auch Mme. Picquet und ihre kleine Tochter sind. Sie unterhalten sich lebhaft. Ich weiß nicht, wer die anderen sind. Sie sind ältere Leute. Vielleicht Verwandte. Wie auch immer, ich habe ein wenig über sie herausgefunden. Sie ist geschieden. Ihr Mann hat sich in eine andere Frau verliebt. Claude war vielleicht zu voll für ihn, zu üppig. Sie trägt immer sehr sorgfältiges Make-up, ihr Haar ist frisch frisiert und in die Stirn gelegt. Sie hat Armbänder an beiden Handgelenken. Große Ringe, einen trägt sie am linken Zeigefinger. Den trägt sie sogar, wenn sie Schreibmaschine schreibt. Ich schätze sie auf achtundzwanzig oder neunundzwanzig. Wenn ich sie vor mir gehen sehe, wird mir schwach. Ein trippelnder, weiblicher Gang. Volle Hüften. Eine schmale Taille. Ihre Beine sind ein wenig dünn. Ich sehe sie im Hôtel de Ville, wo sie arbeitet. Sie lehnt sich über die Schreibmaschine, um etwas zu korrigieren. Ein Streifen Weiß zeigt sich manchmal, wo ihr Pullover sich über den Brüsten öffnet. Meine Augen kehren immer wieder in kurzen, hilflosen Blicken dahin zurück.

Die Scheidung war sehr teuer, hat sie mir erzählt. Mir fiel der Schönheitsfleck auf ihrem Wangenknochen auf. Sie hat vierhundert Dollar gekostet, sagte sie, vierhundert für sie und vierhundert für ihren Mann, und außerdem mußte sie ihm fast alle Möbel überlassen, diesem verschwundenen Gatten, der Brillenvertreter war und viel reisen mußte. Sie macht eine kleine resignierte Geste.
Ihre Tochter sitzt neben ihr, aufmerksam, zurückhaltend. Sie ist acht Jahre und hat schon die wundervoll langsamen Bewegungen ihrer Mutter. Ein sehr hübsches Kind. Sie ißt mit einer Gabel, die zu groß für sie ist. Ab und zu sieht sie zu Claude auf.
Dean hat einen gesunden Appetit, aber nach dem zweiten Glas Wein fallen ihm manchmal Dinge von der Gabel. Er ißt sie ganz selbstverständlich direkt vom Tischtuch. Wir haben *quenelles* bestellt, vom Flußhecht, *quenelles de brochet*. Er fragt mich immer wieder, wie sie heißen.
Sein Französisch ist schon besser geworden. Der Kellner tut natürlich so, als verstehe er ihn nicht. Dean ist das egal.
»Die sind alle so«, sagt er. »*Quenelles*. Das ist doch richtig? Was hast du gesagt?«
Die langen, gelassenen Stunden des Abends. Der Wagen steht vor der Tür, wo das Licht des Eingangs auf ihn fällt. Leute bleiben stehen, um ihn anzusehen. Der Winter kommt bald. Teller werden lautlos weggenommen, der Geruch des Essens liegt noch in der Luft. Die unsterbliche Prozession eines französischen Mahls. Wir haben die Flasche Wein ausgetrunken. Dean schenkt sich Perrier ein. Er ist durstig wie ein Pferd, sagt er.
»Sie sagen immer, man soll Wein trinken, das ist das sicherste.«
»Ich weiß, aber ich trink das Wasser.«

»Ich auch, überall«, sagt er. »Weißt du, wo es das sauberste Wasser auf der Welt gibt?«

»Nein.«

»Im Swimmingpool von Yale«, sagt er. Seine Stimme wird leiser. »Zumindest haben sie uns das erzählt.«

»Wann hast du deinen Abschluß gemacht?«

»Gar nicht«, sagt er. »Ich hab abgebrochen.«

»Ach ja?«

Er beschreibt es beiläufig, ohne sich herabzulassen, irgend etwas zu erklären, aber das Gewicht dieser Tat überwältigt mich. Wenn ich zu seiner Zeit auf der Uni gewesen wäre, hätte ich ihn hemmungslos bewundert. Er wäre für mich der Rebell gewesen und, wenn ich den Mut gehabt hätte, mein Vorbild. Statt dessen machte ich alles, wie es sich gehörte. Ich bekam gute Noten. Ich ging mit meinen Büchern pfleglich um. Ich trug die richtige Kleidung. Jetzt, da ich ihn vor mir sehe, bin ich überzeugt, daß ich viel verpaßt habe. Ich beneide ihn. Sein Leben erscheint mir ehrlicher als meines, stärker, es scheint meines sogar anzuziehen wie die Gravitation eines dunklen Sterns.

Er hat das Studium abgebrochen. Es war zu leicht für ihn, hat seine Schwester mir gesagt, und deshalb lehnte er es ab. Er war immer sehr begabt in Mathematik. Er hatte ein Stipendium. Er wußte, daß er überragend war. Einmal schrieb er die Abschlußklausur in einem Anthropologiekurs, den er gar nicht besucht hatte. Er vermerkte das oben auf der ersten Seite. Seine Arbeit war so brillant, daß der Professor sich in ihn verliebte. Dean war natürlich enttäuscht. Das bewies nur, wie lächerlich alles war. Die Universität hatte ihm schon in seinem ersten Jahr ein paar Wochen freigegeben, jetzt bat er um ein Freisemester. Er ging zu einem Psychiater. Er verbrachte einige Zeit mit Freunden in New

York und entwickelte einen eigenen Lebensstil. Ein ganzes Jahr blieb er weg, aber die Universität war sehr verständnisvoll. Dann ging er zurück und machte noch ein Jahr, aber schließlich brach er das Studium ganz ab. Dann begann er, sich selbst zu erziehen.

6 Dean am Waschbecken, er rasiert sich. Wie er da mit bloßem Oberkörper steht, erscheint er mir sehr dünn. Er hat knochige Schultern. Ich versuche, mir Details auszumalen. Schmale weiße Füße. Ich versuche, ihn real zu machen, den Liebling der Freunde seines Vaters. Er besuchte sie in ihren Häusern. Er fuhr ihre Autos.
Das Bad ist riesig. Vor einem bis zum Boden gehenden Fenster steht ein niedriges Regal mit Cristinas Flaschen, viele von ihnen haben einen farbigen Inhalt, Badeessenzen, Eau de Toilette, Tabletten. Die Rasierklinge schabt wie beim Barbier, kurze gleichmäßige Züge und dann eine Pause. Er säubert sie ab und zu mit einem kurzen kräftigen Wasserstrahl. Er hat keinen starken Bartwuchs. Er ist vor allem am Kinn. Im anschließenden Zimmer sitze ich schon ganz angekleidet und warte auf ihn. Er sieht sich eilig im Spiegel an. »Du bist schon fertig?« fragt er unschuldig.
Diese ersten frühen Wochen, über denen der kalte europäische Himmel lag – es kommt mir jetzt so vor, als hätte es diese Wochen nie gegeben. Was später geschah, löschte sie aus, löschte auch die Erinnerung an sie aus. Im Oktober fuhren wir – ich entnehme das einer Liste – nach Châlon-sur-Seine, nach Beaune, Dijon (dreimal) und sogar nach Nancy.

Über die Kämme westlicher Hügel gleiten wir unter einem leuchtenden, wechselnden Himmel von Wolken und Sonnenschein in die Stadt hinunter, die Straße windet sich in scharfen, uneinsehbaren Serpentinen. Und dann diese geraden Fahrten durch Viertel, von denen ich nichts wußte, direkt zu dem vollkommenen Platz, der der Stadt ein Siegel aufzudrücken scheint. Nancy. Wie sollte ich das wissen? Straßen, die mir später so heilig wurden wie die meiner Kindheit. Boulevard Georges Clemenceau. Wir fahren an ihm vorbei und sind fort.

Es ist Samstag. Die Straßen sind voll. Männer rösten Kastanien an den Ecken. Wir sitzen im Café du Commerce am Fenster. Vier Uhr nachmittags. Der blaue Himmel Frankreichs füllt sich mit Wolken. Die letzten Wochen des Jahres liegen vor uns, die Kälte kommt – man spürt es jeden Tag. Dean liest im Führer. Ich blicke aus dem Fenster. Autos fahren langsam wie Ochsen um den Platz. Gelegentlich kommt ein Jaguar oder ein Mercedes vorbei, einer dieser großen, geisterhaften Wagen, und manchmal sieht man ein schönes Gesicht hinter der Scheibe. Die Auslagen der Läden sind gedrängt voll von Schuhen, Goldschmuck, Stoffen, wunderbarem Käse.

Ich sehe es jetzt in der Dämmerung vor mir, wenn das Licht wie Kreide ist und dann von zartestem Blau. Die Straßen sind vollkommen still. Die gewaltigen *portes* stehen leer da – Place Carnot mit ihrem langen Regiment aus Bäumen. Ich ziehe durch diese Stadt wie ein Schlafwandler. In der Bar de la Division de Fer steigt der blaue Zigarettenrauch auf, der Duft der Erinnerungen. Die Avenue du XXe Corps. Die Veteranen sitzen zusammengekauert in ihren Pullovern da, in ihren blauen Jacken, umgeben von den Überresten eines Ruhms, der nun erschöpft ist, verblichen, die weiße Hand

des Schimmels liegt auf ihm, ein feuchter Geruch über allem. Die Dämmerung tritt in die breiten Fenster des Cafés. Sie gehen allein nach Hause, am Kanal entlang, ihre Schuhe schlurfen auf dem grauen Pflaster.
Herbstnächte. Wir schlendern durch die frühe Dunkelheit, beschließen, wo wir essen werden, und fahren in den ersten Schneeschauern nach Hause, warm eingepackt, unser Atem Dampf in dem alten Delage. Die Heizung geht immer noch nicht. Schneeflocken strömen den Scheinwerfern entgegen, platzen auf dem Glas der Windschutzscheibe. Das Getriebe mahlt vor sich hin. In einer Kurve geraten wir wild ins Schleudern.
»Mann, paß auf, Dean«, sagt er.
Ein Fluß aus Schnee ergießt sich auf die Straße, wird zur Seite geweht, verändert plötzlich die Richtung, schießt vor uns her. Wir fahren langsamer. Der Schnee schlägt uns weiß entgegen, geräuschlos. Wir sind verloren in einem wirbelnden Weiß, in der tiefen Stimme des Motors.
»Hast du das Schild gesehen? Was stand da drauf?«
»Langres, glaub ich.«
»Langres«, sagt er.
»Ja, wir sind richtig.«
Es dauert Stunden. Schon lange sind wir keinem anderen Wagen mehr begegnet. Wir segeln über Straßen, die so verlassen sind wie die Steppe. Die Dörfer sind dunkel.
Als wir Autun schließlich erreichen, halten wir vor dem Foy. Es ist ein gutes Gefühl, hineinzugehen, drinnen zu sein. Das Holz des Fußbodens ist angenehm unter den Füßen. Wir setzen uns in eine der Nischen. Ein paar Pärchen sitzen an den Tischen. Es ist alles sehr gemütlich. Die Kellnerin bringt uns Tee. Sie ist ein Mädchen vom Lande, das hier an den Wochenenden arbeitet, ich habe sie schon vorher gesehen.

Sie trägt einen Rollkragenpullover, einen schwarzen Rock und einen fest zusammengezogenen Gürtel, der ihren Körper in zwei erotische Zonen teilt. Hinter der Bar spielt leise ein Radio. Draußen fällt der Schnee, er bedeckt den Wagen wie eine Heldenstatue und füllt die Reifenspuren auf, die bis dahin führen, wo er geparkt ist. Dean sieht ihr zu, während sie die Dinge von ihrem Tablett nimmt und sie auf dem Tisch verteilt: Tassen, Untertassen, die silberne Teekanne. Seine Augen folgen ihr, als sie fortgeht.

»Sie mag dich«, sage ich ihm.

Sein Blick zuckt zu mir herüber. Er zögert.

»Wie kommst du darauf?«

»Na ja, das sieht man«, sage ich.

Er sieht mich an, dann wandert sein Blick wieder zu ihr. Sie lehnt an der Bar, beachtet uns nicht. Dean lächelt, müde und einsam.

»Doch, bestimmt«, sage ich ihm.

»Ja, ich weiß. Sie träumt seit Wochen von mir«, sagt er.

7 Madame Job, leidenschaftlich dünn, knochig wie ein Junge, findet, daß Dean wie ein Schauspieler aussieht: Eddie Constantine. Als ich ihm das erzähle, sagt er: »Wie wer?«

Ich erkläre ihm, daß es jemand ist, der in billigen Filmen spielt.

»Ich hab von dem noch nie gehört«, sagt er.

»Du wirst ihn sicher mal sehen. Ich finde nicht, daß du ihm ähnelst, aber das ist ja auch egal.«

»Verrückt«, sagt er.

Madame Job lächelt. Sie spricht kein Englisch. Aber sie sieht dem jeweils Sprechenden auf den Mund, wendet den Kopf hin und her wie ein Hund.
Das Zimmer wirkt modern, es ist nur sparsam möbliert. Die Einrichtung ist keineswegs luxuriös. Ein paar Teppiche auf dem lackierten Holzfußboden. Zeitschriften liegen auf einem Tisch. Die Möbel stehen herum, als wären sie nur geliehen. Ich weiß nicht, ob es einen Grund dafür gibt. Henri Job arbeitet in einer Handschuhfabrik. Er ist Geschäftsführer dort, ein ziemlich wichtiger Mann. Billy hat ihm geschrieben, um mich vorzustellen. Als ich sie anrief, waren sie sehr freundlich. Dies ist natürlich nicht sein Haus, es gehört Madame Jobs Vater. Es steht neben dem Haus ihres Vaters – daran ist hier nichts Ungewöhnliches.
Henri stammt nicht von hier. Er ist aus Lyon. Ja, das ist die zweitgrößte Stadt Frankreichs, an einem breiten Fluß gelegen. Er hält ihr das immer wieder vor wie einen Adelstitel. Ihr Vater ist sehr erfolgreich – auf dem Gebiet der *chauffage* – er hat das größte Geschäft in der Stadt, aber Autun ist schließlich nicht Lyon. Ihr Gesicht spricht Bände. Außerdem ist Henri sehr streng. Er hat ihr verboten zu tanzen, etwas, was sie über alles liebt, wie sie mir anvertraut hat. Er hat ein schwaches Herz, aber trotzdem …
Eine bittere, neblige Woche im November. Wir fuhren den Boulevard Mazagran entlang, ohne den Scheinwerfern eines anderen Wagens zu begegnen. Die Linden waren in der Dunkelheit schwarz wie Eisen. Wir bogen in die Straße ein, in der die Jobs leben, in einem neueren Stadtteil. Weiße Mauern. Alles sieht verlassen aus, sogar die Autos, die in einer Reihe am Straßenrand parken. Ich habe Dean gewarnt, daß es wahrscheinlich ein langweiliger Abend wird. Die meisten Häuser hier sind erst vor kurzem erbaut wor-

den. Das Viertel ist wie eine neue Anpflanzung, es muß erst noch zu etwas werden. Es gibt peinliche Lücken zwischen den Häusern, kahle Bäume.

Die Jobs haben ein Maschendrahttor, ein grünes Vorgartentor, das ich hinter mir schließe. Unsere Schritte sind in der Stille des Viertels sehr laut.

»Ist es wirklich heute abend?« sagt Dean. Man sieht kein Licht.

Wir gehen über Steinplatten, die in den Kies eingelassen sind, vorbei an einem Fischteich aus Beton, in dem sich nur ein wenig totes Unkraut befindet. Ich drücke auf die Klingel. Eine Lampe über der Tür geht an, und Madame Job erscheint. Sie begrüßt uns mit großer Wärme. Ich stelle Dean vor, und die beiden schütteln sich in dem engen Flur etwas umständlich die Hand. Dann gehen wir in das Wohnzimmer, Madame Job hinter uns, sie macht die Lampen wieder aus.

Nach dem Essen zeigen sie Dias von ihrer letzten Reise nach Österreich. Henri hält sie hoch wie Münzen, bevor er sie in den Projektor steckt. Ferne Ansichten von Bergketten. Leicht verkantete Bilder von Hotels. Das hat Madame Job gemacht, sagt er auf englisch. Sie hört ihren Namen. Sie lächelt.

»Es ist eins ihrer besten«, sagt Henri.

Dean sitzt schweigend in der Dunkelheit. Das Essen war wirklich gut – Brathähnchen, Endiviensalat, *mousse au chocolat*. Ihre Desserts sind wunderbar. Ich habe das Gefühl, daß sie Dean im Dunkeln ansieht.

»Innsbruck«, sagt Henri.

Ich gucke wieder auf die Leinwand. Eine riesige ockerfarbene Stadt entsteht vor meinem Auge aus einer Reihe von Fragmenten, die wie Splitter eines zerstörten großen Bildes wirken. Wir sitzen vor den strahlenden Einzelteilen. Straßenecken. Trambahnen. Prächtige Fassaden von Gebäuden, ein wenig zu weit weg und zu unscharf, um wirklich etwas erkennen zu können. Ab und zu kommt mir Madame Jobs Parfüm in die Nase. Mich überrascht, wie stark es ist. Es ist nicht viel Fleisch an ihr, aus dem es Wärme ziehen könnte – diese dünnen Arme. Sie hat aber schöne Haut. Ihr Gesicht wirkt wie frisch gewaschen.

»Ah«, sagt sie tief aufatmend, ein Dia bewundernd. »*Ça c'est joli, n'est-ce pas?*«

»*Formidable*«, sage ich.

Dean sitzt da wie ein überlegenes Kind. Er sagt nichts. Natürlich muß er die Monotonie des ganzen Abends unglaublich finden, die Tatsache, daß es ein Paar wie dieses überhaupt gibt. (Henri ist vielleicht vierzig. Juliette wird etwa neunundzwanzig sein. Aber Dean hat Radiguet gelesen. Neunundzwanzig ist nicht alt.) Sein Schweigen, seine Abwesenheit ist fast zum Greifen. Er zündet sich eine Zigarette an. In diesem geschlossenen Raum mit dem einen zentralen Lichtstrahl verläßt der Rauch seinen Mund blauer als Eis, ein dichtes, fast glänzendes Band, sichtbarer Atem. Henri hält das nächste Dia ins Licht. Wir bewegen uns jetzt nach Osten. Anscheinend haben sie alle zehn Kilometer angehalten, um etwas zu fotografieren.

Dean würde natürlich nie so reisen. Ich bin etwas eifersüchtig auf das, was er nach seinem Aufenthalt in Autun unternehmen könnte. Ich habe das Gefühl, daß er im Moment nur Zeit überbrückt. Ich stelle ihn mir auf einer Fahrt nach Südfrankreich vor, im Frühjahr. Ich bin mir nicht sicher, wer bei ihm ist, aber ich weiß, daß er nicht allein ist. Sie reisen billig, mit jener Lässigkeit und gelegentlichen Ausflügen in den Luxus, die wirklich wohlhabende Menschen sich leisten. Sie leben in Levi's und im Sonnenlicht. Manchmal putzen sie sich die Zähne an einem Bach. Vielleicht ist sie die junge Prostituierte, die er in Paris getroffen hat und mit der auszukommen ihm so leicht fiel. Nein, das ist ein banaler Gedanke. Ich habe die Vorstellung selber schon gehabt: ihr beizubringen, wie man sich kleidet, benimmt, redet, und sie die ganze Zeit wie eine Gefangene morgens und abends mißbrauchen, einige der Ratschläge gibt man im Bett, in der Vereinigung sozusagen. Ja, das findet sie amüsant. Sie zieht sich mit einem Lächeln aus. Sie haben ein Verhältnis wie am Anfang von *Manon Lescaut*. Sie schlendern durch Städte. Sie verschwinden in Hotelzimmern – dorthin kann man ihnen nicht folgen. Es gibt lange Stunden der Stille, erfüllt von Dingen, die ich quälend gerne wissen würde …

Danach, als wir im Auto sitzen, das Leder eisig kalt, die Fenster beschlagen von dem feinen, endlosen Regen, schlägt er vor, noch irgendwohin zu fahren.

»Wohin?«

»Laß uns nach Dijon«, sagt er.

»Im Ernst?«

»Das ist gar nicht so weit.«

Ich fühle mich etwas schuldig, als könnten die Jobs da drinnen irgendwie spüren, wie froh wir sind, endlich draußen zu sein. Es ist nach elf, aber er ist hellwach. Meine Müdigkeit verfliegt auch.

»Komm, laß uns das machen«, sagt er.

Wir fahren langsam zur Hauptstraße zurück, die Scheibenwischer sind sich nicht ganz einig, sie stöhnen auf ihrem Weg über das Glas. Es ist absolut dunkel, eine verlassene Stadt, um diese Stunde sind nur noch ein paar Cafés offen. Was den Rest angeht – jedes einzelne Gebäude ist schwarz.

»Er ist wirklich schrecklich zu ihr«, sagt Dean.
»Wie meinst du das?«
»Er hat sie in der Hand«, sagt er, »und er ist dabei, weißt du, er ist dabei, ihr langsam die Knochen zu brechen.«
»Ich glaub nicht, daß es so schlimm ist.«
»Sie tut mir leid«, sagt er.
»Warum? Es geht ihr doch nicht schlecht. Sie ist gut verheiratet. Sie haben Kinder, ihr Mann ist erfolgreich. Das ist alles wichtig. Ich mein, du mußt das richtig verstehen. Ich glaube, die genießen auf ihre Art das Leben.«
»Sie ist ausgehungert«, sagt Dean.
»Wahrscheinlich ein bißchen. Aber nur, weil du heute abend da warst.«
»Vielleicht.« Er lächelt.
»Na ja, wenn jemand findet, du siehst aus wie ein Filmschauspieler, das ist immerhin schon was.«
»Ja.«
»Besonders, wenn du ihm in Wirklichkeit gar nicht ähnlich siehst.«
Dean lacht.
Dijon ist dunstverhangen. Wir fahren leere Straßen hinunter. Er kennt sich genau aus. Vor uns taucht das blaue Neon von La Rotonde auf. Wir parken und gehen zur Tür. Jetzt können wir Musik hören, die in dem Nebel und der Stille ganz fehl am Platz wirkt. Als wir eintreten, zerspringt die Dunkelheit wie Glas. Auf einer kleinen, von Licht umrahmten Bühne spielt eine Band. Paare tanzen, die Musik ist sehr laut.
Der Kellner will, daß wir Champagner bestellen. Aber Dean kennt das, er schüttelt den Kopf: nein, nein. Wir sitzen da und sehen zu.
»Was für Musik!« sagt er.

»Findest du sie gut?«
»Gott, nein«, sagt er.
Mitten unter den Tanzenden ist ein Mädchen mit einem Afrikaner – ich bin sicher, daß er Student ist – in einem billigen grauen Anzug. Sie haben die Arme umeinandergelegt. So wie sie tanzen, sehen sie aus wie eine sich drehende Spielkarte. Der Pikbube verschwindet langsam, die Karodame erscheint. Ihre Lippen treffen sich in der Dunkelheit. Uns gegenüber sitzen noch mehr Schwarze, aber das sind Amerikaner. Soldaten. Man sieht es sofort an ihren Schuhen, ihrer Kleidung. Sie haben große Münder, etwas Grobes ist an ihnen. Und sie sind sehr groß und kräftig. Sie haben riesige Hände, breite Schultern. Sie scheinen aus ihren Kleidern platzen zu wollen. Cokeflaschen stehen auf dem Tisch – für ihre französischen Mädchen natürlich. Eine sitzt in einem dünnen karierten Kleid da, grün ist es, glaube ich. Kurze Ärmel, obwohl die Nacht kalt ist. Sie wendet den Kopf ein wenig. Sie ist sehr jung. Reine ausdruckslose Züge. Plötzlich tut sie mir unendlich leid, ich weiß nicht, warum – sie wirkt ziemlich gleichgültig. Ich habe das Gefühl, daß sie in einer Notlage ist. Sie sieht aus wie sechzehn. Ihre jungen Arme leuchten weich im Dunkel.
Jetzt beginnt einer von ihnen in dieser vollen, melodiösen Sprache mit ihr zu reden. Sie versteht ihn nicht – vielleicht ist die Band zu laut. Er lehnt sich zu ihr. Sein Mund bewegt sich fast an ihrem Ohr. Sie sieht ihn ruhig an und nickt. Die anderen sitzen da und hören der Musik zu, die kräftigen Unterarme auf den Tisch gelegt. Ab und zu sagen sie etwas. Ich kann das andere Mädchen nicht richtig sehen. Sie hat langes Haar. Die Musik dröhnt um uns herum. Das Gesicht des Schlagzeugers ist naß.
Wir sind von Innsbruck ins Inferno gereist. Man kann sich

hier nicht unterhalten. Ich bin sehr müde und auf einmal ein wenig deprimiert. Ich sehe immer wieder zu ihrem Tisch hinüber. Ich kann mir genau vorstellen, wie es sein wird, wenn sie gehen. Draußen wartet ein großer grüner Pontiac auf sie, mindestens fünf Jahre alt, vielleicht auch ein Ford. Der Auspuff ist kaputt. Das Motorengeräusch ist ein rauhes Röhren. Sie sitzt zwischen zweien von ihnen auf dem Rücksitz. Das bedeutet ... ich weiß in Wirklichkeit überhaupt nicht, was das bedeutet, welche leisen, verführerischen Sätze da im Dunkeln geäußert werden. Wie Rilke gesagt hat, es gibt keine Lehrzeit für Anfänger des Lebens, das Schwerste wird immer sofort am Anfang von einem verlangt. Aber sie sind gar nicht so übel, diese schwarzen Männer. Sie sind weich und freundlich, hat mir jemand gesagt, sie sind sehr zärtlich. Sie geben ihren letzten Pfennig für ihr Mädchen aus, absolut alles. Sie sind großzügig bis zur Verrücktheit. Ich beneide sie darum.
Wir fahren schweigend durch dichten Nebel, der das Scheinwerferlicht des Wagens schluckt. Die gelben Strahlen vor uns rauchen. Man sieht nichts. La Rotonde ist sehr weit weg. Die Türen haben sich hinter uns geschlossen, die Musik ist verschwunden. Wir kriechen unsichtbare Straßen hinunter, kaum schneller als ein Fußgänger. Die Fahrt nach Hause wird Stunden dauern, die letzten Stunden einer Nacht, die wir hinter uns gelassen haben. Wir haben sie den Soldaten geschenkt. Sie besitzen nichts. Sie halten nichts zurück. Wenn die Rechnung kommt, greifen sie in die Tasche und fragen einander nach Münzen fürs Trinkgeld.
Ich habe das Fenster auf meiner Seite ein wenig geöffnet. Die feuchte Luft streift mein Gesicht.
»Ich muß mehr Französisch lernen«, sagt Dean.

»Das kommt ganz von allein. Du schreibst ja schon immer Wörter auf.«
»Das Problem ist, daß es dabei immer nur um Essen geht«, sagt er. »Darüber könnte ich mich unterhalten. Aber man kann nicht dauernd übers Essen reden.«
»Stimmt. Lies mal die Zeitungen.«
»Damit fang ich jetzt an.«
Wir sind in den Vororten von Dijon, nur gelegentlich kommen wir an etwas vorbei, was wir erkennen, eine Kreuzung, ein Straßenschild.
»Ich sag dir, was an diesem Land großartig ist«, sagt er plötzlich. »Die Luft. Alles riecht gut.«
»Es ist das wahre Frankreich«, sagt er. »Du hast recht gehabt. Ich hätte das ohne dich nie entdeckt.«
»O doch, das hättest du.«
»Nein, ich hätte nur in Paris rumgehangen wie alle anderen. Das ist keine Kunst. Aber wer fährt schon nach Dijon?«
»Nicht viele.«
»Oder Autun?« sagt er.
»Noch weniger.«
»Niemand«, sagt er. »Das ist es ja.«

8 Die Tage werden kälter, und ich bin darauf nicht vorbereitet. Die Morgen sind eisig. Die Straßen sind noch dunkel. Fahrräder kommen an mir vorbei, die Pedalen knirschen, die Fahrer elend wie Bettler.
Ich trinke einen Kaffee im Café St. Louis. Es ist so still wie die Praxis eines Arztes. Stühle liegen noch umgekehrt auf einigen Tischen. Hinter den dünnen Vorhängen klirrende

Kälte. Vielleicht gibt es heute Schnee. Ich sehe zum Himmel. Schwer wie nasse Lappen. Frankreich kommt im Winter zu sich, zu seinem nackten Ich, ohne Manieren. Im Sommer, bei gutem Wetter, kann es jeder lieben. Aber es ist trotzdem deprimierend. Man fühlt sich wie ein Flüchtling aus einem halben Dutzend Leben.
Diese trübseligen Morgenstunden. Ich stehe neben der Heizung, versuche mir die Hände an Eisen zu wärmen, das kalt wie Glas ist. Die Franzosen haben eine Neigung zum Einfachen. Sie tragen Pullover und manchmal sogar Mützen im Haus. Sie glauben an das Licht, ja, aber nur soweit der Himmel es liefert. Die meisten ihrer Zimmer sind dunkel wie das Armenhaus. Es riecht nach Tabak, Schweiß und Parfüm, alles auf einmal. Eine niederdrückende Atmosphäre, in der jedes Geräusch grausam und isoliert wirkt – das Zufallen einer Tür, Schritte, unter denen man leise das klagende Knirschen des Sandes hört, ein heiseres *bonjour*. Man fühlt sich als Teil einer umfassenden Knechtschaft, anonym und unendlich, die plötzlich vergessen ist, wenn man den Umriß von Madame Picquet hinter der Glasscheibe ihres Büros entdeckt, ihr leicht vulgäres, erregendes Profil. Wenn ich daran denke, spüre ich einen Schmerz in der Brust. Ich kann die Träume, in denen sie in meiner Zukunft liegt wie eine ganze Jahreszeit extravaganter Mahlzeiten, nicht kontrollieren. Wenn ich nur wüßte, wie ich es anfangen soll. Ich sehe sie fast täglich. Ich kann immer unter irgendeinem Vorwand in ihrem Büro auftauchen, aber es ist schwer, sich mit ihr zu unterhalten, wenn sie arbeitet. Oh, Claude, Claude, meine Hände kribbeln. Sie wollen dich berühren. Ihr sorgfältig frisiertes Haar wird von einem einfachen Band zurückgehalten, das sie immer wieder nervös befühlt. Dann faßt sie nach dem obersten Knopf ihrer Strickjacke, als wäre er ein Juwel. Um

ihren Hals liegen viele Ketten aus Glasperlen in der Farbe von Nachtclubküssen. Ein grüner Stein an ihrem Zeigefinger. Und sie trägt mehrere Eheringe, drei, so scheint es. Ich bin zu nervös, um zu zählen.

»Sie sind nicht von hier, nicht wahr?« fragte ich sie einmal.

»O nein. Ich bin aus Paris.«

»Das habe ich mir gedacht.«

Sie lächelte.

»Und gefällt es Ihnen hier?« sagte ich.

»Och«, sie zuckte hilflos die Achseln.

Wenn ich in ihrer Nähe bin, spüre ich ihr Fleisch fast, schmecke es, wie ein verhungernder Mann, ein Seefahrer, der, noch fern der Küste, die Vegetation riecht.

Sie öffnete ihre Handtasche und zog Fotos heraus, die sie in den Salons verschiedener Hotels zeigten. Es ging zu schnell, ich wollte sie länger betrachten. Sie war Mannequin, sagte sie. Sie reiste in jenen Tagen viel, zu Modeschauen in verschiedenen Städten. Es war sehr schön. Wochenenden in Vichy, erzählte sie mir … Wochenenden in Megève.

Der dritte Dezember. Ein Tag, der nichts verspricht, ein Tag, der schnell vergeht. Am Nachmittag fällt leichter Schnee, ein Schnee so zart und körperlos, daß er nichts weiter als Ausdruck der Kälte ist. Die Stadt ist bereits in dem schnellen Abstieg in die Dunkelheit begriffen, die Lichter in den Läden gehen früher an, die Scheinwerfer der Autos, die Lampen der Restaurants und Cafés. Alles andere folgt dem großen, unbestechlichen Zyklus, der zu ernst, zu alt ist, als daß eine Veränderung möglich wäre. Hinter den geschlossenen Fensterläden und Vorhängen werden die Abende in kärglichen Portionen ausgemessen, so exakt wie die eines alten Krämers.

Ich gehe in den Buchladen, um die Zeitung zu kaufen. Ich

kenne den alten Mann dort sehr gut. Der Ladentisch steht in der Nähe des Fensters, wo das Licht ihn erbarmungslos trifft. Er trägt einen dicken Pullover und einen Schal. Seine Wangen sind lila. Er wirkt sehr niedergedrückt, aber noch muß er den ganzen Winter überleben. Er zählt die Jahre nicht mehr, er lebt nach Jahreszeiten. Schließlich werden es einzelne Nächte sein, jede so gefahrvoll wie ein Flug zum Mond. Er gibt mir das Wechselgeld. Seine Finger sind rauh wie Holz.

In einem Zimmer, in dem jede Lampe brennt, breitet Dean die Arme weit aus.

»Wo bist du gewesen?« sagt er. »Ich habe eine Überraschung für dich.«

»Was?«

Er antwortet nicht sofort.

»Eine schöne Überraschung«, versichert er mir und bleibt vor dem Spiegel stehen, um sich selbst erst von einer Seite, dann von der anderen zu betrachten. Seine Bewegungen sind leicht wie die eines Vogels. »*Mon vieux*«, singt er leise und falsch, »*vous êtes beau, vous êtes beau.*«

»Also komm, willst du es mir nicht sagen?« frage ich.

»Sofort, sofort«, sagt er. »Einen Moment.«

Ich sehe zu, wie er sich die Schuhe zuschnürt. Er ist fertig angezogen. Jetzt mustert er sich in voller Länge.

»Es schneit«, sage ich.

»Schnee!« Er geht zum Fenster. Er sieht es. »Toll!«

»Das freut dich?«

»Perfekt«, sagt er. »Das ist einfach perfekt.«

Wir gehen ins Foy.

An bestimmte Dinge erinnere ich mich sehr genau. Sie sind nur durch die Zeit ein wenig verfärbt, wie Münzen in den Taschen eines vergessenen Anzugs. Die meisten der Einzelheiten sind indessen längst verwandelt oder umgestellt, um wieder andere hervorzubringen. Einige sind offensichtlich gefälscht; deshalb sind sie aber nicht weniger wichtig. Man verändert die Vergangenheit, um die Zukunft zu gestalten. Aber in dem Muster, das sich schließlich daraus ergibt und sich dann jeder weiteren Veränderung widersetzt, liegt eine echte Bedeutung. Denn es besteht die Gefahr, daß mir die ganze Geschichte unter den Händen auseinanderfällt wie eine alte Zeitung, wenn ich noch weiter versuche, Sinn in den Ablauf zu bringen. Und den Gedanken kann ich nicht ertragen. Die aus Myriaden von Einzelheiten bestehende Vergangenheit geht in uns ein und verschwindet. Aber in ihrem Innern liegen irgendwo hart wie Diamanten die Fragmente, die auch die Zeit nicht zersetzen kann. Hat man den Mut, die Vergangenheit durchzusieben und die Fragmente zu sammeln, entdeckt man den wahren Zusammenhang.

Das Etoile d'Or. Ein erleuchteter Raum an einer kalten Straße, der Schnee fällt launisch, mal stark, mal schwach, kaum Verkehr. Der Kellner ist ein Junge in einer schmutzigen weißen Jacke. Nur ein weiterer Tisch ist besetzt – von einem Mann, der die Zeitung liest. Es ist ein bescheidener Raum, ein wenig schäbig wie in einem Landhaus, leer in diesen eisigen Abendstunden mitten im Winter. Wir drei sitzen an dem Tisch mit der karierten Decke, sie ist nervös. Man sieht es an ihren Händen. Ihre Ohrläppchen sind durchstochen, bemerke ich. Sie trägt billige Ohrringe, und ab und zu berührt sie sie. Sie sieht genauso aus, wie sie in jener Nacht in Dijon aussah. Dasselbe Kleid. Dieselben weißen Arme. Der Kellner kommt mit drei Tellern Austern, tiefe, unregelmäßig geformte Muscheln, in denen die Körper liegen, rein und feucht glänzend. Einen Augenblick sitzt sie bewegungslos da, als wir anfangen zu essen, und erst dann beginnt auch sie, wie aus Respekt oder weil sie nicht hungrig erscheinen will. Der wirkliche Grund ist viel einfacher: Sie hat uns beobachtet, sie hat nie zuvor Austern gegessen.

Anne-Marie Costallat, geboren am 8. Oktober 1944. Ich begann gerade mit der Highschool und masturbierte zweimal am Tag, als sie geboren wurde, in einem Bett von Veilchen, wie sie sagt – alle französischen Mütter erzählen ihren Kindern das. Dean bietet ihr Wein an. *Non*, sagt sie, *merci*. Wein bekommt ihr nicht. Ihre Wangen sind von der Kälte ein wenig gerötet, aber je näher man ihr kommt, desto schöner ist sie. Achtzehn, denke ich. Sie wirkt noch jünger. Das macht mich nervös. Achtzehn und einen Neger als Liebhaber. Könnte von Jean Genet sein.

»Wo hast du sie getroffen?« sage ich. Meine Stimme klingt angestrengt. Sie hat sich entschuldigt. Die Toilette ist im angrenzenden Raum, hinter der Bar.

»Wie findest du sie?« sagt er.

»Sie ist ein Kind.«

Sie aß wie ein Hafenarbeiter, über den Teller gebeugt, große Gabeln voll. Sie machte den Brotkorb leer.

»Ist dir das aufgefallen?«

Natürlich. Ich sollte das nie vergessen.

»Essen«, sagt er.

»Ja?«

»Mein großes Thema.«

Sie kommt zurück. Sie setzt sich mit einem schüchternen Lächeln.

Als es zehn Uhr ist, verschwindet der Kellner. Das Restaurant ist still, und das Frösteln billiger Hotels umgibt uns. Sie spricht Englisch, aber es ist nicht einfach zu verstehen und sehr komisch. Sie lächelt, wenn wir lachen, ein zögerndes, freundliches Lächeln.

»*Comment?*« fragt sie.
Sie hat sechs Monate bei der U.S.-Army in Orléans gearbeitet. Da hat sie ihr Englisch gelernt, aber sie hat vieles schon wieder vergessen. Danach war sie in einem Hotel in Troyes angestellt. (Ich habe das Hotel nie gesehen, aber ich kann es mir vorstellen – ein kleines Hotel für Handlungsreisende, ziemlich modern. Roland heißt der Sohn des Besitzers. Er und seine Freunde haben Autos. Sie gehen zu Partys, und einer von ihnen hat Zugang zu einem großen leerstehenden Haus, wohin sie die Mädchen mitnehmen können ...) Im Sommer nächsten Jahres hat sie einen Job in La Baule. Wo ist das, will Dean wissen. In der Bretagne, sage ich. An der Küste. Sie nickt. Ich weiß nicht, wieviel sie von dem, was wir sagen, versteht. Dean legt ihr sein Jackett um die Schultern. In dem Café ist es sehr kalt geworden.
Wir fahren sie nach Hause. Place du Carrouge. Das Haus, in dem sie wohnt, ist ganz dunkel. Ihr Zimmer liegt über einer Gasse. Unten ist ein Obstgeschäft, das von Korsen betrieben wird. Das dünne Papier, in das Zitronen, Birnen, die Apfelsinen aus Spanien eingewickelt waren, weht hier und da über das Pflaster. Sie haben einen hohen alten Lastwagen, der ziemlich mitgenommen ist. Nachts parken sie ihn immer in der Nähe des Ladens. Es ist ein Stadtteil, in dem ich aus irgendeinem Grund noch nie gewesen bin, ruhig und abgelegen, die Straßen enden im Nichts. Ich bleibe im Wagen sitzen, während Dean sie zur Haustür bringt. Aber vorher kommt sie an das Fenster auf meiner Seite. Ich drehe es eilig herunter.
»*Bonsoir*«, sagt sie höflich.
Er verabschiedet sich an der Tür, und wie ein artiges Kind läuft sie hoch auf ihr Zimmer. Es ist im oberen Stockwerk,

wahrscheinlich unter dem Dach. Dieses Zimmer in einem schmalen Haus – ein Trupp Inspektoren könnte es nicht finden. Ein Zimmer, das ich nie zu Gesicht bekommen werde. Schon am Anfang, als ich ihn fragte, verriet er nichts. Da gab es nichts zu erzählen, es war ein Zimmer. Die Kahlheit der Antwort sagte alles.

Er hatte Angst vor dem, was ich ihn fragen könnte. Ich spürte, daß er fast bereit war, mich anzulügen. Ich habe früher ständig gelogen. Damit habe ich jetzt aufgehört. Dean habe ich immer die Wahrheit gesagt, von Anfang an. Zum Teil weil ich Angst hatte, er könne mir auf die Schliche kommen, nehme ich an, aber vor allem, weil Lügen mir plötzlich sinnlos vorkamen. Es war sogar noch mehr, ich fand keinen Trost mehr darin. Bei ihm hatte ich das Gefühl – es ist schwer zu erklären –, daß er durch Lügen nicht beeindruckbar war. Er hatte bereits bewiesen, daß er nichts mit ihnen zu tun haben wollte. Das war es, worum es ihm in seinem Leben ging.

Sie bückt sich mit einem Streichholz, steckt es hinein, und der Ofen springt mit einer weichen Explosion an. Eine blaue Flamme schießt über die Düsen, brennt dann mit einem stetigen Geräusch. Sie ist die einzige Lichtquelle in dem Zimmer, der Holzboden reflektiert sie schwach. Sie richtet sich auf. Sie läßt das abgebrannte Streichholz auf den Tisch fallen und legt Kleidungsstücke auf das Gitter über dem Heizkörper, Pyjamas, breitet sie aus, damit sie angewärmt werden. Dean hilft ihr ein wenig. Die Seide, wenn es Seide ist, fühlt sich kalt an. Sie stehen einen Augenblick nur da in der Kälte, durch das Fenster ist die gegenüberliegende Citroënwerkstatt zu sehen, die Glastüren jetzt geschlossen. Das zischende Geräusch der Gasheizung umgibt sie. In einer zärtlichen, fast brüderlichen Geste nimmt er sie in die Arme. Sie kennen sich kaum. Sie läßt es ohne ein Wort geschehen, ohne sich zu rühren, und sie warten schweigend, in der Luft der leicht süßliche Geruch des Gases. Nach einer Weile wendet sie die Pyjamas um. Ihr Rücken ist ihm zugekehrt. In einer einzigen Bewegung zieht sie sich den Pullover über den Kopf und dann greift sie hinter sich, ihre Ellenbogen heben sich steif, und löst den Büstenhalter. Langsam dreht er sie um.

Schließlich löst sie sich aus seiner Umarmung, von seinen Küssen, und stellt sich mit dem Rücken an die Wand. Die Arme hängen herab.

»Jeanne d'Arc«, sagt sie. Das zitternde Blau der Gasflamme spielt auf ihrem Körper. Ihr Gesichtsausdruck wirkt resigniert.

Er faßt sie an den Oberarmen. Sie wendet das Gesicht zum Licht. Er ist ihr Henker, sagt sie. Das Wort erregt ihn. Seine Knie zittern.

Er legt sie in ihren warmen Pyjamas ins Bett. Sie ist unschuldig, denkt er. Sie lächelt leicht, die Ruhe einer langen Konvaleszenz in ihrem Gesicht. Schließlich wendet er sich ab, um zu gehen, aber an der Tür hält ihre Stimme ihn zurück. Ja? Stell das Gas ab, sagt sie. Er tut es. Wie Luzifer hinterläßt er Dunkelheit, als er geht.

9 Ich sehe mich selbst als *agent provocateur* oder als Doppelagenten, erst auf einer Seite – jener der Wahrheit – und dann auf der anderen, aber zwischen diesen, wenn man schwankt, wenn man sich plötzlich abkehrt, kann man jede Treue vergessen und sich ganz der tiefen Befriedigung

hingeben, über allen Codes zu stehen, vollkommen unabhängig zu sein – kriminell ist das Wort. Wie jeder Agent kann ich natürlich meine Quellen nicht preisgeben. Ich kann nur sagen, daß ich einiges selbst gesehen, anderes erschlossen habe. Schließlich kann schon die falsche Betonung eines Wortes, ein Zögern bei einem Wort die Existenz von etwas Verborgenem verraten, und ich war wie besessen von solchen Indizien, wie die großen Detektive. Ich las jeden Fetzen Papier. Kein Detail entging mir.

Einige Dinge habe ich, wie gesagt, selbst miterlebt, andere sind Mutmaßungen, wieder andere habe ich geträumt, und ich kann zwischen den dreien nicht mehr unterscheiden. Aber meine Träume sind genauso wichtig wie alles, was ich auf Umwegen erfuhr. Wichtiger noch, denn sie sind Intuition in ihrer reinsten Form. Ohne sie sind die Fakten nur Trümmer, unzusammenhängend, eine gerissene Perlenkette. Die Träume sind so wahr und handgreiflich wie die Eisenzäune Frankreichs, die schwarzglänzend im Regen stehen. Wahrer vielleicht. Sie sind das Skelett aller Wirklichkeit.

Ich bin der Verfolger. Im Kern bedeutet das, ich bin der Wissende, während Dean ahnungslos ist, aber das heißt noch lange nicht, daß wir auf derselben Ebene stehen. Was immer ich tue, ich kann nie alles aufdecken. Damit fängt es an. Das allein macht ihn bereits zum Sieger. Ich kann nie voraussehen, was geschieht; er ist es, der immer den ersten Zug macht. Ich bin nur ein Diener des Lebens. Er bewohnt es. Und vor allem, ich kann ihn nicht zur Rede stellen, ich kann mir das nicht einmal vorstellen. Der Grund ist einfach: Ich habe Angst vor ihm, vor allen Männern, die Erfolg in der Liebe haben. Das ist die Quelle seiner Macht.

Sie wartet um sechs auf ihn. Es ist schon dunkel, und sie fahren durch die Straßen, an Läden vorbei, die bis in den

Abend hinein geöffnet sind, die Schaufenster erleuchtet. Sie geht zu ihrem Zimmer hinauf, um ein paar Sachen zu holen, darunter ihr kleines Radio, und sie fahren nach St. Léger, in die kleine Industriestadt, aus der sie kommt. Ihr Elternhaus steht an einem Kanal. Dort halten sie, und Dean wartet im Wagen auf sie. Ein feiner Regen fällt. Männer kommen noch von der Arbeit nach Hause, gehen pfeifend die dunkle Straße hinunter. Er kann sie nicht sehen. Ihre Stimmen tauchen plötzlich aus dem Dunkel auf, wie in einer Kirche. Er sitzt bewegungslos im Wagen, hört ihr Husten, als sie vorbeigehen, steigt dann aus und schlendert am Kanal entlang. Fahrräder überholen ihn. Einige Mädchen oder Frauen, er kann es nicht erkennen, bleiben stehen und gucken sich den Wagen an. Sie versuchen hineinzublicken – unter der Straßenlaterne ist es wie ein Bild –, sie halten ihre Fahrräder mit einer Hand, auf dem Metall der Kühlerhaube glitzern Regenpunkte. Der Rest des Wagens, die lange elegante Linie, verliert sich im Schatten. Plötzlich wenden sie alle die Köpfe dem Haus zu, dessen Tür aufgegangen ist. Kaltes Licht fällt auf den Gehsteig, man hört das Murmeln von Stimmen. Er geht schnell zurück, um am Wagen zu sein, wenn sie kommt.

Sie hat ihrer Mutter alles erzählt, sagt sie, als sie losfahren.

»Alles?« sagt er.

»*Oui.*«

Sie fahren eine Weile schweigend, bis sie zur Hauptstraße kommen.

»Und, was hat deine Mutter gesagt?« fragt er.

»*Est-il prudent.*«

»Was?«

Sie zuckt die Achseln. Sie weiß nicht, wie sie das erklären soll.

»*Prudent*«, wiederholt sie.
In Troyes halten sie vor dem Hotel, in dem sie gearbeitet hat, um nachzufragen, ob Post für sie da ist. Er kann sie durch die Glastür sehen. Sie händigen ihr etwas aus, einen einzigen Brief, den sie, als sie wieder herauskommt, ungelesen in die Handtasche steckt.
Abends essen sie in der Brasserie Lorraine. Ein alter Dackel, dessen Pfoten weiß geworden sind, sitzt neben der Bar. Manchmal trottet er zwischen den Tischen herum oder läuft zur Tür, bellt dort, um hinausgelassen zu werden. Ein Kellner öffnet sie für ihn. Als er wieder hereinkommt, legt er sich mit einem Aufstöhnen hin. Seine Bewegungen sind zögernd, schließlich seufzt er. Man hört sein Atmen.
Das Essen ist in jeder Hinsicht wunderbar. Sie redet viel und ist glücklich. Die Gerichte scheinen sich um sie auszubreiten, sie ist das lebensvolle Zentrum des Mahls, und sie lächelt über seinen Appetit. Seine Blicke scheinen sie zu streicheln.
Draußen stehen die geparkten Wagen in einem Dreieck im Zentrum der kleinen *place*. Ein dünner, kaum wahrnehmbarer Regen hängt in der Luft. Sie sitzen schweigend da, warten auf die Rechnung. Schließlich kommt sie, das letzte Hindernis ist genommen. Von nun an geht es geradewegs nach Paris, eine lange, schnelle Fahrt die Straße hinunter, die Scheinwerfer vor ihnen, der Motor ein tiefes Dröhnen. Dean fährt in kühler Erregung, im leisen Zischen der Reifen. Die Hälfte der Zeit hat er eine Erektion und fragt sich, ob es Schwierigkeiten beim Einchecken ins Hotel geben wird. Wenn ich an seiner Stelle gewesen wäre – und manchmal werde ich von den Bildern so überschwemmt, daß ich denke, ich wäre es gewesen –, hätte ich keine Zuversicht gehabt, nicht die geringste. Ich wäre bereits so er-

schöpft gewesen, vom eigenen Unglauben gequält, daß ich nur noch aus einer Art Neugier weitergemacht hätte, um herauszufinden, wann sich das alles in nichts auflösen würde. Ich hätte gedacht: Gott wird es nicht zulassen.
Es hört auf zu regnen. Wolken werden hier und da sichtbar, mit dem Mond dahinter. Der Himmel ist heller als das Land. Annie schläft, auf dem Ledersitz zusammengekauert. Als sie nach Paris hineinkommen, weckt er sie. Sie fahren durch leichten Verkehr den Fluß entlang und dann die Rue de Rivoli hinunter, ihre Lieblingsstraße. Sie beobachtet das Vorüberfließen der langen, makellosen Arkaden wie eine Touristin. Dann nimmt sie einen Spiegel heraus, um ihr Gesicht zu überprüfen.
Es gibt keine Schwierigkeiten. Ein Page bringt sie hinauf und führt sie durch Korridore, der Teppich knirscht unter ihren Schuhen. Er hat den Schlüssel in der Hand. Sie kommen an ihre Tür. Er steckt ihn hinein. Sie warten hinter ihm. Der Schlüssel dreht sich laut im Schloß. Endlich öffnet sich das Zimmer vor ihnen. Es ist traditionell eingerichtet und groß. Die Möbel darin, wie sie aufgestellt sind, die Farben – alles wirkt, als sei es seit langem zusammen hier, vom Gebrauch vereint. Es gibt nichts Neues oder Frivoles. Ein riesiges Bett, von dem Dean schnell die Augen abwendet. Die Fenster lassen ein wenig Licht von den Straßenlaternen ein. Spiegel. Sessel. Ein großes Bad, das geheizt zu sein scheint.
Er geht hinunter, um den Wagen zu parken. Es ist nicht so einfach, eine Lücke zu finden. Er gleitet langsam durch schmale Straßen. Er will ihn nicht einfach in eine Einfahrt stellen. Als er zurückkommt, bürstet sie sich das Haar. Außer einem billigen schwarzen Slip von der Sorte, die man in Monoprix-Läden kaufen kann, ist sie nackt. Sie lächelt ihn ein wenig steif, ein wenig unsicher an.

Das Wasser läuft. Im Bad dreht er sie bewundernd hin und her. Sie ist sehr nachgiebig, wenn sie nichts anhat. Sie folgt jeder seiner Berührungen bereitwillig. Sie ist schön. Schlank. Ein wenig dunkles Haar zwischen den Beinen. Sie stehen zusammen unter der Dusche. Er dreht sie herum und schmiegt sich an die Spalte zwischen ihren Pobacken. Eine fast qualvoll erregende *douche*. Er hat das Gefühl, sich nicht bewegen zu können, aber er beginnt ihre Brüste einzuseifen, die unter dem herabfließenden Wasser wie Seehunde glänzen. Er wäscht ihr den Rücken. Zwischen den Schulterblättern hat sie einen leichten rötlichen Ausschlag. Er geht mit dem Waschlappen immer wieder darüber. Das ist gut dafür, sagt er ihr. Goldglänzendes Licht wird von der Decke reflektiert. Er hat eine Erektion, von der er sicher ist, daß sie nie wieder weggehen wird.

Er hat sie in ein großes, weiches Badetuch gewickelt und zum Bett hinübergetragen. Sie liegen diagonal darauf, und er beginnt, sie sorgsam aus dem Tuch zu befreien, als wäre es ein Verband. Ihre Haut duftet noch ein wenig nach Seife. Seine Hände gleiten über sie. Die Summe kleiner Bewegungen beginnt sie zu vereinigen, die reine Mathematik der Liebe. Er spürt, wie er in sie eindringt. Ihr letzter Atemzug – es ist fast ein Seufzen – entströmt ihr. Ihre weiße Kehle erscheint.

Als es vorüber ist, schläft sie ohne ein Wort ein. Dean liegt neben ihr. Das wahre Frankreich, denkt er. Das wahre Frankreich. Er ist in ihm verloren, im Duft selbst der Laken. Am nächsten Morgen machen sie es noch einmal. Graues Licht, es ist sehr früh. Sie hat einen schlechten Atem.

Ich kann ihnen an dem Tag nicht durch die Stadt folgen, durch die Dezemberstraßen, durch Avenuen, die so bitter kalt sind wie die Steppe. Sie haben nicht viel Geld, das weiß ich. Sie sehen sich den ganzen Nachmittag die Auslagen an und kaufen nichts. Müde vom Herumlaufen, gehen sie in das Hotel zurück. Dean muß etwas erledigen – er braucht ein Ersatzteil für den Wagen, erklärt er. In Wirklichkeit muß er ins Vendôme, wo sein Vater abgestiegen ist. Er braucht Geld.

»Geld? Mein Junge, wenn man von gewissen großen Banken absieht, ist das ein Bedürfnis, das uns alle vereint.«

Er ist Theaterkritiker. Er hat einen schönen schwarzen Bart, der sorgfältig geschnitten ist. Seine Kleidung ist immer sehr elegant. Er trägt ein blaues Seidenhemd, das seinen Körper nur am Hals und an den Handgelenken zu berühren scheint, wo er gerade Manschettenknöpfe einsetzt, ein Hemd, das seine Schlankheit betont.

»Geld«, sagt er. »Natürlich. Ich teile dies Bedürfnis mit dir. Hör mal, kommst du mit uns essen?«

Er zieht sich an, um mit Freunden essen zu gehen. Sie sind alle sehr intelligent. Lange amüsante Geschichten, meistens respektlos. Die Frauen sind genauso schlagfertig wie die Männer. Es ist Samstagabend. Die kleinen Tassen werden mit Kaffee aufgefüllt. Der Rauch der Gauloises steigt unter die Decke.

Auf einem Sessel liegen Schallplatten. Auf dem Schreibtisch neue Bücher. Auf der Kommode drei lederne Uhrenarmbänder von Hermès, heute gekauft. Deans Vater schnickt seine Manschetten mit einer leichten, geübten Bewegung nach vorn und wendet sich dem Spiegel zu. Das Zimmer ist vom Duft seines Rasierwassers erfüllt, Zizanie, das in kühlen Aluminiumflaschen verkauft wird. Nur sein Gepäck wirkt abgenutzt.

»Jacquette kommt, den kennst du noch gar nicht. Und Yeli Ezoum.« Er entrollt die Namen wie einen prächtigen Teppich.

»Ich kann heute abend nicht«, sagt Dean.
»Weshalb? Ein Mädchen? Laß dich ansehen. Du wirkst ein bißchen erschöpft.«
»Ich habe kein Mädchen.«
»Wir gehen ins Vert Bocage.«
Dean sagt nichts. Die Verzweiflung macht ihn schwach.
»Phillip«, sagt sein Vater, »nun komm. Ein Schritt nach dem anderen. Also erstens: Warum kannst du heute abend nicht mitkommen?«
»Bitte, ich kann nicht.«
»Aha.«
»Du mußt mir wirklich etwas Geld leihen.« Es kommt ihm selbst zu abrupt vor.
»Oh, das sind vier oder fünf Schritte auf einmal.«
»Nein, im Ernst ...«
»Ruf mich morgen an«, sagt sein Vater, »dann essen wir zusammen Mittag.«
»Morgen ...«
»In Ordnung?«
»Aber ich brauch jetzt was«, bittet Dean. Er fleht.
»Wir sprechen morgen darüber.«
»Das ist zu spät«, sagt er störrisch.
»Oh, hör schon auf.« Sein Vater läßt das lächerlich erscheinen. Er bürstet die Ärmel seines Jacketts ab. »Mußt du einem so auf die Nerven gehen? Hier.« Er zieht dreihundert Francs aus seinem Portemonnaie. »So und jetzt sag: Warum kannst du nicht zum Dinner kommen?«
Einen Moment lang hat Dean die verrückte Idee, sie mitzunehmen. Aber ihre Kleider sind so billig. Das Leder ihrer Schuhe ist rissig. Es wäre schrecklich. Sie würden sie mit nachsichtigem Lächeln begrüßen, ein paar kurze Fragen stellen und dann nicht mehr mit ihr reden.

»Ich kann wirklich nicht«, sagt er.
Als er endlich zurückkommt, schläft sie. Er hebt eine Ecke der Bettdecke. Sie ist nackt. Er schlüpft aus den Schuhen und zieht sich aus. Er legt sich neben sie, und sie dreht sich herum, in seine Arme. Es ist sieben Uhr abends. Der Lärm der Straße treibt herauf. Die weichen Stunden des frühen Abends. Er sucht nach der Packung *préservatifs* auf dem Nachttisch, aber sie greift nach seinem Handgelenk.
»Das ist nicht nötig«, sagt sie.
»Bist du sicher?«
»Ja.«
Er ist überwältigt. Als sein Schwanz in sie hineingleitet, entdeckt er die Welt. Er erkennt den Ursprung der Zahlen, den Pfad der Sterne. Musik fließt von irgendwoher über sie hinweg, ah, aus ihrem weißen Plastikradio. Sie hat ein Handtuch unter sich gelegt, und es wird blutig. Er findet es später. Er packt es heimlich ein, als sie fahren.
Am Sonntag gehen sie auf den Brücken spazieren und verlassen irgendwann am frühen Nachmittag die Stadt.
An dem Abend erzählt er mir davon, nicht alles, natürlich nicht. Ich freue mich, ihn wiederzusehen, und daß er sich mir anvertraut, macht mich so froh, daß ich eine Menge gleich wieder vergesse. Er ist erschöpft. Auf der Straße steht dunkel wie ein Schiffsrumpf der Wagen. Der Motor ist noch warm. Unter der sich abkühlenden Karosserie knackt es leise. Im Haus ist es so kalt, daß uns fröstelt. Die Wände sind wie Stahl. Wir gehen ins Foy hinunter, um heißen Tee und Cognac zu trinken. Jetzt redet er schon von anderen Dingen, wo man billig essen kann – ich erinnere mich nicht. Ich höre kaum noch zu. Ich nehme gerade genug zur Kenntnis, um ihm folgen zu können, während meine eigentlichen Gedanken um uns kreisen wie ausgehungerte Hunde.

10 Was war schon geschehen? Sie waren weggefahren und hatten miteinander geschlafen. Das kommt nicht so selten vor. Man muß mit so etwas rechnen. Es ist nicht mehr als ein süßer Zufall, vielleicht nur das Ende einer Illusion. In gewissem Sinne könnte man sagen, es war harmlos, aber warum fühlte ich mich dann auf einer anderen Ebene so ausgeschlossen. Isoliert. Und mörderisch eifersüchtig. Dabei konnte ich doch in aller Ruhe darauf warten, daß sie nun, da sie alles, was es gab, so schnell entdeckt hatten, das Interesse aneinander verlieren würden. Daß sie schnell abkühlen würden. Aber diese Akte sind manchmal nur eine Einleitung – bei den großen Duetten der Sinnlichkeit müssen sie das oft sein, denke ich –, und ich suche nach den genauen Chiffren, die alles öffnen, wie bei einer Safekombination. Ich stelle Geschehnisse um und erfinde Sätze, um zu enthüllen, wie die Unschuld des Anfangs sich in lange Sonntagmorgen verwandelte, der Klang der Glocken in der Luft, Kissen unter ihrem Bauch, ihr wundervoller Hintern hoch im Tageslicht. Und Dean dringt langsam in sie ein, tief wie eine Schwertwunde.

Ich will lieber nicht darüber nachdenken, ich wende mich ab, aber es ist unmöglich, diese Träume zu kontrollieren. Die verbotenen sind die glühendsten – sie brennen sich durch Vorsätze wie durch ein Stück Tuch. Ich kann sie nicht unterdrücken, selbst wenn ich es wollte. Ich kann sie nicht zum Verschwinden bringen. Sie sind heller als der Tag, der mich umgibt. Es macht mich müde. Ich bin zu einem Schlafwandler geworden. Mein eigenes Leben ist zu einem Nichts geworden, ein altes Kostüm, das mir wie Fetzen am Leib hängt, und ich gehe, ich atme in Deans Rhythmus, der stärker ist als der meine. Die Welt ist völlig verändert. Die Schuppen der Realität sind wie von Schnäbeln weg-

gepickt, und unter ihnen liegen, auch wenn ich versuche, nicht hinzusehen, Visionen, die mich erzittern lassen.
In ihrem Zimmer wärmen sie sich die Hände an dem Gasofen. Sie ist müde. Sie hat hart gearbeitet. Er zieht sie aus, ein wenig ungelenk, denn sie ist noch weit davon entfernt, ganz die seine zu sein – man kann sich immer noch vorstellen, daß sie nein sagt –, und legt sie ins Bett. Über der dicken Tagesdecke leuchtet ihr Gesicht wie das eines Kindes. Er steht da und sieht sie an, von Zufriedenheit erfüllt. Sie sagen nichts. Er zupft die Decke, die ein wenig schmutzig ist, zurecht, glättet sie. Dann zieht er sich eilig, als sei ihm das eben eingefallen, aus und schlüpft neben sie. Eine Handlung, die uns alle bedroht. Die Stadt um sie herum ist still. Auf den milchweißen Ziffernblättern der Uhren rucken die Zeiger, alle auf einmal, in neue Stellungen. Die Züge sind pünktlich. Auf den leeren Straßen gleiten gelegentlich die gelben Scheinwerfer eines Autos vorüber, und Glocken bezeichnen die Stunden, die Viertel, die Halben. Mit leichter Berührung folgt sie sanft den Linien an der Wurzel seines Schwanzes, der jetzt ganz in sie hineingetrieben ist, sie berührt seine Eier und beginnt, sich langsam in einer Art gehorsamer Rebellion unter ihm zu winden, während er sich in seinem eigenen Traum ein wenig aufstützt und mit dem Finger den feuchten Rand ihrer Scheide nachzeichnet, und noch als er das tut, kommt er wie ein Stier. Sie bleiben eine lange Zeit eng zusammen, immer noch ohne ein Wort. Es sind diese Dinge, die sie miteinander verschmelzen, das ist das Schreckliche daran. Diese Ungeheuerlichkeiten treiben sie in die Liebe.
Ich höre, daß er hereinkommt. Ich lese. Ich scheine zu lesen. Heinrich der Vierte verschönert Paris, er baut die Place Royal, den Pont Neuf. Ich lese wieder und wieder

dieselben Zeilen. Mir ist klar, was geschehen ist, aber ich kann mich nicht dazu bringen, etwas zu sagen. Nichts. Ich bin von Sätzen besessen, die schwer wie Baumstämme auf mir liegen.

11

Es ist alles in Fragmenten – wie die Hälfte einer Papierserviette, die eine Zeitlang in der obersten Schublade seiner Kommode lag. Sie hatten Wörter darauf geschrieben. Es sind zwei Kolumnen, und man kann erkennen, daß sie abwechselnd die Wörter nebeneinander schrieben, wie in einem Spiel. Seine sind auf der linken Seite. Es beginnt mit *Croix de Fer.* Gegenüber, in ihrer Handschrift: *Les Martiens*. Er schreibt *Les Escaliers*. Sie schreibt *Le Select*. Sie suchen einen Namen für ein Hotel, eines, das ihnen später einmal gehören wird. Dean kann das Geld besorgen, sagt er – sein Vater kennt alle möglichen Leute. Sein Vater hat reiche Freunde.
Die Liste geht weiter:

Pharao	*Napoléon*
Les Copains	*L'Aigle Noir*
Le Pyramide	*Quatre Saisons*
Coco	*Moderne*

Die untere Hälfte fehlt, wie ein Brief, der zerrissen auf der feuchten Straße liegt.
Es ist in Nancy, in dem Hotel am Marktplatz. Ein heller Dezembernachmittag. Im Zentrum des Platzes steht die Statue Stanislaus' I., Reste alten Schnees zu seinen Füßen,

sein grüner Arm deutet in den kahlen Park. Sie werden in die Stille eines Zimmers im Seitenflügel geführt. Sie ist glücklich. Es ist Wochenende. Sie sind die Straße heruntergeschlendert, in der großen Menge von einfachen Gesichtern, und sie hat ein Lederkostüm gesehen, das nur 130 Francs kostet. Vielleicht wird er es ihr kaufen. Sie trug einen schwarzen Fellhut. Alle Augen folgten ihren Schritten.
Das Radio spielt. Sie ziehen sich im Tageslicht des Winters aus. Dean ist sein Zustand ein wenig peinlich. Wann immer er sie ansieht, wird sein Schwanz steif. Er kann nichts dagegen tun. Seine größte Sehnsucht ist es, sie darauf zu hissen, triumphierend, sie in das Sonnenlicht zu ziehen, in das Sternenlicht, wo sie die Welt sehen kann. Sie fangen an zu tanzen, nackt, im Zwielicht, die Musik dünn und fremd, barfuß auf dem Teppich. Dann lieben sie sich, sie sitzt rittlings auf ihm, die Lieblingsstellung der römischen Dichter, wie er sie belehrt. Er liegt da und sieht zu ihr auf, seine Hände um ihre Knöchel gelegt. Ihr voller Duft fällt über ihn. Und am Grunde von allem, darauf ruht sein Auge, das stumme Dreieck, in dem er wurzelt.
»Glaubst du, daß du dich in fünf Jahren noch an mich erinnerst?« fragt sie ihn beim Abendessen.
Er versucht zu lächeln, aber es gelingt nicht ganz. Er ist leer, er hat keine Lust, über die Liebe zu reden.
»Du wirst mich verlassen«, sagt sie. »Du bist der Typ.«
»Nein.«
»*Si*«, beharrt sie ruhig.
Inzwischen wissen sie einiges voneinander. Sie haben Gemeinsames, auf das sie sich beziehen können. Ihre Begegnung beginnt ein Eigenleben anzunehmen, das keiner von ihnen definieren kann, das sie aber beide nährt und zu dem sie im einzigen selbstlosen Akt der Liebe beitragen. Auch

ist es egal, wieviel sich einer nimmt. Es ist ein grenzenloses Reservoir. Es ist nie zu erschöpfen, er kann nur, aber daran glaubt keiner von ihnen, vergessen werden.
Ein Teller, auf dem ein Berg *écrevisses* liegt, wird aufgetragen. Sie sind salzig, blaß. Die winzigen Beine brechen wie Holz zwischen ihren Zähnen. Saft spritzt heraus. Sie will wissen, wie man sie nennt. Dean ist sich nicht sicher. Flußkrebse, sagt er.
»Flußkrebse?«
»Ich glaub ja«, sagt er.
Sie erfindet eine Geschichte: Der Prinz der Krebse. Dean hört zu, leckt sich die Finger ab, während sie ihm, wie einem Kind, ein Märchen voller Rätsel erzählt.
Tief unten im Meer, wo alles im Dunkel liegt, wurde der Prinz der Krebse geboren. Es war eine schwere Geburt. Sie dauerte lange, weil seine Füße sich immer wieder in denen seiner Mutter verfingen, aber schließlich schwamm er, ein wenig schwach noch, an ihrer Seite. Aus allen Ecken des Meeres kamen bedeutende Fische, um ihm Geschenke zu bringen: Halsketten aus Korallen, kleine Muscheln, die er essen konnte, Seetang für sein Lager, grünen und schwarzen …
Er beobachtet ihren Mund, ihre intelligenten Augen. Ihre Zähne sind ein wenig gelb, sie pflegt sie nicht genug. Man sieht es, wenn sie lächelt, aber ihm fällt es kaum auf, er achtet nur auf die Sätze, die aus ihrem Mund kommen.
Als er sechs Monate alt war, sagte er zu seiner Mutter: Ich schwimme hinauf, um die Welt zu sehen. Oh, da war sie sehr traurig. Sie weinte. Sie wollte das nicht, aber dann sagte sie: Gott sei mit dir, mein Sohn. Sei tapfer und aufrichtig, und kein Leid wird dir …
»Widerfahren«, hilft Dean wie im Traum.
»Widerfahren«, sagt sie, und das Wort klingt komisch in ihrem Mund. »Kein Leid wird dir widerfahren.«

»Weiter«, sagt er.
»Gefällt es dir?«
»O ja.«
Aus Wassern so tief, daß er drei Tage schwimmen mußte, bevor es auch nur hell zu werden begann, steigt er hinauf an die Oberfläche …
Eine Odyssee, die in einer Katastrophe endet – Dean ist schockiert –, in einem Kessel mit schäumendem Wasser, in dem der Prinz zu Tode gebrüht wird, immer noch tapfer, immer noch aufrichtig … Sie zuckt über der Suppe die Achseln. So schnell kann es gehen. Dean sitzt schweigend da. Er fühlt sich leer und geistlos, und er ist sich zum ersten Mal bewußt, daß sie reden, daß sie Bilder erschaffen kann, die stark genug sind, sein Leben zu ändern.
Um zehn kehren sie ins Hotel zurück. Die Korridore sind leer. Schuhe stehen vor den Türen. Das Türschloß klickt leise, als es sich schließt, und mit diesem Laut erwacht Dean plötzlich. Er schiebt den Riegel vor. Sie sind in Sicherheit. Die Stadt gehört ihm. Niemand darin ist so mächtig wie er. Still liegt sie im Schlafe da, weiße Frostflecken auf den Fensterscheiben, von der Kälte bedeckt. Niemand ist gesegneter, niemand ist dämonischer.
Im Bad steht sie nackt vor dem schmalen Spiegel. Dean erscheint hinter ihr. Seine Hände, voller Ehrfurcht zunächst wie die Hände eines begnadigten Mannes, berühren sie, besitzen sie. Zärtlich wiegt er ihre Brüste.
»Ich würde in dem Kostüm sehr gut aussehen«, sagt sie nachdenklich.
Tonlos sagt er: »*Oui*.«
»Diese ist zuerst gewachsen«, sagt sie.
»Wirklich?« sagt Dean stumpf.
»Die war immer größer. *Oui*.«

Er wendet sich der kleineren zu.
»Armes Baby«, murmelt er.
Über dem Becken auf einem Glasregal: ihre Fläschchen. Auf einem steht Biodop. Ihre Strümpfe liegen zerkrumpelt auf dem Fußboden. Im Radio: *Spaniens Nächte*. Das Kostüm, erinnert er sich, hatte einen Gürtel, einen glänzenden Riemen aus Leder.
Sie haben das Licht ausgemacht. In dem Zimmer gibt es einen riesigen *armoire*, einen Weidenkorb, Sessel. Einen Garderobenständer aus Metall. Die Decke ist sehr hoch. In ihrer Mitte hängt – die Augen müssen sich erst an die Dunkelheit gewöhnen – eine groteske Lampe. Die Stunden vergehen. Sie liegt wie gefesselt auf dem Bett, die Arme unter dem Körper, die Beine weit gespreizt. Sie hat die Augen geschlossen. Das Radio spielt *Sucu Sucu*. Die Welt steht still. Ozeane regungslos wie Fotografien. Galaxien schweben herab. Ihre Scheide schmeckt süß wie reifes Obst.
Der Morgen. Sie liegt auf dem Bauch, noch warm vom Schlaf. Ihre Arme zu beiden Seiten des Kopfes, die Ellbogen angewinkelt. Dean liegt auf ihr, seine Arme und Beine umfassen sie, und sie treiben es wie Gewichtheber. Schließlich hält er inne. Er lehnt sich zur Seite, um sie zu bewundern, sie sieht ihn nicht. Haare bedecken ihre Wange. Ihre Haut wirkt sehr weiß. Er küßt sie und beginnt dann sanft und ohne Kraft wieder von vorn. Sie kehrt mit einem leisen, erschöpften Laut ins Leben zurück, wie jemand, der vor dem Ertrinken gerettet wurde.
Ihr schmaler, kühler Rücken ist aufgerichtet, als sie das Frühstück bestellt. Der Kellner, der es bringt, wirft keinen Blick auf das Bett. Als er gegangen ist, springt sie auf und bereitet es nackt vor. In dem lautlosen Licht reißt sie die *croissants* auf und bestreicht sie schnell wie ein Dienstmädchen mit But-

ter, legt sie wieder auf die Teller. Ihre Haut leuchtet. Zieht ihn an. Wie ein Kind will er ihr nahe sein, hofft, daß sie ihn anlächeln, ihn schmecken lassen wird. Er hat Lust herumzuspringen, Lärm zu machen, weil sie so beschäftigt ist, so gelassen und heiter. Sie öffnet die *confiture*. Tu was hierhin, will er sagen. Pack sie um die Taille. Tanz. Er küßt ihren Ellbogen. Sie sieht ihn an und lächelt.

Place Stanislas an einem ruhigen Sonntagmorgen. Fenster, durch die das Schweigen von Nancy strömt, vom reinen Licht getragen. In dieser Stadt ist sie geboren, in einem melancholischen Kriegsherbst. Ihr Vater hatte das Haus schon verlassen, um mit seiner Geliebten zusammenzuleben. Ihre Mutter war allein. Ein kalter Winter, viel Schnee in jenem Jahr, hart wie Stein, Eis glänzte in der Sonne auf den Dächern. Ein Winter, der sie irgendwie geformt hat, obwohl sie noch kein Wort sagen konnte.

Die Reste des Frühstücks liegen herum wie ein Festmahl vom Abend zuvor. Auf der anderen Seite der Straße ist die Oper, Gold schimmert hier und da von der Balkonbrüstung herüber, die Plakate unten sind nicht zu sehen. *Lucie de Lammermoor* wird herkommen, dunkle Lettern auf lila Hintergrund. *La Vie Bohème*. Sie sind wieder im Bett und liegen im Halbschlaf da, das Radio leise, ihre Finger zeichnen leicht seine Eier nach, die Haut zieht sich unter ihnen zusammen.

Im Bad sieht er zu, wie sie sich das Haar aufsteckt. Die Arme sind erhoben. In den Höhlen ein Schatten von Haarwuchs, kurz und weich, und dazu gehört ein feuchter, strenger Duft, den er liebt. Als sie in der Wanne sitzt, schrubbt er ihr den Rücken. Sie beklagt sich. Er macht es zu fest.

Er streicht mit den Fingerspitzen leicht über ihre Haut.

»Es sieht schon besser aus«, sagt er.

Sie antwortet nicht. Sie sitzt leicht vornübergebeugt in dem dünnen, tröstlichen Dampf, die Arme auf dem weißen Wannenrand. Unter dem Wasser sieht er ihre Brüste, ein wenig alltäglich schon, als könnte er sie jederzeit sehen, als wären sie gewöhnlich wie Knie. Die blassen Brustwarzen – er kann keine der beiden richtig erkennen. Er kniet neben der Wanne. Sie beginnt sich die Beine zu waschen.

Einfache Momente der Schamlosigkeit, eine Schamlosigkeit, die das Verlangen tötet, wie man oft hören kann, in einer großen und dauerhaften Stadt. Ich habe Nancy besucht und viel darüber gelesen. Die Hauptstadt von Lorraine. Ein Musterbeispiel der Planung des 18. Jahrhunderts. Ihre harmonischen Plätze, ihre eleganten Häuser sind typisch französisch und einer so reichen Region angemessen, aber ihren Ruhm schuldet die Stadt einem Polen, Stanislas Leszczyński, dem die Herzogtümer von Lorraine und Bar von seinem Schwiegersohn, Ludwig XV., übergeben wurden. Sein Hof war in Nancy, das er entschlossen verschönerte. Eine alte Stadt. Das älteste Viertel ist nie verändert worden. Eine Stadt reicher Kaufleute, strategisch der Schlüssel für das gesamte Grenzgebiet. Vor den Mauern der Stadt …

Aber wie schal erscheint mir das alles, so hoffnungslos wie eine billige Kulisse, die von den Fußtritten der Schauspieler erbebt.

12

Sonntagmorgen. Ihre Hände, in Handschuhen, berühren einander, als sie den leeren Boulevard hinunterfahren. Die Schulen sind still. Die Eisentore vor den langen feuchten Gassen, die nach Urin riechen, sind verschlossen. Ein wäßriger Sonnenschein, gedämpft von einem Himmel, der nicht warm werden will, fällt auf die Häuserblocks und die Straßenecken. Unerwartet wie Überlebende einer Katastrophe taucht eine Gruppe von Menschen auf, die, gutgekleidet, gerade die Kirche verläßt. Sie kneifen die Augen zusammen, als sie ins Licht hinaustreten. Sie kommen die Stufen herunter, gehen die Straße entlang, treten in die Bäckerei, um Brot zu kaufen. Dann zerstreuen sie sich, die warmen Laibe unter dem Arm.

Dean ist ein wenig gelangweilt. Es ist anstrengend, französisch zu sprechen. Er ist es müde, und Englisch ist nicht besser, ihres ist so holprig. Ihre Fehler fangen an, ihm auf die Nerven zu gehen, und außerdem scheint sie immer nur von banalen Dingen reden zu wollen: Schuhe, ihre Arbeit im Büro. Wenn sie schweigt, sieht er sie an und lächelt. Sie reagiert nicht. Sie spürt es, denkt er. Plötzlich hat er das Gefühl, durchsichtig zu sein. Die Augen, die seinen etwas mechanischen Blick erwidern, sind die Augen eines wissenden Kindes, und alle Ausflüchte, Posen, Vorspiegelungen werden sinnlos. Die Windschutzscheibe hat leichte blaue Streifen wie aus Luft. Als er nach vorn auf die Straße blickt, ist er sich ihrer ruhigen Abschätzung bewußt. Sie versteht mühelos. Das Leben ist ihr völlig klar. Sie ist eins mit ihm. Sie bewegt sich in ihm wie ein Fisch, fragt sich nie, ob es einen Grund hat, Küsten, Welten darüber …

Welten darunter. Diese provinziellen Sonntage, an denen ich die Straßen entlangging, auf dem Weg vielleicht zu einem Mittagessen bei den Jobs. Und ich traf auf – oder vielleicht erfand ich mir selbst auch nur – die kleinen Epiphanien, aus denen die Stadt sich zusammensetzt. Das Klingeln des Bestecks, wenn sie, ungesehen, hinter den geschlossenen Läden des Mädcheninternats essen. Die kiesbedeckten

Höfe, die Gärten von Autun. Ich stand am Fenster, als ich mich anzog, tief in quälenden Gedanken und immer in der Hoffnung, Claude Picquet könne für einen Moment aus ihrer Haustür treten. Eiszapfen fallen vom Dach, von der Sonne abgelöst, und schießen am Fenster vorbei. Sie kommt nie heraus. Die Straße bleibt leer. Wenn ich zurückblicke, begreife ich, daß das Leben ein Solitärspiel ist, in dem ab und zu eine Karte bewegt wird. Trotz allem hätte ich glücklich sein können, ein stilles Glück, sicher, aber immerhin. Ich hätte es schön gefunden, in die Stadt hinunterzugehen, wenn das Wetter gut war – solche Dinge. Das Wissen vergiftet uns, Geschehnisse, die man sich nicht einmal vorstellen möchte.

Wintertage, die nur aufgrund ihrer Ruhe bemerkenswert sind ... Ich gehe ins Café Français hinunter und sitze, den Rücken den Spiegeln zugewandt, da und sehe den Männern beim Kartenspiel zu. Ich habe wundervolle Fotos davon, viele mit Widerspiegelungen im Glas. Die Kamera lag in meinem Schoß, manchmal hinter einer Zeitung verborgen. Das Klicken des Verschlusses war leiser als das Anreißen eines Streichholzes. Die Kellnerin tat so, als bemerkte sie es nicht. Leute kommen zur Tür herein, die genau in einer Ecke des Raumes ist. Das Licht, das durch die Glaswand zum Platz hereinströmt, ist raumfüllend, aber weich. Die Stimmen sind leise. Ich falte die Zeitung auseinander und fange an zu lesen. Gelegentlich schreibe ich ein paar Notizen nieder.

Natürlich kann man immer nach Paris. Ich stehe in der eisigen Dunkelheit auf dem *quai*. Die Uhr glänzt weiß wie der Mond. Der Frühzug ist ein Abenteuer, er schaukelt heran, wenn die Morgendämmerung kommt, schießt durch Dörfer der Toten. Ich setze mich ans Ende des Waggons. Alle Abteile sehen muffig aus, die Luft dick von den Ausdünstungen der Schlafenden. Es ist nach neun, als wir in Nevers ankommen. Türen schlagen. Kalte Luft dringt in Schüben von draußen herein. Ein hübsches Mädchen in einem karierten Mantel steigt ein. Ihr Vater hat sie zum Bahnhof gebracht, ich beobachte ihn durch das Fenster. Er wartet schüchtern, bis der Zug anfährt, dann zeigt er eine letzte, eilige Zärtlichkeit. Sie trägt die Narben einer Hautkrankheit auf den Wangen, ihr Gesicht ist intelligent. Und sie hat schöne Beine und Hände. Ihr Vater wirkt sehr kultiviert.

Kurz nach Fahrtbeginn verläßt sie ihr Abteil und geht in die *cabinet-toilette*, direkt hinter mir. In ihrem roten Seidenanzug streift sie dicht an mir vorbei. Sie hat eine gute Figur. Eine lange Zeit vergeht. Ich fange an, nervös zu werden. Ich weiß nicht, warum. Ich sehe mich selbst unschuldig am Ende des Ganges sitzen. Keine Bewegung, nur der Lärm des Zuges. Schließlich höre ich, wie Papier abgerissen wird. Das Geräusch alarmiert mich. Wir fahren an stehenden Lokomotiven vorbei. Weiter unten auf dem Gang stehen jetzt zwei Männer, einer in der dicken blauen Uniform der französischen Luftstreitkräfte. Wieder das Geräusch von zerreißendem Papier. Die Männer beachten mich nicht im geringsten, aber plötzlich habe ich Angst. Es ist ein Moment quälender Vorahnung. Sie wird etwas Entsetzliches tun, herausstürzen, mir Scheiße ins Gesicht schmieren, mich wüst beschimpfen, Dinge schreien, die ich nicht verstehe. Ich will aufstehen und ein Stück den Gang hinuntergehen, als die Luft zu explodieren scheint, weil wir an einem entgegenkommenden Zug vorbeischießen. Das Geräusch ist furchterregend.

Und dann die große, rußgeschwärzte Endstation in Paris,

diese dreckige Kathedrale, unfruchtbar und erschöpft, durch die man in die grauen Straßen hinausgeht. Ich versuche, ein Taxi zu finden, falle dann müde in die Polster, obwohl es erst kurz nach zwölf Uhr mittags ist. Ich denke an Cristina, die mir später, als wir zum Abendessen fahren, erzählen wird, daß Isabels Mann sie jetzt öfter besucht, um sich Rat zu holen. Sie haben sich angefreundet. Sie fahren in der Stadt herum und unterhalten sich, während er beiläufig auf Gebäude zeigt, die ihm gehören.

»Fabelhafte Häuser«, sagt sie und zuckt hilflos die Achseln. Sie trägt ein teures schwarzes Kleid, aus dem sich ihr Hals ganz nackt erhebt.

»Das gehört ihm nicht«, sagt Billy. »Es war das kleine da, nebenan.«

»Das kleine nebenan«, stimmt sie zu. »Ja. Das stimmt. Aber ihm gehören noch eine Menge andere.«

»Na ja, ich würde nicht alles glauben, was er sagt.«

»Ich weiß nicht«, sagt sie. »Warum nicht?«

»Würd ich halt nicht«, sagt Billy. »Weißt du, ich höre viel.«

»Er ist wunderbar«, sagt sie zu mir. »Das kannst du mir glauben. Er liebt die Kunst.«

Sie hat schon ein paar Drinks gehabt, schlecht für ihre Leber natürlich. Sie weiß es, und sie wird nicht schlafen können. Dann bekommt sie wieder schreckliche Kopfschmerzen, besonders weil sie nicht schlafen kann. Billy sagt, das ist es ja, sie braucht mehr Ruhe.

Wir gehen ins Chez Noé, am Fluß, wo wir, sobald wir auftauchen, mit Freudenschreien umarmt werden. Sie sind seit Monaten nicht hier gewesen – hier sind sie immer hergegangen, bevor sie geheiratet haben.

»Als wir noch miteinander geschlafen haben«, sagt Cristina.

Billy wirft ihr einen Blick zu.
Es ist ein kleines Restaurant, einfach wie das Haus einer Tante. Im ersten Stock ist es recht leer. Sie setzen uns ans Fenster. Cristina besteht auf Champagner.
»Heut abend fühl ich mich danach.«
»Paß auf, Bummy«, sagt er.
Sie lacht auf.
»In Ordnung«, sagt er. »Ich hab dich gewarnt.«
»Ja, Liebling«, sagt sie.
Draußen kann ich den schwarzen Fluß sehen, gehämmert wie Metall, und den gelbbraunen Mercedes der Wheatlands, der verlassen unter den Straßenlaternen steht, ein wenig im schiefen Winkel zum Kantstein. Cristina ist Malerin, oder genauer gesagt, wäre Malerin geworden, wenn ihr die erste Ehe nicht in die Quere gekommen wäre. Sie hat es für ihren ersten Mann aufgegeben. Mit Billy ist das anders. Sie geht wieder in Malkurse, aber ... sie seufzt.
»Nein«, sagt er, »die Arbeiten, die du jetzt machst, sind die besten, die du bisher gemacht hast. Das hast du selbst sogar schon mal gesagt.«
»Ich weiß nicht, sie sind zu intellektuell geworden«, sagt sie. »Sie kommen mir plötzlich so leblos vor.«
»Nein, die sind überhaupt nicht leblos.«
»Du bist kein Maler«, sagt sie zu ihm. Dann zu mir: »Gibst du mir mal dein Taschentuch?«
Einen Augenblick fürchte ich, daß sie weinen wird, aber sie putzt sich nur die Nase. Sie sieht mir in die Augen. Ihr Lächeln ist immer geheimnisvoll.
»Erzähl ihm, wer jetzt in deinem Kurs ist«, sagt Billy.
Isabel. Sie kommt immer mit ihrem Pudel und bindet ihn an einen Fuß ihrer Staffelei. Sie nimmt es sehr ernst, sie macht keine Witze über die Malerei.

»Und malt sie gut?« frage ich.
»Soll das ein Witz sein?« sagt Cristina. Ihre Haut hebt sich sanft strahlend gegen das Schwarz ihres Kleides ab, und sie scheint wieder in der Stimmung rebellischen Übermuts zu sein, die für sie so typisch ist, wenn sie trinkt. Sie hat große schöne Augen mit hellen Wimpern. »In dem Kurs kann kein Mensch malen. Na ja, vielleicht eine. Alix könnte eine gute Malerin sein, aber sie arbeitet nicht hart genug. Man muß bereit sein, alles aufzugeben.«
»Natürlich.«
»Ich mein es ernst«, sagt sie zu mir. »Kennst du Alix?«
»Ich glaube nicht.«
»Sie ist bezaubernd«, sagt Cristina. »Du würdest sie mögen.«
Die Eigner des Restaurants setzen sich zu uns, Michelle zuerst, sie kommt mit einem netten Lächeln herüber. Sie ist nicht mehr jung, eher mitten in der letzten und selbstbewußtesten Phase der Schönheit, wie die Mutter eines Klassenkameraden. Man sieht sie aus einem Wagen steigen, ihre schönen Beine, und man verliebt sich unsterblich.
Michelle hat eine überraschende Neuigkeit: sie und Charles haben geheiratet. Inmitten der Gratulationen und Umarmungen kommt Charles etwas verlegen herein, und das löst eine weitere Welle von Glückwünschen aus. Noch eine Champagnerflasche wird aufgemacht, und sogar der beste Calvados kommt auf den Tisch. Später singen die beiden ein kleines Duett. Es ist rührend. Die vielen Jahre hindurch, in denen sie seine Geliebte war, haben sie aus ihrem Verhältnis nicht das geringste Geheimnis gemacht, aber die Ehe läßt sie jetzt erröten, und sie flüchten sich in Witzeleien. Michelles Sohn, der fünfzehn ist, kommt mit einem Freund herauf. Alle sitzen herum und reden miteinander, nur der Freund

und ich schweigen. Die Vergangenheit, die die anderen vereint, ist uns fremd. Der Freund raucht Zigaretten, und ich trinke den Calvados. Als wir gehen, gibt es Streit, der zweite an diesem Abend. Der erste entstand, weil Cristina nicht mit Billy zur Garage hinuntergehen wollte, um den Wagen zu holen. Jetzt will er tanzen gehen.

»O Gott«, sagt sie.

»Gott was?« Er wird immer schnell mürrisch.

»Niemand geht mehr tanzen«, sagt sie.

Statt dessen gehen wir in eine *cave*. Billy ist die ganze Zeit wütend und gelangweilt zugleich. Da ist eine schwarze Sängerin mit einer schönen Stimme. Sie singt französisch, und ihr Sequinkleid glitzert wie von Kristallschuppen. Sie ist eine Najade in einer Silberhaut. Ihre Zähne sind hypnotisch. Ihr Lächeln zerstört jede Hoffnung. Billy sieht ihr gleichgültig zu. Cristina lehnt an meiner Schulter und eröffnet mir, daß ich der einzige seiner Freunde bin, wirklich der einzige, den sie mag.

»Du solltest malen«, sagt sie, »weißt du das?«

»Glaubst du?«

»Ja, ich mein, wir machen doch im Grunde dasselbe, nicht? Du und ich.«

»Nicht wirklich. Ich verändere nichts.«

»Natürlich tust du das«, sagt sie mit Nachdruck.

»Nein, ich glaube nicht. Aber es ist auch egal, ich könnte nie Maler sein. *Du* mußt malen.«

Sie lächelt seltsam. Ich sage lieber nichts mehr.

»Du hast ja so recht«, sagt sie schließlich. Dann fällt ihr Billys Gesichtsausdruck auf.

»Baby«, sagt sie, »was ist los?«

»Nichts«, sagt er kalt.

Sie lacht. »Komm, wir gehen tanzen«, sagt sie.

Wir fahren den Boulevard Raspail hinunter. Da ist irgendwo ein Club, hinter normalen Geschäftsfassaden versteckt. Sie können sich nicht darauf einigen, wo er ist, bis wir plötzlich an ihm vorbeifahren. Billy bremst ruckartig. Mit wilder Entschlossenheit stößt er rückwärts in eine Parklücke. Cristina steigt aus und nimmt meinen Arm. In diesen Club gehen griechische Reeder, Millionäre, erklärt sie mir. Die Band macht nie Pause.

Cristina will natürlich nicht tanzen. Wir gucken den anderen zu. Eine schlanke junge Japanerin, die vorher an der Bar gesessen hat, tanzt mit einem dicken Sechzigjährigen. Sie halten sich an der Hand, kommen zusammen, trennen sich wieder, tanzen Rücken an Rücken. Er ist absurd, aber auf seine Weise graziös. Seine Füße sind flink wie Mäuse. Schließlich spielen sie etwas, was Cristina mag. Billy und ich tanzen abwechselnd mit ihr.

»Onassis sitzt da drüben an dem Tisch«, sagt sie auf dem Tanzboden.

»An welchem?«

»In der Ecke.«

»Oh.« Ich starre hinüber. »Wie sieht er aus?«

»Du hast doch Fotos von ihm gesehen, oder?« sagt sie.

»Ja, aber ich meine, aus der Nähe …«

»Er sieht sehr reich aus«, sagt sie.

»Trägt er eine dunkle Brille?«

»Du meinst eine Sonnenbrille? Das tun die alle. Man weiß nie, was sie denken.«

»Über dich, nehm ich an.«

»Über mich?« sagt sie.

»Ich bin mir sicher, daß er ein Auge für Schönheit hat.«

»Dem würde ich gerne mal ins Auge fallen.«

»Würdest du so einen wirklich heiraten?«

»Das nächste Mal«, sagt sie. »Ach, es würde nicht halten, aber er wäre eine Weile ziemlich glücklich.«

»Wär er das?«

»Aber ja«, versichert sie.

Sie hat ihre Momente. Aber es ist gefährlich an das zu glauben, was sie zu sein scheint. Man hat oft den Eindruck, daß da unter der Oberfläche eine andere, verzweifelte Frau ist, aber ihre Macht liegt in dieser Andeutung sexuellen Reichtums. Billy redet immer davon, wie schön sie ist. Es ist fast, als protestierte er: Aber sie *ist* schön. Und das ist sie. Ihr ganzes Leben ist darauf ausgerichtet, diese Schönheit zur Schau zu stellen. Sie behandeln sie wie ein großes Haus.

Ein hochgewachsener, selbstvergessener Tänzer, dunkel wie ein Zigeuner, ist jetzt auf dem Parkett. Er trägt einen Nadelstreifenanzug. Sein Haar ist lang, und seine Schuhe haben hohe Lederabsätze. Etwas Wahnhaftes geht von ihm aus, wie er da alleine tanzt, seine Freunde beobachten ihn von ihrem Tisch aus mit einem Lächeln. Das japanische Mädchen sieht ihn. Der dicke Mann muß seine Füße hören können. Die Musik wird schneller. Eine Art Wettstreit hat begonnen. Es ist wie der Beginn eines Verbrechens aus Leidenschaft, das Leichentuch schwebt schon über dem armen dicken Bourgeois, sie werfen sich wütende Blicke zu, während sie hin und her zucken. Aber er gibt nicht auf. Er tanzt wie ein Besessener, sein Gesicht rot und naß von Schweiß, der Mund leicht geöffnet und zu einem Totenlächeln verzogen. Jetzt fällt ihm die Kinnlade herunter. Alles in dem Club scheint innezuhalten. Alle sehen zu. Jeden Moment wird er wie ein Sack in sich zusammenfallen. Die Musik alleine könnte ihn umbringen. Sie tanzen sich in eine Raserei. Die Musiker sind außer Kontrolle.

Auf dem Heimweg verfahren wir uns. Obwohl sie seit fünf

Jahren in der Stadt leben, weiß Billy nicht, wo wir sind. Es ist niemand da, den man fragen könnte. An den Straßenecken fahren wir langsam, versuchen die Schilder zu lesen und schießen dann mit kreischenden Reifen davon. Die Straßen sind fast leer, selbst an den großen Kreuzungen. Wir fahren etwa eine Stunde ziellos herum. Cristinas Kopf liegt schlaff auf meiner Schulter. Sie schläft. Nach einer Weile – wir kommen an bestimmten Geschäften zum dritten Mal vorbei – beginnt sie zu singen. Ihre Augen sind immer noch geschlossen. Gelallte, manchmal poetisch klingende Zeilen kommen aus ihrem Mund. Billy wirft ihr einen Blick zu. Mir kommt es so vor, als wäre er der Arzt, der uns ins Krankenhaus fährt. Schließlich, gerade als wir in ein Stadtviertel kommen, das er erkennt, richtet sie sich mühsam auf. Ich bin enttäuscht, als hätte sie mich verlassen, aber dann schenkt sie mir mit sicherem Instinkt ein strahlendes Lächeln. Wir fahren an verschiedenen Kunstgalerien vorbei. Sie sieht hinaus.

»Da«, sie weist auf etwas. »In der Galerie werde ich eines Tages eine Ausstellung haben. Genau dort.«

Wir sehen jetzt durchs Rückfenster.

»In der?«

»Das ist die beste Galerie in Paris.«

Billy ignoriert sie. Sie beginnt, sich das Haar zu ordnen, verstellt den Rückspiegel so, daß sie sich sehen kann. Er sagt nichts. Sie beginnt, seinen Kragen zu streicheln. Der Himmel hat seine Schwärze verloren. Es ist zu spät, um schlafen zu gehen.

Mein Bett steht in einem Zimmer, das auch als Bibliothek dient. Es ist gleich am Eingang. Man muß hindurchgehen, um zu ihrem Schlafzimmer zu gelangen. Enorme Vorhänge, fast zu schwer, um sich im Zug zu bewegen, sind vor das

Fenster gezogen, aber unten zeigt sich schon eine Kante helleren Lichts. Sonntagmorgen. Ich schließe die Augen und warte. Wahrscheinlich gibt es gegen eins Frühstück. Hinterher machen wir vielleicht etwas Amüsantes.

13 Am Spätnachmittag warten sie auf der Straße. Die Luft ist dünn wie Papier. Ein rauher Tag. Anne-Maries Freundin soll kommen. Er ist natürlich neugierig, obwohl er so tut, als wäre er es nicht. Er möchte sehen, wie sie ist. Er sieht sich um, versucht schon aus der Entfernung zu erraten, wer sie sein könnte. Schließlich taucht sie auf, sie trägt einen Mantel mit einem schmalen Pelzkragen, und sie klagt über die Kälte. Eine Kaufmannstochter aus St. Léger. Sie heißt Danielle.

Im Café sitzt Dean schweigend da, während sie sich auf französisch unterhalten. Danielle wirkt älter, sicherer. Sie hat langes Haar, das sie offen trägt und immer wieder mit einer glatten Bewegung herunterstreicht. Er sieht sich ihr Heft an. Es sind Schularbeiten, die Seiten haben Karos. Blaßblaue Striche, mit dem Lineal gezogen, sauber geschriebene Gleichungen. Nach einer Weile wird ihm bewußt, daß sie ihn beobachtet. Er schließt das Heft. Sie verabschieden sich an der Tür, sie muß einen Zug kriegen.

»A *toute à l'heure*«, sagt Dean.

»Nein«, korrigiert sie ihn abrupt. »Du siehst mich heute nicht mehr. Du mußt sagen: A *bientôt*.«

»A *bientôt*«, sagt er.

Danach fragt Anne-Marie ihn, ob er sie mag. Dean antwortet nicht.

»Sie hat schönes Haar«, sagt er.
»Ihre Mutter erlaubt ihr nicht, es abzuschneiden.«
»Nein?«
Sie sitzen schweigend da. Er ist immer noch verärgert. Und es ist verstörend, plötzlich festzustellen, daß sie noch ein anderes Leben hat, jemand anderen, den sie treffen will. Er bestellt ein Glas Wein. Er fragt sie, ob sie eins möchte. Sie erscheint ihm sehr still.
»Nein«, sagt sie, »*merci*.«
Zum Abend essen sie etwas Leichtes in einem Restaurant in der Nähe des Bahnhofs. Der Kellner dort kennt sie. An Winterabenden kommen nicht viele Gäste, und sie sitzen allein in dem langen Raum mit seinen Spiegeln und unterhalten sich leise. Ein einzelnes Auto fährt um den Platz und dann davon. Ohne ihn anzusehen, berührt sie seine still daliegende Hand. Dann faßt sie den Mut, seine Finger einen nach dem anderen zu streicheln.
In ihrem Zimmer bittet sie ihn, sie auszuziehen. Er tut es ohne großes Interesse. Es ist sehr kalt. Sie hat es eilig, ins Bett zu kommen.
»Soll ich mich noch ein bißchen zu dir legen?« sagt er schließlich.
»Das brauchst du nicht zu fragen.«
Er zieht sich schnell die Kleider aus, seine Haut zieht sich zusammen, als die kühlen Laken sich um ihn schließen. Sie liegen beide still, warten darauf, daß die Wärme ihrer Körper Berührungen erlaubt. Ihr Arm streift flüsternd über die Decke, als sie hinaufgreift.
»Ich liebe dein Haar«, sagt sie.
Dean schweigt.
»Magst du es?«
Er zuckt die Achseln.

»Och ...«, sagt er.
»Es ist sehr weich. Wie bei einem Seehund«, sagt sie.
»Seehund?«
»Ja. *Beaux cheveux*«, murmelt sie. Sie gibt sich dem Klang hin: »*Beaux cheveux.*«
Diese geflüsterten Worte überwältigen ihn. Er wendet ihr das Gesicht zu, um sie im Dunkeln anzusehen. Ihre Lippen treffen sich. Ihr Atem ist dünn und riecht schlecht. Er macht ihn schwindlig. Er sehnt sich nach Luft. Die Ritze unter der Tür läßt Licht ein, ein Licht, das das Zimmer langsam enthüllt. Er kann ihr klares Gesicht, ihr Heiligengesicht jetzt erkennen, blaß wie ein Brief. Durch die Wand dringen die schwachen Stimmen der Leute nebenan. Ansonsten ist die Stille ungebrochen. Sie können den Gasofen oder die Uhr nicht mehr hören oder das Geräusch eines gelegentlichen Lastwagens. Sie sind in sich selbst gegangen. Ihre Hand berührt seine Brust und beginnt ihren Weg nach unten in quälend erregenden, langsamen Schleifen. Still wie ein Hund liegt er darunter, still wie ein Idiot.
Sie wurde mit siebzehn von einem italienischen Kellner in Contrexéville verführt. Es war ihr erster Sommer fort von zu Hause. Sie kannte niemanden. Sie wehrte sich nicht. Jeden Abend ging sie tanzen, mit einem anderen Mädchen oder allein, und sie traf ihn im Stimmengewirr und den billigen Düften des Tanzpavillons. Sie mochte ihn, aber der Sommer ging zu Ende. Er war fort. Natürlich wurde sie auch in Orléans schnell angesprochen, und dann waren da Roland in Troyes und seine Freunde, Jungen in St. Léger, Citroëns, die am Waldrand parkten, junge Tunesier, die als Vertreter arbeiteten. Dean weiß, daß er nicht der erste ist. Aber er will gar nichts wissen, das zumindest nicht, denn schließlich ist er auch nicht ganz das, was er zu sein scheint.

Intelligent, ja, aber irgendwie ist er seiner Gaben müde geworden. Er scheint sie schon hinter sich zu lassen. Mit dem Studium ist er im Grunde fertig, das weiß er, auch wenn er manchmal etwas anderes denkt. Der intelligente Mathematiker in ihm verschwindet, der junge Mann, für den alles zu einfach war. Sein Leben wird zunehmend unklar, richtungslos. Er ist wie ein enterbter Sohn, der sich nun ohne zu zögern von den Gewohnheiten, dem Ablauf eines normalen Lebens abwendet und sich mit der Selbstgewißheit eines Anarchisten einen eigenen Weg sucht.

Seine Mutter ist tot. Sie hat sich das Leben genommen. Ihre Ehe war schrecklich für sie. Sie fühlte sich darin vollkommen allein. Während des letzten Jahres schickte sie ihrer Schwester lange Telegramme, in denen sie manchmal Gedichte zitierte, Swinburne, Blake. Eines Tages verbrannte sie ihre Tagebücher, an einem Frühlingstag war es, ging in den Connecticut River und ertrank, wie Virginia Woolf oder Madame Magritte. Sie wurde in Boston, ihrer Heimatstadt, begraben. Ich konnte die Beerdigung vor mir sehen. Dean ist sechs Jahre alt und seine Schwester drei. Sie stehen betäubt und gehorsam da, als der große, glänzende Sarg in die Erde herabgelassen wird. Darin liegt die ertrunkene Frau, die ihnen das Leben geschenkt hat und die ihnen nun ein Beispiel von Melancholie und Hingabe ist, das sie nie verlassen wird. Erdklumpen prallen dumpf auf den hohlen Deckel, und er beginnt sein Leben als Halbwaise, er trägt den Tod seiner Mutter, den er noch gar nicht begriffen hat, in sich. Einiges von diesem Leben habe ich schon erzählt, das College, die Unruhe.

Jetzt, im Alter von vierundzwanzig, hat er den Zeitpunkt erreicht, an dem er sich entscheiden muß. Ich weiß ziemlich genau, wie das ist. Und außerdem habe ich seine Briefe gelesen. Sein Vater schreibt ihm in einer wunderschönen, gebildeten Handschrift, die Hand eines geborenen Kopisten. Mahnungen, sich dem Leben zu stellen, ein wenig ernsthafter über dies oder jenes nachzudenken. Ich hätte laut auflachen mögen. Worte, die ihm nichts bedeuteten. Er ist bereits zu einer Reise aufgebrochen, die eher einer Krankheit gleicht, er entfernt sich von uns, er wird zur Legende. Er ist unerschrocken und impulsiv, lebt sein eigenes Leben, verschwindet ohne ein Wort, um in Dublin, in Veracruz wieder aufzutauchen ... Ich berichte nicht die Wahrheit über Dean, ich erfinde ihn. Ich erschaffe ihn aus meinen eigenen Unzulänglichkeiten, das dürfen Sie nie vergessen.

Nach einiger Zeit beginnt die zweite Phase: die Zeit, da es nicht mehr so viele Möglichkeiten gibt, für die man sich entscheiden könnte. Ungewißheiten, seltsame Ängste der Vergangenheit. Und dann kommt natürlich die dritte Phase, die Verengung, und man ist gezwungen, die Welt langsam auszugrenzen, wie mit Fensterläden, weil man nicht mehr die Kraft hat, alles in seiner zerstörerischen Vielfalt zu betrachten. Schließlich – aber dann wird Dean schon in einem Poetengrab liegen – erscheint die Gestalt des Lebens nur noch wie ein Tropfen, der gleich fallen wird.

Dean versteht das noch nicht ganz. Es bedeutet ihm nicht viel. Er ist ja schließlich nicht unzufrieden. Ihre Brüste sind fest. Ihre Scheide ist feucht und weich. Er fickt sie mit Grazie, von reiner Freude angetrieben. Er stützt sich hoch, um sie sehen zu können und seinen Schwanz, der in sie hineinstößt, die Eier zusammengezogen darunter. Er ist eine mythische Figur, Bilder, an die er nicht wirklich glaubt, Bilder, so kurz wie Träume. Schweiß läuft ihm die Arme hinunter. Er stürzt in das feuchte Laub der Liebe, er erhebt sich rein wie die Luft. Da ist nichts an ihr, das er nicht anbetet. Als sie fertig sind, liegt sie still und kraftlos da, erschöpft von dem allen. Sie ist ganz und gar sein geworden, und sie bleiben wie Trinker liegen, die nackten Glieder übereinander. In kalter Ferne beginnen Glocken zu schlagen, sie erfüllen die Dunkelheit, klar wie Psalme.

14 Sonnabend, der sechste Januar. Der Himmel ist wolkenlos, blau, kalt wie Eis, und doch brennt er in den Augen. Die Sonne ist gerade schwach genug, um sie durch die Windschutzscheibe zu spüren, mehr nicht. Es ist der kälteste Tag des Jahres. Er schneidet eine Kurve in der Nähe von Beaune und sieht dann, zu spät, eine Gestalt in Uniform, die ihn mit einer lässigen Geste zum Halten zwingt. Jetzt sind es zwei: *gendarmes*. Dean hat die durchgehende Linie in der Straßenmitte überfahren. Das ist ein ernstes Vergehen. In Frankreich fackeln die *agents* nicht lange. Da macht man so was nicht. Langsam kommen sie zum Wagen herüber. Sie haben die Gesichter von Jägern, ohne Gefühle, sie kennen alles. Sie bitten um seine Papiere. Sein Französisch verschwindet. Es zerbröckelt zu ein paar plumpen Wörtern. Er stottert und hat Schwierigkeiten, überhaupt etwas herauszubringen. Die Polizisten sind geduldig. Sie scheinen ihm auf den Mund zu sehen, als könnten sie ihn trotz seiner Unbeholfenheit verstehen. Kaum ein Blick auf Anne-Marie, die still wie ein Dienstmädchen dasitzt, während Dean um Worte ringt und lügt. Es ist, als sollte die Qual nicht enden. Schließlich verwarnen sie ihn mit Gesten und lassen ihn weiterfahren. Dean dankt ihnen.

Er weiß, daß er sich aufgeführt hat wie ein Narr. Ihr

Schweigen macht das noch deutlicher, etwas in ihrem Gesicht. Er hat sich wie ein verängstigter Junge benommen. Schlimmer noch, er konnte nicht einmal Worte finden.

»Ein Glück, daß ich so schlecht französisch spreche«, sagt er mit einem gezwungenen Lachen.

»*Oui*«, sagt sie.

Den ganzen Weg bis nach Dijon scheint sie irgendwie uninteressiert an ihm. Sie fahren in ungebrochenem Schweigen, die Kälte sickert zu ihnen herein, der ganze Tag ist blau von Kälte, die Gegenstände, sogar das Licht. Er hält vor dem Hôtel de la Cloche.

»Was meinst du?«

Sie antwortet nicht.

Erst als die Tür zu ihrem Zimmer geöffnet wird, ist sie plötzlich wie verändert.

»*Ah!*« ruft sie aus, »*c'est très jolie!*«

Dean hat Zweifel. Es ist lächerlich modern. Die Gänge, durch die sie geführt worden sind, waren breit und großartig, in angemessenem Halbdunkel, und jetzt dies: schreiende Farben und die Nacktheit neuer Möbel. Der Holzfußboden ist hell, geschliffen und lackiert. Die Tapete ist gelb mit Hunderten von kleinen bunten Kugeln. Er fragt sich, ob sie sich über ihn lustig macht, aber nein, sie beginnt fröhlich auszupacken. Sie sieht ins Bad. Sie findet es perfekt. Dean hat schlechte Laune. Eine Welle der Ungewißheit geht über ihn hinweg. Der Nachmittag bekommt etwas Bedrohliches. Er hat eine Leere, die zu füllen er sich plötzlich nicht vorstellen kann.

»Gehen wir raus?« sagt sie.

»Gott nein, es ist hundekalt da draußen.«

»*Pardon?*«

»Es ist zu kalt«, sagt er. »Wo willst du denn hin?«
Sie zuckt die Achseln. Die Schaufenster angucken.
»Es ist eisig«, sagt er.
»*Non*«, beschwert sie sich.
Die Straßen sind überfüllt, kalt oder nicht. Sie laufen bis um sechs Uhr herum, sehen in die Schaufenster, und vor einem teuren Geschäft bleiben sie lange stehen und bewundern einen schwarzen Pullover. Plötzlich beschließt er, ihn ihr zu kaufen. Er kostet vierzig Francs. Das ist mehr, als er dachte. Die *vendeuse* wartet mit ausdruckslosem Gesicht. Es ist, als hörten alle zu. Der Pullover liegt schlaff da, ein bekanntes Firmenschild leuchtet in seinem Nacken. Vierzig Francs. Schließlich nickt er.
»In Ordnung«, sagt er. Es ist, als ließe er die Zügel los.
Sie hängt an seinem Arm, als sie danach weitergehen, und er sieht ihre Spiegelung im frostigen Glas. Sie sehen aus wie ein Arbeiterpaar. Er ist schlank, hart, trägt keine Krawatte. Es ist Abend. Er stellt sich vor, er sähe aus wie ein Boxer.
Die schwache Wärme des Hotelzimmers stellt ihn wieder her. Sie zieht sich so neutral wie ein Zimmergenosse aus und steigt ins Bett. Dean streift seine Kleidung ab, zieht die Schuhe aus. Er knöpft langsam und mit dem Selbstbewußtsein eines Athleten das Hemd auf.
Es ist fast dunkel. Ihre Arme liegen unter ihrem Körper gefangen. Er spürt, daß sie zögert, sich dann allmählich hingibt. Ihre verzweifelten Krämpfe, als sie kommt, erfüllen ihn mit dem tiefsten Entzücken.
Sie essen an der Rue Michelet, in einem vom sanften Klappern der Teller erfüllten Restaurant, ein langes Mahl, das wie eine Erinnerung auf sie wirkt. Sie sind so glücklich, so befriedigt, daß sie schweigend essen. Sie sehen auf und finden ein Lächeln auf den Lippen des anderen. Gegen Ende

werden sie müde. Sie stopfen sich mit Käse voll, *époisses*, *citeaux*, Spezialitäten einer Region, die für ihr Essen berühmt ist.
Sie kann nicht genug kriegen. Sie läßt ihn nicht in Ruhe. Sie zieht sich aus und ruft ihn. Einmal an diesem Abend und zweimal am Morgen kommt er ihrem Wunsch nach und liegt dazwischen wach in der Dunkelheit, die Lichter von Dijon schwach an der Decke, die Boulevards still. Es ist eine unfreundliche Nacht. Regenschauer ziehen vorbei. Schwere Tropfen schlagen auf die Rinne vor ihrem Fenster, aber sie sind im Taubenschlag, geschützt unter der Dachtraufe. Der Regen fällt überall um sie herum. Tief in den Federn, leise atmend, liegen sie da. Sein Same ist in ihr, sickert zwischen ihren Beinen heraus.
Der Wein hat ihn durstig gemacht. Gegen drei Uhr steht er auf, um Wasser zu trinken. Sie wendet ihm schläfrig das Gesicht zu und bittet auch um etwas. Sie stützt sich auf einen Ellbogen, um zu trinken. Seine Hand hält sie im Rücken. Danach öffnet er das Fenster weiter. Ein stetiger Regen, hart wie Schrotkugeln. Er hört ihn auf die Dächer von Dijon fallen, das Geräusch ändert sich mit dem Wind, dann treibt der Regen in eine andere Richtung, die Avenuen hinunter, die schwarzen Nebenstraßen. Er möchte ihre Kniekehlen küssen. Schließlich schläft er.
Er wird nie erwachen, nicht aus diesem Traum, das weiß ich. Er ist in ihm versunken. Er hat den tiefsten Punkt erreicht. Er kann sich nicht bewegen. Im reinen Licht des Morgens nimmt er sie in seine Arme wie ein zärtlicher Vater, zieht das Kissen unter ihren Kopf.

15 Ihre Eltern hatten Schwierigkeiten, Kinder zu bekommen – ich weiß nicht, ob das etwas zu bedeuten hat –, und sie wurde im Herbst 1944 geboren, im letzten Herbst des Krieges. Ihr Vater war schon seit zwei Monaten fort. Ihre Mutter, die ich nie treffen werde, führte ein ärmliches, unglückliches Leben, obwohl sie schließlich noch einmal heiratete. Da ist der Winter, in dem ihr Kind krank ist, ein deprimierender Winter. Sie kämpft sich alleine hindurch. Die Restaurants sind hell erleuchtet. Hinter den beschlagenen Fensterscheiben des Café du Commerce unterhalten sich Geschäftsleute. Der blasse Neonschriftzug des Tanzlokals erhellt einen schmalen Hof – als sie auf dem Heimweg vom Krankenhaus vorbeikommt, sieht sie, wie Paare dort hineingehen. Ihre Finger und ihre Füße sind kalt. Für ihr Leben gibt es keine Lösung. Es ist wie ein Verbrechen, das man nicht ungeschehen machen kann.

Ich weiß nicht, wie ich mir diese Mutter vorstellen soll, diese nie klagende Frau, zu der ich eine unbestimmte Zuneigung empfinde. Sicher sah sie einfach aus, hörte gerne Klatsch. Ich weiß nicht einmal, wo sie geboren wurde, vielleicht in Metz, zusammen mit Toul und Verdun einer der alten Bischofssitze. Es gibt keinen Grund, Metz zu sagen, aber irgendwo muß man es ja ansiedeln.

Edouard, der Vater, war so etwas wie ein Dandy, obwohl er im Alter dick wurde. Er stammte aus Belgien. Anne-Marie sieht ihn ab und zu. Es geht ihm auf seine alten Tage ganz gut (er war um einiges älter als ihre Mutter). Er lebt mit einer jungen Frau nördlich von Paris. Sie arbeitet, er ist im Ruhestand, kann nicht mehr so viel tun. Er hat ein paar Wertpapiere, und sie kommen einigermaßen über die Runden. Er achtet sehr auf sein Geld, mehr noch, als es bei Franzosen ohnehin üblich ist. Sie haben einen kleinen Jun-

gen, der elf Jahre alt ist. Überraschend ist, daß sowohl Anne-Marie als auch ihre Mutter den Kleinen sehr mögen. Die Mutter ist sogar so weit gegangen, ihn ein paar Wochen zu sich zu nehmen, als Edouard und seine Frau in Skandinavien Ferien machten. Sie hat dafür natürlich ein wenig Geld bekommen, aber es ist trotzdem ungewöhnlich. Was ihren jetzigen Mann angeht, so weiß ich nichts über ihn, überhaupt nichts. Er hat sie vor einem einsamen Leben bewahrt; das ist alles.
Es gibt ein Foto von Annie und ihrem Vater und ihrem Halbbruder, die drei blicken direkt in die Kamera. Sie ist sechzehn, wirkt aber jünger. Sie stehen vor einem Gebäude, das ein Bahnhof sein könnte, große Fenster, eine imposante Fassade. Das Bild ist einer dieser gewöhnlichen kleinen Schnappschüsse, die das Leben fast aller Menschen illustrieren. Es wurde im Sonnenschein aufgenommen. Ihre Gesichter sind weiß, die Augen zusammengekniffen. Das einzig Interessante an diesem Foto ist Anne-Marie, man nimmt es auf, um zu sehen, ob da schon etwas an ihr war, in diesem Alter, ob da etwas in ihrem Gesicht ist ... Sie hat das Bild in ihrem *armoire* aufgestellt, so daß man es ansehen kann, wenn man die Tür öffnet. Direkt dahinter liegt eine kleine Pappschachtel, in der sich zwei- oder dreihundert Francs befinden, ihre Ersparnisse. Dean weiß, daß das Geld da ist. Er hat gesehen, wie sie etwas hineingelegt hat. Einen Teil ihres Lohns schickt sie ihrer Mutter, aber die Existenz dieses kleinen Bündels Banknoten, ein paar Monatsmieten, mehr ist es nicht, ist irgendwie rührend. Ich sehe es wie ein Motiv für einen Betrug, aber natürlich ist es genau das Gegenteil. Dennoch ist es bemerkenswert, daß es da ist, so wenig verborgen. Sie ist mit Geld sehr vorsichtig. Sie versteht da keinen Spaß. Sie zahlt nie, wenn sie mit ihm zusammen

ist. Manchmal kauft sie ein paar Briefmarken, mehr nicht. Sie hat ihm nie ein Geschenk gekauft, jedenfalls soweit ich weiß. Und trotzdem, trotz des schalen Geschmacks der Armut, der sie umgibt, bin ich mir sicher, daß Dean die zweihundert Francs, wenn er wollte, haben könnte. Der Gedanke, daß er sie verlangen könnte, erschreckt mich zutiefst. Es scheint, daß sie bereit ist, zuviel zu geben – dieser Gedanke verfolgt mich –, und wie ein Narr, der all seine eigenen trivialen Sorgen in ihr Leben schleppen will, möchte ich sie warnen. Auf der anderen Seite weiß ich, daß er das Geld nie im Leben annehmen würde. Oder aber er würde es ohne jeden Skrupel tun, als hätte er ein Recht darauf, genauso wie er ein Recht auf ihren Körper, ihre Gedanken, ja ihre Träume hat. Von einer der beiden Möglichkeiten bin ich überzeugt, aber ich kann nicht sagen, von welcher. Das Geld lenkt mich ab. Diese kleine teefarbene Schachtel, die etwa so groß ist wie die Schachtel einer Armbanduhr und an der das Foto lehnt – ich kann sie tatsächlich durch die Steinmauern hindurch sehen.

Dinge haben ihre Gestalt und ihr Gewicht, ihre Farbe und darüber hinaus eine Dimension, für die es keinen Maßstab gibt: ihre Bedeutung. Anne-Maries Zimmer, ihr Leben, über das ich in Wahrheit so wenig weiß, ist mit Gegenständen ausgestattet, die allmählich surreal geworden sind. Wo immer ich hinsehe, tauchen sie auf. Sie stehlen den Dingen, die mich umgeben, die Identität. Da ist ihr Wecker mit den nachts leuchtenden Zeigern, der immer ein wenig nachgeht, ein Wecker, den sie in Orléans hatte, vielleicht schon in Contrexéville, das Läuten in der Frühe ist schrill. Nein, da hat sie das andere Mädchen geweckt. Sie war bis spät aus, und sie ist verschlafen. Auf dem Fußboden liegen ihre Schuhe auf der Seite. Sie hat ihr Kleid über einen Stuhl geworfen ... Da

ist ihr Waschlappen in Form eines Handschuhs. Ihre Kosmetiksachen. Ihr Kamm. Die Schachtel, in der ihre Ersparnisse liegen. Oh, Anne-Marie, deine Existenz ist so rein. Du hast deine arme Kindheit, Ansichtskarten von den Jungen in St. Léger, deinen Stiefvater, deine Verzweiflung. Nichts kann dich berühren, keine Enthüllung, kein Verbrechen. Du bist wie eine traurige Geschichte, wie Blätter auf der Straße. Du wiederholst dich wie ein Lied.
Dean trifft sie fast jeden Abend. Manchmal machen sie sich nicht die Mühe, etwas zu essen. Eine Apfelsine. Eine Tasse Tee. Sie fahren in der Kälte herum. In ihrem Zimmer zieht sie ihn aus und legt ihn ins Bett. Er läßt es sich gefallen wie ein großes Kind. Sie schenkt ein Glas Wein ein und stellt es auf den Nachttisch. Dann legt sie in aller Ruhe, als wäre sie allein, ihre Kleidung ab und zieht einen Hausmantel an. Sie wäscht sich. Sie beginnt, sich die Haare zu bürsten. Der Stoff schmiegt sich an ihren Körper, Dean sieht, wie die Hüften, der runde Hintern sich darunter abzeichnen. Sie hätte gern ein Zimmer mit Teppichen und Spiegeln, sagt sie ihm. Dean schweigt. Sie schlüpft aus dem Hausmantel und steht nackt vor dem Spiegel. Und ein großes Bett, fügt sie hinzu, während sie sich selbst betrachtet. Er hört kaum zu. Seine Augen gehen langsam zwischen ihrem Körper und seiner Spiegelung hin und her. Sie dreht sich um, will sehen, ob er wach ist.
»Phillip?«
Keine Antwort. Sie geht zum Bett hinüber. Seine Hände erheben sich still im Dunkeln, um sie zu empfangen, zu sich herunterzuziehen.
»So tun, als ob du schläfst«, sagt sie. »Du bist ein unartiges Kind.«
»Nein.«

Er hat sie umgedreht, um sie zu bewundern, diese blassen Backen, fest wie Waden. Er streichelt sie, läßt die Hand zwischen ihre Beine gleiten.
»Davon kann man leben«, sagt er.
»*Comment?*«
»*Je t'aime*«, sagt er.
Sie liegen auf der Seite. Der Wecker tickt. Das Metall des Gasofens knackt wie zerbrechendes Glas. Unten reden die Korsen miteinander. Ihre leidenschaftlichen Stimmen hallen im Treppenhaus wider. Die Haustür geht zu.
»Einen Moment«, flüstert er.
Sie liegt auf ihm.
»Ich hab nichts ...«
»Das ist in Ordnung«, sagt sie.
»Bist du sicher?«
Sie kämpft. Er stöhnt gequält auf.
»Anne-Marie?«
»*Si!*« versichert sie ihm. Halb läßt er sie los, halb führt er sie.
Es beginnt langsam, seine Hände an ihrer Taille. Es ist, als krönte er sein Leben.

16 Bilder der Vergangenheit Frankreichs, die einen verfolgen, die sich über und über spiegeln wie die Facetten eines unerschöpflichen Edelsteins. Ich gehe durch das stille Haus, die hohen Räume kühl und fröstelnd im Winterlicht, das auf den Möbeln liegt. Die Ruhe ist allgegenwärtig. Sie kommt aus keinem einzelnen Detail. Sie ist da wie ein verschleiertes Gesicht.

Bilder der Stadt. Sens. Die berühmte Kathedrale, die im Glanz Canterburys ihre Spiegelung findet, erhebt sich über den eisigen Fluß, über die stillen Straßen. Man sieht sie schon aus der Ferne, St. Etienne: die Jahrhunderte haben ihren Stein gebleicht wie Puder, und den Statuen der Seligen fehlen die Köpfe, aber noch immer blickt sie weit ins Land und mahnt die Reisenden, der Gegenwart Gottes zu gedenken. Gebaut als eine der ersten aus der großen gotischen Familie, die sich in Frankreich erhob, überdauert sie die Zeit wie ein weißer Mythos. Die kleinen Läden sind dicht um sie herum gewachsen, Kinos, Restaurants. Aber sie wird davon nicht berührt. Unter der Mittagssonne glänzt das burgundische Dach in seinem seltsamen Schlangenhautmuster mit rautenförmigen Bändern, schwarz und grün, ocker, rot. Die Sonne überflutet es wie Wasser, bringt es zum Leuchten.

Sens. Sie sind eingeschlafen. Dean wacht zuerst auf, es ist früher Nachmittag. Er löst ihre Strümpfe und rollt sie langsam herunter. Ihr Rock kommt als nächstes, dann ihr Slip. Sie öffnet die Augen. Den Strumpfhalter läßt er an, um ihre Nacktheit zu unterstreichen. Er läßt seinen Kopf eine Weile darauf ruhen. Dann legt er sich, um eine bequemere Stellung zu finden, zwischen ihre Beine, ihr Becken als Kissen, ihre Knie greifbar nahe. Er hört dem Verkehr zu. Er wendet den Kopf ein wenig, um zu sehen, ob sie schläft. Sie sieht ruhig auf ihn herab. Unter seinem Ohr ist es naß.

Er hat Geld, und damit ist alles anders. Es sind beinahe neunhundert Francs in makellosen Scheinen, die er für sein Rückflugticket bekommen hat. Die Schönheit der Banknoten machte ihn schwach, als er sie zählte. Er faltete sie nicht zusammen. Er trug sie flach hinaus, in dem steifen Bündel aus Zehnern, das an einer Ecke mit einer Büroklammer zusammengehalten wurde. Seit er das Geld hat, fällt ihm plötzlich die Sprache leicht. Er sieht sich selbst mit großer Klarheit, er kann sich viele Dinge vorstellen. Sie sind wichtig, diese unerschöpflichen Zehn-Franc-Noten. Sie sind die Grundlage aller Phantasie. Sie sind die Garanten seines Lebens.

Im Restaurant kommen sie ein bißchen zu früh. Die Tische sind leer, der Oberkellner steht allein herum. Sie werden an einem offenen Kamin vorbeigeführt, in dem ein riesiges Holzscheit langsam vor sich hin brennt, die Flammen nicht mehr als handgroß. Auf einem breiten Tisch zeigen gewaltige Schinken ihr reiches Inneres, da sind Platten mit gebratenen Fischen, Pilze, der Schmuck der Früchte. Sie werden in eine Nische gesetzt, einander gegenüber. Sie berührt ein Fieberbläschen an ihrem Kinn.

»Nehmen wir das *prix-fixe?*« fragt sie.

»Mal sehen«, sagt er. Er liest.

Sie berührt sich immer wieder.

»Hör auf damit.«

Sie gehorcht.

Am nächsten Tisch nimmt ein elegantes Trio Platz: ein Mann mit silbergrauem Haar, ein sehr gepflegter, kultivierter Mann, und zwei Frauen, seine Frau und seine Mutter wahrscheinlich. Dean kann sie hinter ihrem Kopf sehen, sie bekommen gerade die Speisekarten. Der Oberkellner spricht mit ihnen. Sie lächeln. Er blickt wieder herunter in die Karte.

»Bist du sehr hungrig?« sagt er.

»*Ah, oui.*«

»Das Menü ist riesig.« Sein Kopf ist noch immer geneigt. »Ich glaube nicht, daß du das alles essen kannst.«

»*Oh, j'ai faim*«, bittet sie.

»Also gut.«
Hinter ihr unterhalten sich die drei lebhaft in einem wunderbaren Französisch, von dem er kein Wort versteht. Er guckt zu lange dahin, aber er kann die Augen nicht abwenden. Er merkt, daß seine Stimmung sich trübt. Sie guckt sich um, sie will wissen, was er da anstarrt, und Dean ist das plötzlich peinlich. Sie macht etwas unter dem Tisch, sie puhlt an ihren Fingernägeln, an denen sich noch Überreste von Lack befinden.
»Bitte«, sagt er.
Sie blickt auf. Es gibt schreckliche Momente, in denen man das, was man liebt, mit kalten Augen sieht. Ihr Gesicht ist das einer Verkäuferin, Dean sieht es ganz deutlich, hübsch, aber vulgär. Er ist plötzlich voller Ungeduld. Er will nur noch weg von hier. Sie haben ihn irgendwie zu einem Delinquenten gemacht. Anne-Marie sagt nichts. Sie kann seinen Ärger riechen. Ihre Hände liegen im Schoß verborgen.
Sie essen langsam, haben einander wenig zu sagen. Das Menü ist zu reichhaltig. Sie verliert den Appetit und kann ihr Dessert nicht mehr essen. Das macht ihn noch wütender, und er ißt es. Sie sitzt still da, bleich wie ein Schulmädchen.
»Du hättest das nicht alles bestellen sollen«, sagt er.
Sie greift sich an die Ohrläppchen und nimmt ihre kleinen Ohrringe ab, als wollte sie zu Bett gehen.
»Ich wußte, daß du das nicht schaffst«, sagt er.
Nach dem Essen gehen sie spazieren. Alles ist still. Sie scheint sehr in sich gekehrt. In der Nähe der Kathedrale bleibt sie zurück, sie geht sehr langsam.
»Was ist?«
Ihre Stimme ist sehr schwach.
»*Rien.*«
Er wartet auf sie.

»Fühlst du dich nicht gut?« fragt er noch einmal.
Sie scheint den Tränen nahe. Sie schüttelt widerwillig den Kopf und erbricht plötzlich da stehend, neben dem aufragenden Kirchenschiff, das ganze Essen, Froschbeine und Austern klatschen auf das Pflaster. Sie würgt und ringt nach Luft. Dean hält sie. Er blickt sich um und ist erleichtert, daß niemand sie beobachtet.
»Wie fühlst du dich? Willst du dich nicht hinsetzen?«
Sie atmet nur erschöpft durch.
»*Ton mouchoir*«, bittet sie schwach.
Er zieht es aus der Tasche. Sie hält es an die Lippen und wischt sich dann die Mundwinkel aus. Sie versucht zu lächeln. Sie macht sich Sorgen um ihre Schuhe. Vielleicht haben sie Flecken. Sie lehnt sich an ihn und hebt die Füße, erst den einen, dann den anderen, um nachzusehen.
»Die sind in Ordnung«, sagt er ihr. »Möchtest du etwas Tee?«
»*Non. Merci.*«
»Wäre aber gut für dich.«
»*Non*«, haucht sie.
Sie schämt sich, aber sie fühlt sich auch geläutert. Ihr bleiches Gesicht hat seine Härte verloren, und sie hängt sich an seinen Arm und geht mit ihm demütig die dunklen Straßen hinunter.
Am nächsten Morgen hat sie sich erholt. Sein Schwanz ist hart. Sie nimmt ihn in die Hand. Sie schlafen immer nackt. Ihre Haut ist unschuldig und warm. Schließlich hat er sie zu seiner Zufriedenheit auf den Kissen zurechtgelegt, ein Ritual, das sie wortlos hinnimmt. Es dauert eine halbe Stunde, bis sie sich erschöpft voneinander lösen und das Frühstück bestellen. Sie ißt ihre beiden Brötchen und eines von seinen.

Am Nachmittag gehen sie in einen Laurel und Hardy-Film, ein Überbleibsel von vor dreißig Jahren. Das Kino ist eine winzige Schachtel. Die Sitze sind wie zerrissene Zeitschriften. Danach gehen sie am Fluß entlang. Das Wasser ist grau, und es scheint nicht zu fließen. Sie geht zum Ufer hinunter, um ein paar Kätzchen für ihr Zimmer zu pflücken. Dean wartet auf dem Pfad. Er sieht zu, wie sie die Stiele aussucht, sie legt sie in den gebeugten Arm. Was, wenn sie schwanger wird, fragt er sich. Die Wolken sind schwer und am unteren Rand dunkel wie Blei. Der Gedanke ist leise gekommen, aber er wird ihn nicht mehr los. Er wagt es nicht laut zu sagen. Plötzlich ist er sich sicher, daß er sie nicht heiraten will. Trotzdem, wenn sie ein Baby bekommen sollte, was könnte er schon machen? Er kann sie nicht einfach verlassen. Er hat kalte Füße. Seine Wangen sind rauh und trocken. Die Kälte des Nachmittags scheint ihm in die Seele gedrungen zu sein. Sie geht unten am Rand des Wassers weiter. Dean folgt ihr oben, langsam, er fragt sich, wie es enden kann.

17

Jetzt, am weißen Nachmittag, blinkt der Wagen unter den nackten Bäumen der Avenue entlang. Es ist fast kein Verkehr. Die Stadt wirkt verlassen. Er biegt in den Boulevard Mazagran ab, fährt noch einmal um eine Ecke und parkt dann nachlässig, im spitzen Winkel zur Mauer, vor dem Haus der Jobs.

Dean gibt jetzt dreimal in der Woche Nachhilfeunterricht. Der Vorschlag kam ziemlich unerwartet, aber der Gedanke muß Madame Job schon seit einiger Zeit beschäftigt haben.

Als sie mich um meine Meinung bat, war ich überrascht. Ich hatte keine Chance, mir eine Antwort zurechtzulegen.
»Unterricht?« sagte ich. »In was?«
»Aber in Englisch natürlich.«
»Na ja«, sagte ich, »ich weiß nicht. Aber wenn es ihn interessiert, wird er es wohl machen, nehme ich an.«
»*Comme il est gentil*«, sagt sie bittend. Sie war dünn wie ein Frettchen.
»Fragen Sie ihn doch einfach.«
»Glauben Sie?«
»Aber ja. Warum nicht?«
Sie versuchte, ihre Freude zu verbergen. Es ärgerte mich.
Für sie ist er der junge Student, begabt und ernsthaft. Ihre Kinder lieben ihn. Er fertigt einen Satz Karten zum Vokabelnlernen an, mit einem Bild auf der einen und dem Wort auf der anderen Seite. Seine Zeichnungen sind natürlich sehr geschickt. Das *automobile* ist das seine, das draußen vor dem Haus steht, nur noch länger und ein wenig schief. Das Huhn sieht aus wie Claude Picquet.
Sein Leben hat etwas von der Art des neunzehnten Jahrhunderts angenommen. Er steht um acht oder halb neun auf und trinkt seinen Kaffee. Dann liest er die Zeitung, um etwas für seinen französischen Wortschatz zu tun. Die Schlagzeilen sind dick, die Titelseiten voll mit Artikeln über die schreckliche Scheidung zwischen Frankreich und Algerien, die in den letzten Zuckungen liegt. Viele Franzosen klammern sich immer noch an die Möglichkeit eines Triumphs, an ein letztes Aufbäumen des Willens. *La guerre est la domaine de la force morale*. Sie sind wie Witwen, wie enteignete Pächter, Märtyrer, Wahnsinnige. Im letzten erregten Moment tauchen verzweifelte Intrigen auf. Die Gewalttätigkeit wird grotesk. Bürger, einige mit Orden am Revers, werden auf der Straße

mit Maschinenpistolen niedergeschossen. Die Mörder sind praktisch noch Kinder. Sie können selbst nicht fassen, was sie getan haben. Sie sitzen auf dem Bordstein und weinen.
Abends kommt er vor Mitternacht nach Hause. Er verbringt fast nie die Nacht bei ihr. Ihr Bett ist sehr schmal, aber ich glaube, er zieht es auch vor, gehen zu können. Außerdem haben sie die Wochenenden in all den alten Hotels, die Fensterläden geschlossen, die Tür von innen verriegelt.
Er freut sich über das erste Geld, das er mit dem Unterricht verdient hat, und sie fahren nach Avallon. Napoleon ist in dem Hotel dort abgestiegen. Es atmet seinen Ruhm. In den Korridoren hängen Stiche von seinen Feldzügen, Rivoli, Jena, die Mamelucken. Das Mädchen am Empfang hat einen Goldzahn, der aufleuchtet, wenn sie lächelt.
Sie sitzen im Speisesaal und sehen sich still die Karte an, die Preise zuerst. Sie hat sich oben umgezogen und trägt nichts unter ihrem Kostüm. Dean weiß das. Während er in die Speisekarte sieht, kehren seine Gedanken immer wieder dahin zurück. Ihr Körper, Teile ihres Körpers, bekommen in seiner Vorstellung etwas Strahlendes. Alles, was er berührt oder sieht, die Gabel, das Tischtuch, scheint in seiner Einfachheit das Fleisch zu feiern, das nur durch eine Lage Stoff verborgen, nicht einmal verborgen, verkündet wird. Sie ißt viel. Sie trinkt sogar ein wenig Wein. Dean sieht sie durch sein leeres Glas an. Eine strahlende, verzerrte Welt erscheint. Die Kronleuchter glitzern wie Sterne. Ihr Gesicht schwimmt fort, von weichen Haaren gekrönt.
»Heute abend machen wir einen Film«, sagt sie.
Verwirrt versucht er, sich vorzustellen, was das bedeuten soll. Sie sitzt ihm gegenüber, lächelt ihn an. Ihre Servietten liegen zerknüllt neben ihnen auf dem Tisch.

Hätte sie, das habe ich mich oft über leeren Tellern in Restaurants gefragt, in Cafés, in denen nur noch die Kellner herumstanden, unter anderen Voraussetzungen, durch irgendeinen Zufall, hätte sie, träume ich, mir gehören können? … Ich sehe in den Spiegel. Meine Haare werden dünn. Ein Gesicht, das von Falten gezeichnet ist, Schnitte sind es fast, die meinen Ausdruck bestimmen. Kräftige Arme. Ich erfinde dies alles. Die Augen eines intelligenten und faulen Mannes, eines leidenschaftlichen Mannes …

Sie zieht die Jacke aus. Diese wunderbaren Brüste erleuchten das Zimmer. Sie tritt aus ihrem Rock heraus, und man hungert nach nichts als ihr, nach dieser nachgiebigen Frau, die so bereit ist, sich hinzugeben. Es waren meine Blicke, müde Blicke in einem Nachtclub, die sie entdeckten, und nun kann ich sie nur in meinem Schweigen erreichen, verstohlen, und das alles liegt um mein Bewußtsein wie ein eiserner Ring. Diese souveränen Brüste, vom Tuch befreit. Sie liebt es, nackt zu sein. Sie schwimmt im Licht. Sie ist getränkt von Licht.

Die großen Liebenden schmoren in der Hölle, sagt der Dichter. Selbst heute, so viel später, ist es mir unmöglich, die Bilder loszuwerden. Sie bleiben in mir wie die Begierden eines Süchtigen. Ich brauche nur bestimmte Wörter zu hören, bestimmte Gesten zu sehen, und meine Gedanken überschlagen sich. Ich verachte mich selbst dafür, so viel an sie zu denken. Selbst wenn sie tot wäre, würde ich dasselbe empfinden. Ihre Existenz legt einen Schatten auf mein Leben.

Einsamkeit. Man weiß instinktiv, daß sie mehr an Befriedigung bereithält als andere Zustände, aber trotzdem ist sie schwierig. Und außerdem, wie soll man zwischen Zuständen unterscheiden, die wertvoll sind, die uns trotz ihrer

Unbequemlichkeit Kraft geben und zu großen Dingen treiben, und den anderen, denen man besser ausweichen sollte? Welche sind kostbar und welche nicht? Warum ist es so schwer, allein glücklich zu sein? Warum ist es unmöglich? Warum werde ich, wann immer ich nichts zu tun habe, manchmal sogar, wenn ich mitten in einer Beschäftigung stecke, langsam, aber unvermeidlich zum Opfer dessen, was sie tun, der Kraft ihrer Handlungen ausgeliefert?

Stille. Ich lausche ihr, der Stille in dem Zimmer, die mich schwach macht. Diese ruhigen Sätze, auf die sie so gut zu reagieren versteht, auch jetzt, da sie barfuß in der Dunkelheit zu ihm hinübergeht.

Ich bin nicht weit genug gegangen, das ist es. In die Einsamkeit muß man eindringen, man muß sie aushalten. Der eisige Beginn ist das Schlimmste. Man muß da durch. Man darf nicht auf halbem Weg umkehren, man muß durch die Bitterkeit hindurch, durch die Gefühle der Selbstgerechtigkeit, man muß auf sie zugehen wie auf eine heilige Stadt, man spürt die tiefe Freude, die einen erwartet. Ich versuche, sie in mir wachzurufen, sie heraufzubeschwören. Ich bin sicher, daß sie da ist, aber es ist nicht leicht, sie zu finden. Natürlich nicht. Man schwankt. Man muß kämpfen. Aber so ist das, wenn man an etwas glaubt, es ist ein Schnitt bis auf den Knochen.

»Das war aber viel«, sagt sie.

Sie glänzt davon. Die Innenseiten ihrer Schenkel sind naß.

»Wie lange dauert es, das neu zu machen?« fragt sie.

Dean versucht nachzudenken. Er erinnert sich an den Biologieunterricht.

»Zwei oder drei Tage«, schätzt er.

»*Non, non!*« ruft sie aus. Das ist nicht, was sie gemeint hat. Sie fängt an, ihn wieder steif zu machen. Nach ein paar

Minuten rollt er sie auf den Rücken und schiebt ihn hinein, als wäre die Pause zu Ende. Dieses Mal ist sie wild. Das große Bett beginnt zu knarren. Ihre Atemzüge werden kurz. Dean muß sich mit den Händen am Kopfende abstützen. Er schlingt seine Beine um ihre und treibt sich tiefer in sie hinein.

»Ah«, keucht sie, »so ist es am besten.«

Als er kommt, wirft es sie beide nieder. Sie zerfallen wie Sand. Er kommt aus dem Bad zurück und hebt die Decken vom Fußboden. Sie hat sich nicht bewegt. Sie liegt noch genauso da.

Am folgenden Tag fahren sie immer irgendwo hin. Sie stehen spät auf und planen ihren Ausflug. Dies sind die ersten milden Wochenenden. Es ist schön, draußen zu sein. Sie packen ihre Sachen in den Wagen: ihren kleinen Plastikkoffer, das Radio, ein Magazin, *Elle*. Sie steigt ein und schlägt die Tür laut zu.

»Muß das sein?« sagt er.

»Entschuldigung.«

»Eines Tages wird das verdammte Ding noch abfallen.«

»Es tut mir leid«, sagt sie noch einmal.

»Macht nichts«, sagt er. Er ist in Wirklichkeit sehr zufrieden. An diesem Morgen hat sie ihre Periode bekommen. Alles ist in bester Ordnung.

Sie fahren durch einen langen Tunnel aus Bäumen aus der Stadt hinaus. Das Land öffnet sich, um sie zu empfangen. Warme Quadrate aus Sonnenlicht wandern über ihren Schoß. Das volle Murmeln des Motors fließt unter ihnen. Sie reden über ihre Freunde, Danielle, deren Eltern das Lebensmittelgeschäft haben. Und Dominique, die sechs Monate bei einer Familie in Deutschland gelebt hat. Ihr hat das sehr gefallen. Besser als Frankreich. Anne-Marie würde auch gerne mal dahin gehen. Wie wäre es mit Italien? O ja, natürlich, Italien. Vielleicht können sie zusammen mal nach Italien fahren, schlägt sie plötzlich vor. Im Sommer. Mit dem Auto.

»Sicher«, sagt er. Es ist alles vage und noch lange hin.

Nach einiger Zeit beginnt sie, auf dem Sitz hin und her zu rutschen.

»Oh, Phillip«, sagt sie, »mein Tampon sitzt nicht richtig. Halt mal in Saulieu an.«

»Gut.«

»Ist es noch weit?«

»Nicht sehr«, sagt er.

Sie gibt ein leises ärgerliches Zischen von sich. Das Ganze sieht ihr ähnlich. Er bewundert diese Offenheit an ihr. Manchmal geht sie in den Wald, um zu pinkeln.

18 Langsam ändert sich das Licht, von Tag zu Tag, gespiegelt von zahllosen alten Oberflächen der Stadt. Eine neue Qualität erscheint in ihm, eine Intensität, die den Tod einer Jahreszeit anzeigt. Die Wintermonate sind müde geworden. Ihr Umsturz steht dicht bevor. In den Straßen spürt man den Wandel. Der Himmel ist hell geworden, ist aufgefrischt. Die Vergangenheit schmilzt wie Eis.

Dean sitzt da und wartet, während sie sich schminkt. Es ist noch recht hell draußen. Leute gehen nach der Arbeit spazieren, froh darüber, daß sie diese Stunden vor der Dunkelheit haben. Er blättert in einem billigen Magazin, sie macht die letzten Handbewegungen. Ihr Gesicht ist dicht vor dem Spiegel.

»Weißt du, du solltest diesen Mist nicht lesen«, sagt er.
Sie dreht sich um. Dann wendet sie sich wieder dem Spiegel zu.
»Das sind nur Geschichten«, sagt sie.
»Die sind furchtbar. Was findest du an denen?«
Sie zuckt die Achseln. Er wirft das Heft beiseite.
»Ich sollte mehr Bücher lesen«, sagt sie wie zu ihrem Spiegelbild.
»Allerdings, das solltest du.«
»Ich mag Montherlant«, sagt sie. »Und Proust.«
»Du hast Proust nicht gelesen.«
»Natürlich«, sagt sie.
»Wirklich?«
Sie dreht sich um und fragt: »Wie seh ich aus?«
»Zuviel Lippenstift«, sagt er.
Sie wendet den Kopf vor dem Spiegel hin und her, sich selbst prüfend.
»Ich finde das gut«, sagt sie.
»Nein.«
»*Si*«, beharrt sie. Trotzdem wischt sie in den Mundwinkeln etwas weg.
Dean sitzt auf dem Bett, den Kopf an die Wand gelehnt. Er sieht sich im Zimmer um. Alles wirkt gewöhnlich, ärmlich. Manchmal deprimieren ihn ihre Unzulänglichkeiten. Er versucht, dagegen anzugehen, aber manchmal werden sie so real, scheinen sie so zu beherrschen, diese Schlichtheiten, die von dem Glanz einer Sprache und eines Lebens verdeckt werden, den er gerade erst zu erfassen beginnt. Sie zieht den Mantel an und vermeidet es, ihn anzusehen. Schweigend gehen sie die Treppe hinunter. Er wartet darauf, daß sie etwas sagt.
»Gehen wir Geschäfte angucken?«

Dean antwortet nicht. Er starrt sie nur an.

»Komm«, sagt sie.

Es ist kühl jetzt, am Abend. Ihre Wangen sind gerötet wie die eines kleinen Kindes. Die winzigen Löcher in ihren Ohrläppchen wirken wie das Zeichen einer niedrigen Kaste. Sie gehen auf das Stadtzentrum zu. Sie hat sich bei ihm eingehängt. Er scheint es nicht zu bemerken. Er ist zu Blei geworden.

»*Tu es fâché avec moi?*« fragt sie.

Er zuckt die Achseln. Sie gehen freudlos weiter. Ihr Gesicht hat die Hilflosigkeit von jemandem, an den man nicht mehr glaubt.

»Phillip, *tu es fâché?*« wiederholt sie.

»Nein.«

In dem Laden sind nur Frauen, Mütter und Töchter, Ehefrauen. Die Besitzerin bewegt sich zwischen den Waren hin und her. Sie bedient zwei oder drei Kunden auf einmal. Sie holt Schachteln von verschiedenen Regalen herunter und öffnet sie auf der Ladentheke. Dean fühlt sich unbehaglich. Er steht an der Wand wie ein Schatten. Seine Haltung drückt Desinteresse aus, aber niemand scheint ihn zu beachten, obwohl sie ihn beim Hereinkommen alle angesehen haben.

»Phillip«, ruft sie.

Er sieht einen Moment auf, unsicher. Sie ist in den hinteren Teil des Geschäfts gegangen.

»Phillip«, ruft sie noch einmal, »*viens*.«

Sie winkt von einer der Umkleidekabinen.

Er geht zu ihr hinüber, eine der Kundinnen sieht ihn an. Er ist verlegen, es ist, als wäre die Bewegung plötzlich etwas Kompliziertes, das alle seine Konzentration erfordert. Er geht, als wäre er aus Holz. Der Vorhang ist zurückgescho-

ben. In der Gesellschaft eines großen Spiegels steht sie da, mit nacktem Oberkörper.
»Du mußt mir helfen«, sagt sie ruhig.
Sie schlüpft mit den Armen in die Träger eines Büstenhalters und wendet ihm den Rücken zu, damit er ihn schließt. Er tut es wortlos, mit der Distanziertheit eines Dieners, aber als er zusieht, wie sie sich im Spiegel betrachtet, sich ein wenig dreht, dann die Schultern zusammenzieht, um ihn wieder abzunehmen, spürt er den Beginn einer Erektion.
»Du mußt mir beim Aussuchen helfen«, sagt sie. Eine Pause. »Phillip.«
»Ja.«
»Du mußt mir helfen.«
Er betrachtet sie. Ihre Nacktheit hypnotisiert ihn. Egal, was er tut, er kann sich das Bild nie einprägen. Es scheint ihm nur in einer Folge von blitzartigen Offenbarungen gegeben zu sein. Sie hält sich einen weiteren Büstenhalter an die Brüste, schlüpft dann hinein. Er schließt ihn.
»Gefällt er dir?« fragt sie.
»Ich mochte den anderen lieber«, sagt er. Seine ersten Worte. Sie gibt nicht das geringste Anzeichen eines Triumphs.
»Den hier?«
»Ja.«
Sie streift den anderen ab und probiert den ersten noch einmal an.
»Ja«, stimmt sie zu. »Dieser ist am besten.«
Sie hebt die Arme, damit er ihn anfassen kann. Nach ein paar Minuten nimmt sie den Büstenhalter ab und sieht im Spiegel zu, wie ihre Brustwarzen unter seiner Berührung hart werden. Jemand kommt in den hinteren Teil des Geschäfts, und Dean will zurücktreten, aber sie drückt sich die Arme an die Seiten, um ihn festzuhalten. Sie hören den

Vorhang der anderen Kabine und die Stimmen von Mutter und Tochter. Im Spiegel entdeckt Dean ein Lächeln.
Sie gehen in der Nähe des *gare* essen. Der Himmel ist unnatürlich licht. In den letzten Stunden des Tages zieht sich ein Gewitter zusammen. Die Luft ist voller Leben. Über einen Himmel erschreckenden Blaus, eines Toledo-Blaus, ziehen riesige Wolken, dunkel wie das Meer. Die Menschen verschwinden von den Straßen. Die offenen Räume der Stadt, die Promenaden, die Plätze, werden in ihrer Leere interessant. Eine Katze zögert, huscht dann schnell über die Straße.
Als sie essen, kommt der Regen senkrecht herunter, er dampft auf dem Pflaster. Dean ist aufgeregt. Seine Stimmung hat sich völlig gewandelt. Ganze Wasserflächen scheinen durch die Dunkelheit zu stürzen. Sie prasseln auf das Tuchverdeck seines Wagens.
»Ist das nicht schön?« ruft er aus.
Er hat sich über den Tisch gebeugt, späht hinaus.
»*Tiens*«, sagt sie, »bist du jetzt glücklich, mein Seehund? Endlich Wasser.«
Er nickt, beschämt darüber, wie er sich benommen hat, wie ein Kind. Es ist das erste Frühlingsgewitter. Es lenkt die Gedanken auf das Kommende. Ihre Sommersprossen – das Wort kennt sie nicht auf englisch – werden wiederkommen, sagt sie. Nicht überall, nur hier, sie macht einen Kreis um Augen und Nase.
»Ah«, sagt er. »Du wirst aussehen wie ein Waschbär.«
»Ein was?«
»Ein Waschbär. Ein Waschbär«, sagt er. »Weißt du nicht, was das ist. Ein Tier.«
»Ach ja«, sagt sie ausdruckslos.
Er bricht plötzlich in lautes Lachen aus. Er kann es nicht

unterdrücken. Er versucht, es ihr zu erklären: *c'est très joli*, aber er kann es nicht sagen, und sie beginnt auch zu lachen. Er fängt an, auf einem Stück Papier einen Waschbären für sie zu zeichnen. Zuerst die Füße, aber sie sind absurd. Er hört lachend auf.

»Das ist eine Ratte«, sagt sie.

»Nein, keine Ratte.«

Aber er kann es nicht zu etwas anderem machen. Die Ohren, selbst der Schwanz. Die Schnauze ist zu spitz.

»Das ist eine Ratte«, sagt sie.

Wenn sie sich nur ansehen, fangen sie wieder an zu lachen.

In ihrem Zimmer probiert sie die neuen Sachen an. Sie streift ihre Kleider ab und zieht den Slip und Büstenhalter an, die sie gerade gekauft hat. Dann posiert sie für ihn, lacht und fällt aufs Bett. Zusammen liegen sie in der ruhigen Dunkelheit da. Er legt ihre Hand auf seinen Schwanz. Ihre kühlen Finger zögern einen Moment, dann beginnt sie ihn zu betasten. Sie ist gefügiger als zuvor. Er ist liebevoller. Das Bad im Ärger hat sie glücklicher gemacht. Es ist wie eine Läuterung. Danach fühlen sie sich leichter – sie bewegen sich auf das Licht zu.

Eine lange Zeit vergeht. Ihr Kopf ruht auf seiner Brust. Sie beginnt, seinen Bauch zu küssen. Der Ernst ihrer Bewegungen verrät sie. Plötzlich ist ihm bewußt, was sie tun wird. Er zieht sie zu sich herauf und küßt sie auf den Mund. Er kann ihn schon eng um sich fühlen. Sie bewegt sich wieder hinunter.

Ihr Körper liegt zusammengezogen zwischen seinen Beinen. Zärtlich erkundet sie ihn. Schließlich beginnt sie. Dean berührt ihre Wangen. Er zeichnet mit dem Finger die Linie ihres Mundes nach. Sie hält inne, wie um Luft zu holen, und fängt dann wieder an, nimmt mehr von ihm in den Mund. Er stößt ein wenig. Er spürt, wie er kommt. Große, geballte Entladungen. Sie bewegt sich nicht. Sie zieht leicht zurück. Schließlich gibt sie ihn ganz frei. Ein irgendwie feierlicher Moment vergeht. Sie verstreicht einen Teil des Samens mit dem Zeigefinger auf seinem Bauch, während sie die letzten schwachen Krämpfe beobachtet. Dann geht sie zum Waschbecken. Dean hört, wie sie das Wasser laufen läßt.

»War es schlimm?« fragt er.

Sie spuckt Wasser aus und sagt etwas auf französisch. Er versteht nicht.

»Was?«

Sie schweigt.

»Wie schmeckt es eigentlich?« fragt er.

Sie kommt zum Bett zurück. Sie weiß es nicht. Seltsam, ist alles, was sie sagt. Stark. Es ist ihr erstes Mal.

19

Eines Nachmittags, als sie die Quelle der Marne besuchen, oder vielleicht ist es in Azay-le-Rideau, das ist alles ungewiß, schlendern sie durch das milde Sonnenlicht und reden über die verschiedenen Arten, sich zu lieben, die süße Vielfalt der Möglichkeiten.

»Und welche sind das?« will sie wissen.

Dean beginnt beiläufig, er stellt ein Bouquet von Alternativen zusammen, um darin die zu verbergen, nach der er sich wirklich sehnt. Er hat es sich selbst hundertmal vorgesagt, hat geübt, aber noch immer setzt sein Herz aus. Sie hört mit unbewegtem Gesicht zu. Sie gehen langsam, sehen zu Boden. Aus der Entfernung wirken sie wie Schulkameraden, die vielleicht eine Klausur besprechen.

»Das muß weh tun«, sagt sie.

»Nein«, sagt er. Dann, ganz natürlich: »Wenn es weh tut, hören wir auf.«

»Wir können's doch versuchen«, fügt er hinzu.

Sie antwortet nicht, aber sie scheint einverstanden zu sein. Ja. Irgendwann. Ihm schwindelt einen Moment, als wäre er nach einem Diebstahl davongelaufen. Er fängt an, es ihr weiter zu erklären, versucht es als etwas Seltenes hinzustellen, als etwas Gewöhnliches, was immer ihr lieber ist. Sie versteht nur wenig von dem, was er sagt. Dean redet wie im Fieber. Schließlich merkt er das selber und zwingt sich, aufzuhören. Sie sind am Wagen angekommen. Er öffnet die Tür für sie und geht dann herum auf die Fahrerseite. Er steigt ein und spielt mit den Schlüsseln. Warum, fragt sie ihn, hat er so lange gewartet, ihr das zu sagen. Ihm fällt keine Antwort ein.

»Ich weiß nicht«, sagt er. »Alles zu seiner Zeit.«

»*Comment?*«

Sie ist sehr sachlich. Er schüttelt den Kopf – nichts.

Sie sieht ihn an, und er wird nervös. Sie hat ihn in Verzweiflung gestürzt.

Dann, in dem großen Wagen, der in meinen Träumen auftaucht wie der Fliegende Holländer, wie Rolands Horn, der Wagen, der über Frankreichs leere Straßen geistert, die Scheinwerfer verblaßt, seine Eleganz ein wenig schäbig geworden; in diesem blauen Delage mit Türen, die sich nach vorne öffnen, fahren sie, tief in den Sitzen, ihre Knie in Berührung, nach Hause zurück. Die Dörfer sind grau, die Flüsse werden dunkel. Sie öffnet seine Hose und holt seinen Schwanz heraus, aufrecht, bleich wie ein Reiher in der Dämmerung. Beide sehen nach vorn auf die Straße wie jedes andere Paar. Ihre Finger bilden einen Ring, den sie über ihn legt und dann langsam, kühl, nach unten zieht. Ihre schlanken Finger. Sie wendet sich ihm zu, um zu sehen, was sie tut. Dean sitzt da wie ein Chauffeur. Er atmet kaum.

»Ich mag dein *profil*«, sagt sie. »Wie heißt das?«

»Profil.« Er scheint die Stimme verloren zu haben.

»Ich mag dein Profil. Nein, ich *liebe* dein Profil. Mögen ist gar nichts.«

Sie ist gut gelaunt. Sie ist sehr verspielt. Als sie ihr Haus betreten, wird sie seine Sekretärin. Sie werden Briefe diktieren. Ja, bitte? Sie lebt allein, gesteht sie, als sie die Treppen hinaufsteigen. Ach ja? sagt der Chef. *Oui*. In ihrem Zimmer ziehen sie sich jeder selbst aus, wie Russen, die ein Zugabteil teilen. Dann stehen sie einander gegenüber.

»Ah«, murmelt sie.

»Was?«

»Das ist aber eine große *machine à écrire*.«

Sie ist so feucht, als er die Kissen unter ihrem Bauch zurechtgelegt hat, daß er sofort in einer einzigen köstlichen Bewegung in sie eindringt. Sie fangen langsam an. Als er dicht davor ist zu kommen, zieht er den Schwanz heraus und läßt ihn abkühlen. Dann beginnt er wieder, führt ihn mit einer Hand und schiebt ihn langsam, Stück um Stück, hinein. Sie beginnt mit den Hüften zu kreisen, aufzuschreien. Es ist, als bediente er eine Verrückte. Schließlich zieht er ihn wieder heraus. Während er wartet, ruhig, überlegen, fällt sein Auge immer wieder auf Gleitmittel – ihre Gesichtscreme, Fläschchen in dem *armoire*. Sie lenken ihn ab. Ihre Gegenwart erscheint ihm erschreckend, wie Indizien eines Verbrechens. Sie fangen wieder an, und dieses Mal hören sie nicht auf, bis sie aufschreit und er in langen zitternden Eruptionen kommt, die Spitze seine Schwanzes scheint an Knochen zu stoßen. Sie liegen erschöpft da, Seite an Seite, als hätten sie gerade ein großes Boot auf den Strand geschoben.

»Das war das beste überhaupt«, sagt sie schließlich. »Das beste.«

Er starrt im Dunkeln an die Decke.

»Phillip?«

»Ja«, sagt er.

»Was für eine *machine*, ha?« sagt sie. »War die schon immer so gut?«

»Ich glaube nicht.«

Sie berührt ihn. Er ist immer noch ziemlich groß.

»Ich glaube, er ist größer geworden«, sagt sie.

»Ein bißchen vielleicht.«

»Wir müssen mehr Briefe schreiben«, sagt sie.

Die Nacht ist nicht kalt. Es ist still, durchdringend klar. Über die dunklen Dächer, die sich zusammendrängen, erheben sich die Türme der Stadt, angestrahlt, von irdischem Licht übergossen.

20

Diese langsamen Tage mit ihren nebligen Anfängen, die Felder kühl und ruhig, der große Viadukt still. Alles ist weiß, alles leer, alles außer der Erde selbst, die erwacht zu sein scheint. Ein Duft liegt in der Luft, der sagt, daß Frankreich noch lebt. Als der Morgen fortschreitet, verschwindet der Dunst. Langsam enthüllt sich die Gestalt der Dinge. Dächer treten hervor. Baumwipfel. Schließlich die Sonne.

Ich halte diese Stadt in Bildern fest, es ist ein ungewöhnliches Unternehmen. Ich entdecke sie, bringe sie ans Licht. Von diesem Haus allein gibt es Aufnahmen, die zu meinen besten Arbeiten gehören – nur von diesem Haus, den Oberflächen seiner Möbel, den breiten Türen, Reflexionen in seinen Spiegeln. Mir kommt es fast wie das Werk eines Kranken vor, eine Arbeit von großer Geduld und Einfachheit. Sie hat etwas innerlich Strahlendes, eine schwindsüchtige Ruhe. Die Kinder, die bei den Brunnen spielen, werden zu alten Männern werden, aber nichts in dieser Stadt wird sich verändert haben. Es gibt Momente, da bin ich mir dessen sicher. Meine Aufgabe beginnt mir selbst riesig vorzukommen. Ich werde mich in ihr ganz verschließen können.

In der Nähe des Stadtrandes gibt es eine große Schafherde, und zwei schwarze Hunde, mager und endlos kreisend, die sie vorantreiben. Sie scheinen die Herde zu formen. Sie laufen in einem Bogen auf sie zu und drücken sie ein. Ich höre sie nie bellen, aber das Blöken der Schafe dringt schwach durch die stille Luft. Vorne humpelt ein alter Bock. Die Sonne ist jetzt warm. Die Schafe bewegen sich wie ein Strom – an den Rändern sind sie langsamer, das Zentrum fließt stetig voran. Das Muster wandelt sich ständig. Teile lösen sich und werden weiter oben wieder aufgesogen. Strudel entstehen. Die Schafe zögern und drängen sich zusammen. Es sind schon einige Lämmer dabei, und sie laufen dicht hinter ihren Müttern. Dann bleibt die ganze Herde geheimnisvollerweise plötzlich stehen. Langsam breitet sie sich aus. Die Tiere wandern grasend nach außen. Die Hunde halten sich zurück. In dem Moment sehe ich den Hirten in seinem dunklen, zerschlissenen Mantel. Er geht ruhig dahin, ein alter Mann, der seit Tagesanbruch über sie gewacht hat, als der Nebel sie noch verhüllte. Wahrscheinlich hat er in seinen Kleidern geschlafen. Die Lämmer sind noch klein. Sie haben lange Beine. Sie beeilen sich, mit den dicken, gleichgültigen Mutterschafen Schritt zu halten.

Es ist noch zu früh im Jahr für Claude, zum Fluß hinunterzufahren und vor der Arbeit zu baden. Sie fährt immer mit dem Fahrrad. Sie hat kein Auto. Vielleicht, wenn sie wieder heiratet … denn ich habe gehört, sie sei so gut wie mit einem Studenten aus Bourges verlobt. Er ist jünger als sie. Einige sagen, er ist zweiundzwanzig. Ich stelle mir vor, wie er zwischen der üppigen Mutter und diesem wissenden Kind mit den nüchternen Augen sitzt. Vielleicht erkennt er die Gefahren nicht. Oder vielleicht haben sie ihren eigenen Reiz für ihn. Jedenfalls sind fast alle der Meinung, daß Madame Picquet sich glücklich schätzen kann, diesen Verehrer zu haben. Ein kurzes Achselzucken danach. Es ist ja klar, wie sie das geschafft hat.
Ich sehe die Dinge jetzt in einem anderen Licht. In gewisser Weise bin ich sogar erleichtert, davon zu hören. Es gibt einen guten Grund, warum sich meine Sehnsüchte nie erfüllen konnten – sie war die ganze Zeit in einen anderen verliebt. Er hat sie praktisch jedes Wochenende besucht. Also hätte ich sowieso keine Chance gehabt. Es ist tröstlich, das zu wissen. Und ein Student, na ja, es ist nicht so schlimm, einen Studenten beneiden zu müssen. Das ist viel besser als ein Juwelier zum Beispiel oder ein Barbesitzer. Dann erfahre ich auch seinen Namen: Gerard.
Diese ruhigen Morgen. Anne-Marie überquert die Place du Carrouge. Sie ist sehr klein. Da gibt es ein Lebensmittelgeschäft, ein kleines Café, einen Fischladen. Sie geht zur Arbeit, ihre Absätze hallen auf dem Pflaster wie Schrot, ein Rest der Bettwärme umgibt sie, ihre Haut ist noch warm und arglos, ihr Mund mißmutig. Dean schläft noch. Seine Kleider sind auf dem Fußboden verstreut. Die Läden sind geschlossen. Er träumt nie. Er ist wie ein toter Musiker, ein erschöpfter Läufer. Er hat nicht die Kraft zu träumen, oder

vielmehr, seine Träume finden statt, während er wach ist, und sie sind zumindest aus einem Grund wunderbar: er besitzt die Macht, sie zu verlängern.
Dauer ist alles. Man weiß das instinktiv. Es hängt über den beiden wie ein ungesprochenes Urteil. Es liegt in ihrem Bett. Anne-Maries ganzes Glück entspringt der Hoffnung, daß sie erst am Anfang sind, daß die Hochzeit vor ihnen liegt und der Abschied von Autun, während er, wie das Negativ, aus dem ihre Träume entwickelt sind, das Gegenteil sieht. Für Dean ist jede Stunde so intensiv, weil sie ihn dem Ende näherbringt. Ich bin mir nicht sicher, daß er sich dessen bewußt ist. Ahnt er etwas von seinem Schicksal? Vielleicht – ich kann es nicht sagen.
Dienstagabend. Ein Sandwich im Foy. Dean hat Halsschmerzen, und sie hustet auch ein wenig. Sie ist müde. Es war ein harter Tag, und sie will früh zu Bett.
»Gut«, stimmt er zu.
»Aber nicht allein.«
»Ich bin auch müde.«
»Nein.«
»Komm«, sagt er. »Wir werden sehen.«
»Nein!« sagt sie hartnäckig.
Sie gehen durch die lange, melancholische Passage, die von der Rue de la Terrasse abzweigt. Im Parterre sind kleine Läden, darüber liegen Wohnungen. Unter dem Glasdach der Passage hängt Wäsche. Bei Tage kann man den Himmel sehen. Es ist wie ein heruntergekommener *palazzo*. Ihre Schuhe schlurfen auf den Fliesen. Durch den Ausgang vor ihnen sieht man das Grün der Bäume auf dem Platz.
Er fröstelt und fühlt sich schwach. Im Bett legt er die Arme um den Körper, um warmzuwerden, während er zusieht, wie sie sich auszieht. Ihr kleiner Nabel erscheint, eine Perle von

einem Nabel, und ein Bauch so flach und fest wie eine Flunder. Sie betrachtet sich selbst im Spiegel, über die Schulter. Sie mag ihren Hintern. Er sieht nicht aus wie ein Öltropfen, sagt sie, wie die meisten, sondern eher wie zwei *pommes*. Dean ist nicht interessiert.

»Ich hab nichts dabei«, sagt er warnend, als sie neben ihm unter die Decke schlüpft.

»Brauchst du auch nicht.«

»Ist es sicher?«

»*Oui*«, sagt sie. »*Huit jours avant, huit jours après.*«

Er schweigt. Die Formel hat sie von ihrer Mutter. Er zählt die Tage still aus.

»Es ist mehr als acht Tage her.«

»Nein.«

»Doch«, sagt er.

»Nein.«

Sie lieben sich mechanisch. Sinnlos. Sie ist trocken, und das macht es schlimmer. Danach sagt sie ihm, daß sie genau gewußt hat, wie es sein würde. Am Anfang sagt er, daß er sich nicht gut fühlt. Dann, fährt sie fort, schlägt er vor, daß sie nach Hause gehen, aber nicht zusammen. Schließlich will er wissen, ob es sicher ist oder nicht.

»Ich kenne dich ganz genau«, sagt sie.

»Ach ja?«

»Ganz genau. Ja.«

Er antwortet nicht. Er erkennt sich selbst in dem, was sie sagt.

»Armer Phillip, ich will dir weh tun.«

»Du tust mir nicht weh«, sagt er.

»Ja. Ich will es aber.«

Er sieht sie im Dunkeln an.

»Ich will, daß du etwas zum Erinnern hast.«

Er schweigt. Dann sagt er: »Könntest du dir je vorstellen, daß ich das vergesse?«
»*Pardon?*«
»Glaubst du, ich könnte das?«
Sie zuckt die Achseln.
Dann sind sie eine Weile still. Sie liegen wie zwei kranke Kinder nebeneinander, erschöpft. Das letzte Licht ist verschwunden. Sie setzt sich auf und zieht ihren Slip an. Dann schließt sie die Tür auf. Das Licht aus dem Treppenhaus fällt auf sie.
»He«, sagt Dean, »was machst du da? So kannst du doch nicht raus.«
»Hier ist doch niemand.«
»Zieh was an.«
Sie sieht an sich selbst hinunter.
»Da sind Leute nebenan«, sagt er.
»Die sehen mich nicht.«
Sie schlüpft hinaus, barfuß, mit nackten Brüsten.
»Komm her«, flüstert er. »Zieh was an.«
Er hört, wie sie in die übelriechende kleine Toilette am Ende des Flurs geht, er hört sie leise husten. Als sie zurückkommt, zieht sie den Slip aus, bevor sie wieder ins Bett gleitet.
»Mir ist kalt«, sagt sie.
Ihre Füße sind schmutzig, denkt er.
»Ist es wahr, daß die Frauen in den Vereinigten Staaten was haben, das sie den ganzen Monat schützt?« fragt sie.
»Ich glaub schon.«
»Das gibt es in Frankreich nicht«, sagt sie. Sie streichelt ihn.
»Die haben verschiedene Dinge.«
»Ich liebe es, wenn er weich und klein ist«, sagt sie. Sie betastet seine Oberschenkel. »Ich liebe deinen Körper.«

Ihre Hand kehrt zu seinem Schwanz zurück, der sich mit Blut füllt und anschwillt.

»*Allo*«, sagt sie.

In weiter Ferne rangieren Züge. Die Waggons stoßen mit lautem, metallischem Klang zusammen.

»Ich glaube, ich kenn ihn besser als du«, sagt sie.

»Ja?«

»Ich hab ihn mehr gespürt.«

»Hast du schon mal daran gedacht, nach Amerika zu gehen?« fragt Dean. Er arbeitet ihn langsam in sie hinein.

Schweigen.

»Annie …«

»Ja.«

»Hast du?«

»Ja«, gibt sie zu. »Manchmal …«

Sie beginnen einen olympischen Akt, während die Güterwaggons in der Ferne zusammenrasseln. Sie tritt völlig aus sich heraus. Sie bewegt sich und schreit auf wie eine Frau von vierzig, die zum letzten Mal mit ihrem Liebhaber zusammen ist. Danach liegt sie aufgelöst über ihm.

»Du bist Brot und Salz«, sagt er zu ihr.

»Oh, Phillip«, sagt sie. Sie sind in der Dunkelheit verloren.

»*Oui* …«

Sie redet nicht weiter. Schließlich sagt sie mit leiser Stimme: »Du bist gut für mich.«

Die letzten Glocken läuten. Die Tauben schlafen. Im milchigen Mondlicht, unter den verblichenen Fassaden, steht der Delage neben einigen Renaults und einem alten kastenförmigen Citroën. Ja, denkt Dean, Amerika. Sie werden in New York in einem Studio mit einem kleinen Garten leben, *downtown*, mit einer Terrasse vielleicht, und ein paar guten Freunden.

21 Das blasse Ende eines Tages und der Bahnhof leer. In den Cafés sind die Lichter noch nicht an. Dean sitzt draußen an einem der Eisentische. Anne-Marie kommt die baumbestandene Straße, die vom Platz hierherführt, herunter, klein, fast einsam. Sie geht um die Ecke. Man meint ihre Schritte zu hören. Die Tauben weichen ihr aus, unsicher wohin, kreuzen wieder ihren Weg, flattern und fliegen schließlich mit sirrendem Flügelschlag auf. Als sie fort sind, kehrt die Stille zurück, die Stille eines Krankenhauses.

Es ist seltsam, wie ich langsam angefangen habe, Muster zu erkennen, Motive, die für mich zu der Zeit gar keine Bedeutung hatten. Wenn ich mir die vielen Fragmente dieser Begegnung noch einmal vor Augen halte, wenn ich sie berühre, in den Händen hin- und herdrehe, kommen mir plötzliche Erleuchtungen. Das Treffen am Bahnhof, zum Beispiel. Ich habe das nie richtig ernstgenommen. Aber dann erinnerte ich mich daran, daß Dean, als er das College zum ersten Mal verlassen hatte, sechs Monate herumreiste, nach Mexiko fuhr und dann weiter nach Kalifornien, die legendäre Küste hinauf. Und ich denke an das Symbol seiner Existenz, das immer wieder vor mir auftaucht, das in der Dämmerung mit schwebenden Scheinwerfern hinter Bäumen hervorkommt, der dunkle Umriß, der die Straßen entlanggleitet, dieses große geisterhafte Auto, das in den Dörfern herumspukt, die Reifen abgefahren, der Chrom der Räder von Rost gesprenkelt. Reisen und die Andeutungen von Reisen – ich begreife jetzt, daß er immer ein Leben führen wollte, das im Fluß war, haltlos, unstet. Und ich sehe seine ganze Erscheinung in einem anderen Licht. Er weiß um die Flüchtigkeit der Dinge. Er hat zumindest eines der großen Gesetze verstanden.

Sie kommt den Gehsteig herunter, um ihn zu treffen, eine

billige, metallisch schimmernde Bluse über der Hose. Sie sieht aus wie ein Tramp. Dean betet sie an. Sie sagt etwas, als sie sich setzt, ein Wort, das verlorengegangen ist, und er nickt. Und jetzt erscheint der Kellner in seiner fleckigen weißen Jacke.

Ein grüner Oldsmobile fährt um den Platz, schwarze Soldaten sitzen darin. Sie tragen Sonnenbrillen. Mein Herz schlägt. Ich beobachte sie, als sie vorbeifahren, sie unterhalten sich nicht, sie sehen sich alles genau an. Sie werden mich erkennen, dessen bin ich mir plötzlich sicher. Der schwarze Liebhaber, der sie seit Monaten gesucht hat, ist schließlich eingetroffen. Der Wagen wird gegenüber dem Café anhalten, und drei Männer werden aussteigen. Sie lassen die Türen lässig hinter sich zufallen. Der vierte bleibt auf dem Rücksitz. Meine Gedanken rasen. Ist er das? Ist er derjenige, dem sie gebracht werden soll? Dean schubst jemanden. Es gibt eine Schlägerei zwischen den Stühlen.

Das ist natürlich nie geschehen. Ich habe das erfunden, ihre Rache, ihren langsamen, bedächtigen Gang. Statt dessen fahren sie langsam um den Platz, noch einmal, noch einmal. Ich beruhige mich, als ich sie vor den Hinweisschildern stoppen sehe, sie gucken sie an, fahren dann in Richtung Dijon davon.

Dunkelheit liegt auf den Straßen, und sie gehen in ihrem Duft. Sie kommen in ihre Straße. In dem Obstladen ist noch Licht. Die Korsen trinken etwas. Sie sitzen in ihren Unterhemden zwischen den Obstkisten und lassen eine Flasche Wein herumgehen. Der Fußboden ist mit Zeitungspapier ausgelegt. Man hört sie lachen. Eine Katze schlüpft durch die Tür hinaus.

»Sie sind sehr nett«, sagt Anne-Marie. »Wenn ich sie auf der Treppe treffe, treten sie immer beiseite.«

Es sind die Söhne der Besitzer, dunkel, die Brusthaare kräuseln sich über ihren Hemden.
»Ich finde, sie sehen gut aus«, sagt sie.
Sie öffnet die Tür zu ihrem Zimmer. Der Schlüssel dreht sich knackend. Dean ist nervös. In einer Tasche verbirgt er wie ein Mörder eine kleine Tube Vaseline – er hätte Angst, sie offen zu zeigen. Aber sie ist da, kühl wie ein chirurgisches Instrument. Seine Antworten sind vage.
»Ich mag den Obstgeruch«, sagt sie.
Sie hat die Läden geöffnet. Das Zimmer ist dunkler als die Nacht draußen. Dean steht dicht hinter ihr. Sie ist ganz nackt. Luft, so kühl wie Wasser, geht über sie hinweg.
»Kannst du es riechen?« fragt sie.
»Ja.«
Sie liegen im Bett. Die Minuten scheinen stehenzubleiben. Er spürt, daß sie wartet. Er hat Angst, sich einzugestehen, daß dies der Moment ist.
»Wollen wir es mal so machen?« sagt er. Seine Stimme klingt gebrochen.
Sie hat es erwartet. Sie zögert.
»*Ne me fait pas mal.*«
Sie sieht schweigend zu, wie er eine dünne Schicht auf seinen Schwanz aufträgt. Die Kraft scheint sie verlassen zu haben. Sie verhält sich, als wäre sie verurteilt. Er legt sich vorsichtig auf ihren Rücken. Er ist entschlossen, es so sanft wie möglich zu machen, aber er findet den Zugang nicht sofort. Er sucht.
»*Plus haut*«, flüstert sie.
Seine Arme zittern. Plötzlich spürt er, daß ihr Fleisch nachgibt und ihr Muskel sich, köstlich, um ihn schließt. Er versucht, nicht gegen etwas zu drücken, glatt hineinzukommen. Ihr Atem geht schnell, und als er sich beim ersten

Mal zurückzieht, fühlt er, daß sie vor Lust zuckt. Es sind die kurzen Bewegungen, die sie mag. Sie drückt sich gegen ihn. Er hört ihr Stöhnen. Dean kommt – es ist wie ein Blutsturz –, und hinterher hält sie ihn in sich fest. Er spürt die leichten Zuckungen ihres Anus. Er liegt vollkommen still, bis diese Schauer, diese leichten Umarmungen, die den letzten Samen aus ihm herausholen, nachlassen. Dann zieht er ihn heraus. Da ist ein enges, vergebliches Festhalten der Eichel, dann ist auch das vorbei. Sie sind getrennt.
»Hat es dir gefallen?« fragt er.
»*Beaucoup*.«

22 Jetzt beginnt ein Festmahl der Liebe. Alles vorher war nur eine Art Einführung. Jetzt sind sie Liebende. Die wilden Anfänge liegen hinter ihnen. Sie haben ihre Domäne abgesteckt. Ein dämonisches Glück folgt.
Am Wochenende fahren sie nach Besançon, voller Leichtigkeit, wie auf Wolken. Die Frühlingsstraße fliegt unter ihnen dahin. Sie redet gern darüber. Sag mir, was du willst, sagt sie. Ich will dich glücklich machen.
»Du machst mich glücklich.«
»Nein«, beharrt sie, »sag's mir.«
Sie gehen im Park spazieren, in die Kühle alter Mauern getaucht. Die Bänke sind leer. Sie sind allein. Um diese Abendstunde ist die Sonne schon fort. Der Himmel, als raffte er sich ein letztes Mal auf, ist ein durchdringendes Blaßblau, erschreckend klar. Es ist, als wäre jeder Laut geflohen.
Sie gehen, ohne zu reden, Hüfte an Hüfte. Er ist ganz und

gar glücklich. Der dunkle Duft der Bäume umspült sie. Ihre Schuhe sind staubig. Das letzte Licht schwindet.

An ihrem Tisch im Speisesaal sitzen sie einander gegenüber. Das Hotel ist geräumig und etwas heruntergekommen. Dean ist von einem Gefühl der Gewißheit erfüllt. Es ist alles vertraut. Er meint, schon viele Male hiergewesen zu sein. Dies ist eine Rückkehr. Wenn er sie nach der Suppe bittet, mit ihm hinaufzugehen, wird sie die Serviette ohne Zögern auf den Tisch legen. Seine Augen prüfen ihr Gesicht. Sie lächelt.

Die Hotelbesitzer, erklärt sie, sind wahrscheinlich *pieds-noirs*, Algerier. Dean sieht sich um. Die beiden jungen Männer hinter dem Kassenpult sind sehr dunkel. Vielleicht *juifs*, fügt sie hinzu.

»Sie sehen nicht so aus.«

»Man merkt es«, sagt sie.

Im Zimmer wirkt sie nachdenklich. Sie zieht sich langsam aus.

»Wie kommt es, daß du nicht verheiratet bist?« fragt sie.

Dean fühlt sich zu allem fähig. Er ist sich seiner Muskeln bewußt, seiner Zähne. Er scheint voller Leben zu sein, und doch fühlt er sich ganz ruhig.

»Mach langsam«, sagt sie.

»*Oui*.«

Seine Hingebung ist vollkommen. Bei dem Gedanken, wie ein Leben ohne sie wäre, empfindet er verworrene erste Ängste. Er weiß, daß es geschehen kann, aber wie die Lösung einer schwierigen Rechenaufgabe, kann er sich das nicht vorstellen.

Es gibt jetzt viele Tage, an denen er ganz und gar bereit ist, das Leben, das sie verkörpert, anzunehmen und den Rest aufzugeben. Einfache vagabundierende Tage. Seine Kleidung

müßte mal gebügelt werden. Er hat Flohstiche an den Knöcheln.
»Nein«, sagt sie. »Das können keine Flöhe sein.«
»Hör mal. Ich weiß doch, was Flohstiche sind.«
»In französischen Hotels gibt es keine Flöhe«, sagt sie.
»Natürlich nicht.«
Sie spazieren Straßen entlang, bleiben vor Schuhläden stehen. Er läßt sie ein bißchen vorausgehen. Sie hält inne und dreht sich um. Sie stehen so da, zwanzig Schritte zwischen sich. Dann geht er langsam zu ihr. Hand in Hand schlendern sie weiter. Ihre Mutter hat sie am ersten April zum Mittagessen eingeladen. Dean nickt. Es beunruhigt ihn nicht.
»Wir fahren also hin?« sagt sie.
»Ja, natürlich.«
»Sie möchte dich kennenlernen.«
»In Ordnung.«
Er mag es, in sie einzudringen, während sie noch redet. Sie wird still, die Wörter schweben herab wie Papierfetzen. Er ist in der Lage, sie zum Schweigen zu bringen, ihren Atem zu formen. In den großen geheimen Provinzen, die sie dann bewohnt, regnet es Sterne wie Konfetti, die Himmel werden weiß. Ich sehe sie in der Fast-Dunkelheit. Ihre Gesichter sind nahe beieinander. Ihr Mund ist blaß und weich, die Lippen ohne Rouge. Dicht in ihrer Nähe kann man die Wärme spüren, die ihr offener Körper ausstrahlt. Sie besprechen den Besuch in St. Léger. Sie beschreibt alles. Es ist schön, den Tag zu planen, die Stunde, zu der sie aufbrechen müssen, wen sie wahrscheinlich treffen werden. Sie spricht von ihren Eltern, dem Haus, der Frau nebenan, die immer nach ihr fragt, den Jungen, mit denen sie gegangen ist. Einer hat jetzt einen Peugeot, nicht schlecht, eh? Einer

hat einen Citroën. Ihre Mutter erzählt ihr von all den Unfällen – das macht ihr am meisten Sorge. Dean hört zu, als erzählte sie eine wundervolle erfundene Geschichte, die er mit der einfachsten Geste beiseite schieben kann, wenn er ihrer müde ist.

23 Es ist ein strahlender Mittag, der Himmel von Licht überflutet. Sie fahren am Kanal entlang. St. Léger wirkt still, und das Haus, als sie vorfahren, leer. Anne-Marie springt aus dem Wagen. Sie hat ihre Katze gesehen. Sie nimmt sie auf und trägt sie in den Armen.
Das Essen wird in der Küche aufgetragen. Es beginnt mit einer Art warmem Käse. Sie beobachten Dean, um festzustellen, ob er das mag. Es ist sehr kühl in dem Raum, obwohl es ein warmer Tag ist. Vielleicht ist es der Steinfußboden, denkt er, oder die Wände – er ist sich nicht sicher. Er nickt zu der Unterhaltung, die er nur halb versteht. Er glaubt, daß seine Haut blau anläuft. Plötzlich begreift er, daß er sich angesteckt haben muß, aber dann steht ihre Mutter auf und holt sich einen Schal. Als sie sich wieder setzt, sagt sie, daß es ein wenig kalt ist. Der Stiefvater zuckt die Achseln. Dean ist nicht in der Lage gewesen, auch nur ein Wort mit ihm zu wechseln. Sie sitzen sich wie Fremde gegenüber. Anne-Marie ist diejenige, die redet, vor allem mit ihrer Mutter und dazu recht vergnügt, als wären sie nur zu zweit. Gelegentlich fragt sie Dean, ob er alles versteht. Er sagt ja. Der Stiefvater sitzt da wie ein Araber. Er hat ein hageres Gesicht. Eine lange Nase. Er trägt eine Kappe. Er blickt auf dem Tisch herum oder aus dem Fenster. Einmal langt seine

Frau hinüber und tätschelt ihm die Hand. Er scheint es nicht zu bemerken.

Dean wird immer nervöser. Er fühlt sich allein. Er mag den Stiefvater nicht ansehen, dessen Augen hell und wäßrig sind, ein Sträflingsblau. Und was das Gespräch angeht, es spült wie Wasser über ihn hinweg. Er hört nicht einmal mehr vertraute Wörter.

»Phillip, hast du das verstanden?« sagt sie.

»*Oui*«, antwortet er schläfrig.

»*Oui?*« fragt die Mutter, ihr strahlender Blick auf ihn gerichtet. Einen Moment befürchtet er, sie werden ihn fragen, was sie gesagt haben.

»*Quelquefois*«, sagt Anne-Marie, »*il comprend très bien.*«

Die Mutter lacht. Dean senkt den Kopf. Er spürt den gelassenen Blick des Stiefvaters auf sich. Er versucht, ihn zu erwidern, will sich dazu zwingen, aber unwillkürlich irren seine Augen ab, und dieser Moment genügt. Damit ist es erledigt. Er weiß, daß er gewogen worden ist. Aus Rache stellt er sich die Tochter nackt vor, Bilder, die so unverzeihlich sind wie Ohrfeigen. Der Stiefvater zündet sich eine Zigarette an. Er versucht noch einmal, sich auf das, was sie sagen, zu konzentrieren, aber sie reden zu schnell. Er versteht kaum ein Wort. Alle Kenntnis scheint ihn verlassen zu haben. Er fängt an, die Bissen, die er mit der Gabel zu sich nimmt, zu zählen, dann die Kacheln an der Wand.

Nach dem Essen zeigen sie ihm das Haus. Es ist sauber und spärlich möbliert. Ihr Zimmer ist im ersten Stock, schlicht wie eine Zelle. Irgendwie kann er dies alles nicht mit ihr in Verbindung bringen, es wirkt mehr wie eine Schule, die sie besucht hat. Er sieht aus ihrem Fenster. Unten, im Sonnenlicht, steht ein langes Cabriolet, die Sitze aus echtem Leder. Die ganze Stadt hat es gesehen.

Der Stiefvater ist in der Küche geblieben. Er hat seinen Stuhl an die Wand zurückgeschoben, liest die Zeitung und raucht eine dicke Arbeiterzigarette, an der er nur selten zieht. Als sie herunterkommen, ist es, als hörte er sie nicht. Er liest weiter, als sie eintreten.
Dean ist deprimiert und auch wütend. Sie sagt ihm, er soll sich nichts daraus machen, ihr Stiefvater ist dumm. Egal, das alles wirft einen Schatten auf den Tag, macht ihn trostlos. Der Tisch steht direkt neben dem Herd. Es gibt kein Tischtuch, die Teller wurden auf das Holz gesetzt. Ihre Mutter hat Anne-Marie dazu gebracht, ein Glas Milch zu trinken. Der Nachmittag ist zu etwas anderem geworden, sie haben sie wieder in Besitz genommen, und sie hat sich nicht gewehrt. Sie hat ihn verlassen. Die Vergangenheit hat sie zurückgefordert.
»Meine Mutter braucht einen Fernsehapparat«, bemerkt sie, als sie wieder im Wagen sitzen. »Alle anderen haben einen. Es ist abends so einsam für sie. Dann könnte sie fernsehen.«
»Ja, wahrscheinlich«, sagt er.
»Jetzt hat sie gar nichts. Das wär doch schön für sie, meinst du nicht?«
»Ja«, sagt Dean.
»Sie braucht auch ein Auto. Einen Renault. Sie fährt mit dem Fahrrad in die Stadt, aber sie ist zu alt dazu. Jeden Tag. Ich muß ihr einen Renault kaufen.«
»Warum kaufst du ihr keinen Mercedes?« sagt Dean bissig.
»Der ist zu groß.«
Sie kommen auf eine lange Gerade, und er beginnt zu beschleunigen. Es scheint ihn zu faszinieren. Sie werden schneller und schneller. Der Tachometer zeigt schließlich hundertundsechzig. Anne-Marie sagt nichts. Sie sieht aus dem Seitenfenster.

Ich treffe sie zum Abendessen in einem Restaurant am Marktplatz. Es ist Wochenende, ein paar Leute mehr als gewöhnlich. Aber es ist keineswegs überfüllt. Es gibt da eine Zinktheke, ich glaube, die einzige in der Stadt. Die Kellnerin lehnt daran, während sie darauf wartet, daß die Küche ihr die Teller herausreicht. Dean trinkt *vin blanc*. Er ist sehr gesprächig. Ich sitze da und höre seinen Schilderungen vom europäischen Leben zu, mein Schweigen zieht sie aus ihm heraus. Natürlich spricht er nicht von dem, was wirklich geschehen ist, er verschleiert es. Ich wische Tabakkrümel vom Tischtuch, nicke, ja, stimme zu. Er erzählt mir von Käsesorten, Architektur, der echten, tiefen Intelligenz dieser Zivilisation. Gelegentlich erwähnt er Städte, gewisse kleine Hotels.

Anne-Marie sitzt still da, und während Dean langsam betrunkener wird und mit feuchtem Mund redet, versuche ich, sie zu beobachten, um Elemente dieser überwältigenden Sexualität zu isolieren, aber es ist wie der Versuch, die Reflexionen eines Diamanten im Gedächtnis zu speichern. Die kleinste Bewegung, und schon strahlt einem etwas ganz anderes entgegen. Natürlich ist es ihr Gesicht, das ich mustere, ihre Gesten, ihren Ausdruck. Ich bin am Sichtbaren interessiert. Ich weiß sehr gut, was die Quelle ihrer Macht ist, aber ich versuche, es mit Hilfe der gewöhnlichsten Details zu identifizieren.

Auf den Bildern, die ich habe, erscheint sie seltsam ernst. Es war der Sonnabend, an dem wir alle zusammen auf dem Markt einkauften. Ich habe ein paar Fotos von ihr gemacht, auf denen sie im Wagen sitzt, und auch einige, auf denen sich eine schwache Spur von Heiterkeit findet, die Art, die man Freunden vorbehält, denen man ein Leben lang treu ist. Sie posierte gern. Ich habe ihr natürlich Abzüge geschenkt. Sie hat sich sehr darüber gefreut. Sie hat sie ihrer Mutter geschickt, sagte mir Dean.

Sie sind wie ein Paar, das sich gerade gestritten hat. Während wir reden, geht Deans Blick immer wieder an mir vorbei zur Kellnerin, die ab und zu ein paar knappe Bemerkungen mit dem Barmann wechselt und manchmal resigniert aufseufzt.

»Ich bin hübscher als sie«, sagt Anne-Marie.

»Hübscher als wer?«

»Sie.«

»Natürlich bist du das.«

»Sie sieht angezogen ganz gut aus«, sagt Anne-Marie, »aber wie sieht sie aus, wenn sie nackt ist? Was für ein Schock das sein muß.«

»Ein Schock?«

»Schock?« wiederholt sie. »Das kann man doch sagen, oder?«

»Ja, das ist richtig. Das ist ein neues Wort für dich.«

Sie zuckt die Achseln.

»Wo hast du das gehört?«

Sie macht eine vage Geste.

»Wahrscheinlich hast du recht«, sagt er, »es wäre wohl schockierend. Glaubst du, daß sie mit jemandem ins Bett geht?«

Ein trockenes Auflachen. »Aber natürlich.«

Ich habe Angst, mich umzudrehen. Vielleicht versteht sie sogar, was wir reden.

»Bist du sicher?« sagt Dean.

»Mein Gott!«

»Okay.«

»Sieh dir ihre Augen an«, sagt Anne-Marie. »Sie hat dunkle Ringe unter den Augen.«

»Na und?«
»Das ist ein sicheres Zeichen.«
Das amüsiert Dean. Er sieht sich im Restaurant um.
»Was ist mit dem Mädchen am Fenster?«
»Welches?« sagt sie.
Wir gehen früh, noch vor zehn. Wir bleiben noch ein Stück zusammen und trennen uns dann an einer Ecke. Ich kann ihnen blind folgen. Ich weiß, wie sie gehen, vor welchen Läden sie stehenbleiben, wie sie ihren Weg durch das Gewirr der Gassen abkürzen. Sie kommen am Schaufenster des Fotografen vorbei, das Dean liebt. Da sind Fotos von Brautleuten, von Abschlußklassen. Die Bilder haben eine gewisse zeitlose Qualität, sie könnten von 1914 sein, von 1939. Sie sind wie alte Zeitungen. Vielleicht gibt es das Studio ja auch schon so lange. Aber da ist kein Gesicht, das dem Deans gliche. Ich sehe die Reihe der Bilder sorgfältig durch, auch jene, die zum Teil verdeckt sind. Er wird unter ihnen nie zu finden sein. Sein Gesicht strahlt eine umfassende, fast bittere Intelligenz aus, die es hier nicht gibt. Wenn ich mir die Fotos von ihm anschaue, das, auf dem er eine Apfelsine ißt, aufblickend, an dem Novembertag, als wir zum ersten Mal nach Beaune fuhren – sehe ich die Augen Lorcas, die Augen eines Menschen, der dem Leben entrissen und zerstört werden wird, warum, werden wir nie wissen. Ich sitze da und starre dieses Bild an, das lebensvolle Zeugnis eines Augenblicks, dieses Foto, das vor dem Krieg aufgenommen wurde, vor der Revolution. Wir hielten an dem Tag unter dem Viadukt an. Er kannte niemanden. Er wollte eine oder zwei Wochen bleiben, nicht mehr.

24 Prangey. Es ist ein ärmliches Dorf. Als sie von der Hauptstraße abbiegen, stieben Hühner auseinander, und dann scheint eine Baumreihe den Weg zu weisen. Sie überqueren eine kleine Brücke und fahren zwischen Türmen hinein. Ein dunkler Eingang und dahinter ein weißer Hof. An dessen anderer Seite steht das große Landhaus, in dem sie die Nacht verbringen werden, ein Glied in der steinernen Kette, die sich durch ganz Frankreich zieht, die Pfeiler, auf denen seine Geschichte ruht. Sie haben Reisenden ihre Türen geöffnet, diese *châteaux*. Sie sind Hotels geworden. Die großartigen Räume, eloquent in ihrer Ruhe, können von jedermann gemietet werden, Räume, die das Licht und die Dunkelheit von Jahrhunderten gesehen haben. Die Gäste können jetzt in Unterwäsche in ihnen herumlaufen, auf den Betten liegen wie betrunkene Dienstboten.

Die Tür geht zu. Sie sind allein. Es ist ein riesiges Zimmer mit vielen Spiegeln. Anne-Marie sieht ins Bad. Auch von enormen Ausmaßen, und unter den Fenstern ein Graben voller Kröten. Sie zieht die Schuhe aus. Der Teppich ist blau. Kein Laut, der nicht ländlich wäre. Vögel. Das Summen des Frühlings. Auf dem breiten Bett sind sie bald am Werk, gekonnt, leise wie Diebe. Sie stecken tief in einem verschwenderischen Traum, in dem sie einander entdeckt haben.

Der Himmel ist blaßblau, alle Wärme ist ihm entzogen. In dieser Stille zusammengefalteter Fahnen kommt Dean das eigene Empfinden ins Unermeßliche gesteigert vor. Er schiebt seinen Schwanz langsam in sie hinein, führt ihn mit der Hand. Er sinkt wie eine Eisenstange ins Wasser. Ihre Augen schließen sich. Ihre Stimme treibt davon.

Minuten vergehen. Der Kies auf dem Hof flüstert. Dean

stützt sich ein wenig auf und kann aus dem Fenster sehen, das halb offen ist. Da sind Stimmen. Eine große Familie ist von einem Spaziergang im Park zurückgekommen und setzt sich nun unter Gelächter an die Tische vor dem Restaurant, während der Kellner in weißer Jacke und schwarzer Hose nach ihren Wünschen fragt. Die Frauen wollen Perrier. Die Männer nehmen Wein. Sie sind genau unter ihnen – die an der Hausseite Sitzenden kann er nicht sehen. Die Unterhaltung, nur manchmal auseinandergerissen, steigt herauf, als wolle sie ihn einschließen. Er zieht sich ein wenig zurück, um hinauszusehen, den Rücken durchgedrückt, von den Armen gestützt, nur die Spitze seines Schwanzes ist noch in ihr. Er sieht seinen Leib hinunter, um sich dessen zu vergewissern.
Sie ficken im Sonnenschein der Liebenden, mitten in der Gesellschaft da unten. Ihre Haut schimmert wie Stoff, dazwischen kurze Blicke auf die Frauen in Seidenkleidern, die um den Tisch sitzen, Kinder, ein gutmütiger Hund. Der Mittag treibt dahin. Der Kellner bringt mehr Eis. Es scheint Stunden zu dauern. Sie sind in einem Blutstrom vereinigt, der dieselben Empfindungen zu ihnen trägt. Er nährt sie, er berührt ihr Herz. Als er kommt, ist es, als ginge ein wunderbarer Trug zu Ende. Danach küßt sie seinen Schwanz. Seine Eier. Die Gesellschaft ist fort. Der Kellner ist allein im Hof, er stellt die Gläser auf sein Tablett.
An dem Abend gehen sie in Dijon tanzen, in der *boîte*, wo wir sie zuerst gesehen haben. Es ist ihre Idee. Mich überrascht das ein wenig. Ich werde den Gedanken nicht los, daß sie es vorziehen würde, ihrer Vergangenheit nicht zu begegnen, aber ihr scheint es nichts auszumachen. Es bedeutet ihr nichts. Der Schweiß glänzt auf ihren Gesichtern, während sie sich auf der Tanzfläche bewegen. Ihr Kleid bekommt unter den Achseln dunkle Flecke. Mit heruntergeklapptem

Verdeck fahren sie um Mitternacht zurück. Es ist kühl. Die Straßen sind leer. Die großartige verblichene Fassade des Hauses ist dunkel, und sie parken auf dem Kies, der zum Schweigen kommt, als sie halten. Mit müden Beinen steigen sie die Treppen hinauf.

Dean betrachtet sich im Spiegel, während sie sich auszieht. Er ist nackt. Er steht frontal da, die Hände an den Seiten. Er sieht sich als eine andere Person. Er ist entzückt über seine schlanke Gestalt, sein Haar, das zu lang ist, seine triumphale Widerspiegelung. Er ist sich ihrer Bewegungen hinter ihm bewußt, aber es ist seine eigene Nacktheit, an der er interessiert ist, eine Nacktheit, die ihr gelegentliches Auftauchen im Spiegel erregend macht. Er entdeckt sich selbst in ihrer Gegenwart, das ist es. Es ist das Bild, gegen das alle anderen antreten müssen. Er ist sehr zufrieden mit sich. Sein Schwanz scheint mörderisch groß.

»Wie wollen wir es heute nacht machen?« fragt sie.

Sie wartet. Sie kann die ganze dunkle Landschaft, die sie umgibt, zu sich rufen, die Stille, in der jeder Gegenstand, jede Form zur Ruhe gekommen ist. Die unsichtbaren Blätter – die Nacht ist erfüllt von ihnen – streifen einander leicht. Die Gräser sind still. Wenn man genau hinhört: das Tröpfeln von Wasser unter den Fenstern, eine Felswand hinunter und ins Moos. Der Ruf einer Kröte. Im Herzen all dessen, in einem hohen Raum, dessen Vorhänge gegen den Morgen geschlossen sind, liegen sie da, der leicht säuerliche Schweiß ist auf ihren Körpern getrocknet und eine andere Nässe auch, klar und klebrig. Sie waren zu müde, um danach aufzustehen. Sie schlafen bewegungslos, die Decke gegen die Kühle der Dämmerung über sich gezogen.

25 *Die Reliquien der Liebe:* der Titel einer Seite in seinem Notizbuch. Viele Eintragungen machen keinen Sinn. Er hat natürlich einen Code. Jeder Tagebuchschreiber erfindet einen. *Wenn es soweit ist*, schreibt er, *würde ich gerne in einer Stadt wie Nancy sterben.*

Unter *Ideen* steht:

1. *Wann man gehen muß.*
2. *Ein Mahl zur Zeit.*
3. *Drei unsterbliche Dinge: Tugend, Wörter, Taten.*

Und da findet sich eine lange Liste von Städten, einige mit einem Sternchen (Bourges, Montargis). Zu Malène hat er geschrieben: *ein langer Sommer.* Die Namen vieler Käsesorten.

Die Reliquien der Liebe. Ich gebrauche seine Ausdrücke spontan wie meine eigenen. Ich weiß das natürlich, aber ich glaube, ich darf sie übernehmen. Er braucht sie nicht, und für mich sind sie von wesentlicher Bedeutung. Mauern – ich meine Fundamente – würden ohne sie buchstäblich einbrechen. Ohne sie würden wahrscheinlich ganze Strukturen verschwinden.

Sie überlegen, wo sie den Sommer verbringen sollen. Eze und La Baule. Le Zoute. Arcachon. Schließlich beschließen sie, an die Loire zu fahren. Ein heißer Nachmittag. Es ist noch nicht dunkel. In der Kühle ihres Zimmers liegen sie wie Fische im Schatten des Ufers. Dean entfaltet die Karte. Die Läden sind geschlossen. Handwerker arbeiten draußen an den Regenrinnen. Die Geräusche ihrer Werkzeuge, ihre beiläufigen Stimmen in so großer Nähe sind alarmierend, als könnten sie das Zimmer plötzlich wie eine Sardinenbüchse öffnen und die Bewohner entdecken. Dean ist angezogen, aber sie ist fast nackt. Ihre Haut glänzt wie poliert. Die blassen Brustwarzen sehen weich aus wie *fraises des bois*.

Ja, die Loire. Sie reden im Flüsterton. Er glättet eine Falte in der Karte. Die großen *châteaux* ragen blau wie Berggipfel am Ufer des stillen Flusses auf. Sie wollen im Mai fahren, gegen Ende des Monats. Chambord erhebt sich aus seinem Wald. Chenonceaux ist eine Brücke aus sonnenerfüllten Räumen. Die Eisenbalkone von Amboise blicken dreihundert Meter auf die Stadt hinunter, Balkone, an denen die Protestanten aufgehängt wurden. Sie werden nach Angers fahren und dann weiter zum Meer.

»Ich glaube, er muß mich lieben«, sagt Anne-Marie ihrer Mutter.

Sie sind allein in der Küche. Ihre Mutter ist nicht sicher. Vielleicht, vielleicht auch nicht.

»*Si*«, beteuert ihre Tochter.

»Vielleicht.«

Anne-Marie ist irritiert. Sie ist sehr stolz. Für die Mutter ist das Ganze beunruhigend. Man sollte nicht zu sehr an ein Leben glauben, das sich so leicht in nichts auflösen kann. Sie hat viele Befürchtungen, vielleicht erzählt ihre Tochter ihr mehr, wenn sie geduldig ist, wenn sie klug genug ist, nicht zu fragen.

»Na ja, es kann durchaus sein, daß er dich liebt ...«

»*Oui*«, sagt Anne-Marie bestimmt.

»... aber gibt es noch einen Grund, warum er dich heiraten sollte?«

Anne-Marie zuckt die Achseln.

»Es gibt Gründe«, sagt sie schließlich ohne Überzeugung.

»Er hat keine Arbeit ...«

»Na und? ... Sein Vater ist reich.«

»Das ist nicht dasselbe.«

»Dann ist es eben nicht dasselbe«, sagt Anne-Marie ungeduldig.

Ihre Mutter greift nach ihrer Hand, aber sie ist aufgestanden und betrachtet sich im Spiegel. Da findet sie alles, was sie braucht. Sie wendet das Gesicht ein wenig hin und her. Die See wird vor ihnen auftauchen, von Sonnenlicht überflutet. Sie werden zwischen Felsen am Wasser entlanggehen. Die weißen Vögel steigen träge auf, als sie näherkommen. Alle Hotels der Küste locken mit ihren weißen Fassaden, pflaumen-, auster-, taubenblau.
Chambord, erbaut von Franz I., einem gewaltigen bärtigen König mit den kleinen Augen eines Keilers. Er liebte die Jagd. Er fuhr dort mit seinen Mätressen hin und ging in den von offenen Feuern erleuchteten Räumen auf und ab, sein Haar war lang, sein Bart voll und dunkel … Dean malt einen Kreis darum. Die Handwerker sind fort. Der Himmel ist ein letztes klares Blau. Die Luft ist still. Es ist die Zeit des Abendessens. Die Tische sind gedeckt. In den Restaurants stehen die Kellner wartend in der Nähe der Bar. Die Denkmäler, die Gebäude verschwinden. Man muß nicht mehr lange warten, bis der erste einzelne Stern erscheint.
Sie steigen in den Abend hinab. Die engen Gassen werden jetzt dunkel. Alte Frauen stehen in ihren formlosen schwarzen Kleidern vor den Haustüren. Katzen bewegen sich dicht an der Wand entlang, halten inne, und schießen davon, als Dean die Wagentür zuschlägt. Die volle Stimme des Motors. Durch ein Zwielicht, das so regungslos, so weit wie eine Nacht auf See ist, fahren sie dahin. Die Dörfer liegen ruhig da. Die Gebäude sind verankert wie Schiffe.
In einem Café trifft sie zufällig einen Jungen, der sie von früher kennt. Er ist verblüfft. Du hast dich hundert Prozent verändert, sagt er ihr. Sie lächelt.
Später fragt Dean: »Wer war das?«
Der Bruder einer Freundin. Dean sieht auf die Tür, als

könnte er jeden Augenblick wiederkommen. Es ärgert ihn.
Es ist ein warmer Abend. Das Restaurant erinnert sie an ein Tanzlokal, in dem sie damals einen ganzen Sommer lang tanzen ging. Sie müssen irgendwann mal dahin, sagt sie. Da gab es zwei Kellner, die sie mochten. Einer war Italiener. Der andere war noch sehr jung und schickte ihr Blumen, er war schüchtern. Sie ist nie mit ihm ausgegangen. Sie hat nie wieder an ihn gedacht, bis heute abend, zufällig. Es war der Italiener, mit dem sie die lauten Stunden damals verbrachte, der das erste Mal mit ihr schlief. Aber der junge Kellner ... wie gut ich ihn kenne. Er spart sein Geld. Seine Kleidung ist immer ordentlich. Er geht still durch die Stadt, die Augen niedergeschlagen. Manchmal steht er abends in der Menge. Er sieht sie lächeln, und das Herz sinkt in ihm. Unter den Tänzern, die sich im orangefarbenen Licht drehen, findet er sie sofort. Er kennt ihre Waden, die Gestalt ihres Körpers besser als ihr Liebhaber, und diese hochhackigen Schuhe mit den dünnen Riemen, die sich auf dem Tanzboden herumbewegen, zerreißen seine Träume.
Das Theater ist halbleer. Es ist ein weißes Gebäude, kalt wie eine Fleischfabrik. Drinnen ist die Decke blau, die Wände sind mit plissiertem Stoff verkleidet, es wirkt wie ein Rock. Der Boden steigt leicht an. Das Publikum sitzt weit hinten, starrt auf die Werbebilder auf dem Vorhang, der die Leinwand verdeckt. Plötzlich ersteigt ein Mann, der den Gang heruntergekommen ist, die Bühne. Er hat einen dünnen Bart, wie Lincoln. Seine Stimme ist erschreckend laut und klar.
»Meine Damen und Herren«, beginnt er. »Es ist mir eine große Freude, Ihnen heute abend eine der bemerkenswertesten Frauen Europas vorstellen zu dürfen. Sie ist in der Lage – ich versichere Ihnen dies ohne jede Einschränkung –, die

Gedanken eines jeden in diesem Raum zu lesen, Menschen zu beschreiben, die sie nicht sehen kann, Fragen zu beantworten, die sie nicht hören kann, geheime Wünsche zu enthüllen. Haben Sie bitte keine Angst. Es wird hier nichts geschehen, was Sie in Verlegenheit bringen könnte. Es ist die Demonstration einer einmaligen mentalen Kraft, eine Kommunikation, die den Hindus, den Völkern des Ostens, vertraut ist. Ich präsentiere Ihnen: Yolande!«
Er gibt ihr ein Zeichen. Sie kommt auf die Bühne und steht in einem schwarzen spanischen Hut, einem goldfarbenen Kostüm, das Haar in Ringellöckchen, neben ihm. Sie verbeugt sich. Das Publikum ist zu verblüfft, um zu klatschen, zu vorsichtig. Sie wendet sich um, steht mit dem Gesicht zur Leinwand. Ihr Partner geht den Gang hinunter, dahin, wo eine erste Reihe von Zuschauern sitzt. Er beginnt, ihr Fragen zu stellen, die sie, ihnen noch immer den Rücken wendend, beantwortet.
»Diese Person …«
»*Monsieur* …«
»Ist es ein Mann oder eine Frau?«
»Ein Mann.«
»Welche Haarfarbe hat er?«
»Dunkelblond.«
»Sein Anzug …«
»Grau.«
»Die Schuhe …«
»Schwarz.«
»*Voilà!*« sagt er.
Er geht weiter.
»Diese drei hier vorne …« Er beugt sich zu ihnen und flüstert etwas. Ihre Köpfe sind dicht zusammen. Er nickt, dann steht er wieder aufrecht. »Können Sie mir ihre Namen nennen?«

Ihre Stimme ist seltsam mechanisch. Es ist, als läse sie eine Liste vor.
»Robert. Gilbert. Jean-Paul.«
»Die Berufe bitte. In der Reihenfolge.«
»Lehrer. Kaufmännischer Angestellter. Mechaniker.«
»Ist das richtig?« fragt er sie.
Sie nicken. Er ergreift das Handgelenk eines Mannes in der Reihe hinter ihnen. Er hält es hoch.
»Und was haben wir hier …«
»Eine Uhr.«
»Welche Marke?«
»Intra.«
»Ist das richtig?« fragt er den Mann. Ja. Ein Nicken. »Und jetzt, Yolande, bitte, die genaue Zeit.«
»Elf Minuten nach neun.«
»Die Sekunden?«
»Fünfunddreißig.«
Er läßt den Besitzer nachsehen.
»*Voilà!*« ruft er aus.
Leichter Applaus. Das ist erst der Anfang. Sie liest die Seriennummern auf Francnoten, identifiziert Gegenstände, die Leute in Händen halten, sieht fehlende Knöpfe, sagt Geburtsdaten, Stunden. Der Dialog ist knapp und schnell.
»Dieser Herr …«
»*Monsieur* …«, ruft sie.
»Hält in der Hand …«
»Einen Fahrschein.«
»Ja?«
»Einen Zugfahrschein.«
»Wohin?«
»Nach Châlons!«
»*Voilà!*«

Das Publikum flüstert. Er schreitet zur Bühne zurück, den Arm im Triumph ausgestreckt, die Finger gebogen. Jetzt dreht sich Yolande um. Sie ist bereit, erklärt sie, einzeln und ganz persönlich, alle Fragen zu beantworten.

»Ihre geheimsten Fragen«, sagt sie, während sie sich gelassen einen Ledergürtel anlegt, an dem eine Geldtasche befestigt ist. Für zwei Francs gibt sie persönliche Antworten. Sie beginnt, im Zuschauerraum umherzugehen, und fragt verschiedene Leute nur nach dem Vornamen, bevor sie mit einer schnellen Bewegung einen Umschlag aus dem Korb zieht, den sie trägt. Ihr Partner geht vor ihr her, ermutigt die Leute, sich auf die Frage zu konzentrieren, die sie beantwortet haben möchten.

»Kann ich sie was fragen?« sagt Anne-Marie.

»Mach ruhig.«

Er sucht zwei Francs heraus. Sie hebt die Hand. Yolande sieht sie sofort.

»*Mademoiselle* ...«

»*Oui.*«

»Ihr Vorname.«

»Anne-Marie.«

»Geboren«, sagt Yolande und besinnt sich einen Augenblick mit ausgestrecktem Arm, »geboren ... im Monat Oktober. Richtig?«

Anne-Marie lächelt erstaunt. Sie nickt.

»*Voilà!*« ruft der Mann. Er geht weiter. »Wer noch? Heben Sie bitte die Hand.«

Es ist ein blaßblauer Umschlag, nicht zugeklebt. Darin befindet sich ein einziges Blatt Papier, es trägt die Nummer 7. In der oberen linken Ecke ein Sternbild. Am Fuß ein roter Stern. Einige der Sätze sind rot unterstrichen. Sie beginnt auf der Stelle zu lesen.

»Laß mal sehen«, sagt er.
Es gibt keine Antwort auf irgendeine Frage. Es ist so gedruckt, daß es wie handgeschrieben wirkt.
Es liegt in Ihrem Wesen, steht da, *zu Träumen zu neigen. Sie sind tiefer Gefühle fähig* ... Einige Wörter kann er nicht entziffern ... *im Moment haben Sie wenig Glück, aber verzweifeln Sie nicht. Ihre Bestimmung wird sich sehr bald zeigen. Nur Mut! Und Zuversicht!*
Ihr Duft ist Iris. Ihr Glückstag ist Montag. Er hat sich getäuscht – ganz unten steht doch eine Antwort auf ihren Gedanken: *Ihre Sehnsucht wird erfüllt, wenn Sie Ihr Herz öffnen.*
»Stimmt das?«
»Nein«, sagt sie. »Das ist ja gedruckt.«
»Laß mich das noch mal lesen«, sagt er. »Vielleicht hat sie dir meine gegeben.«
»Aber wie konnte sie wissen, in welchem Monat ich geboren bin?« sagt Anne-Marie.
»Sie hat deinen Duft gerochen. Iris.«
»Wie meinst du das?« sagt sie.
Sie fahren um Mitternacht nach Hause. Sie sind nicht oft so spät unterwegs. Gewöhnlich sind ihre Abende ganz einfach. Sie essen irgendwo. Dann ein Spaziergang, von dem sie nach Einbruch der Dunkelheit zurückkommen. Die Bäume über ihnen sind voller Schweigen. Von den Radiosendern Europas ergießt sich leise Musik in die billigsten Zimmer. Ihr Transistorradio steht auf dem Boden. Die Anzeige leuchtet. Sie glüht geheimnisvoll. Radio Luxembourg ist eingestellt. Genf. Die Orchester der Welt mit leisen Rhythmen. Der Muskel in ihrem Hintern ist fest. Es ist wie ein Strick um den Schaft. Er drängt erst langsam in sie, und dann, schließlich, taucht er ein, als hätte der Boden nachgegeben. Anne-Marie stöhnt, den Kopf in den Armen ver-

graben. Nachdem er gestorben war, habe ich oft an diese Momente gedacht, an diesen. Vielleicht ist es ihr Stöhnen, ihr in das Laken gedrücktes Gesicht. Er spürt ihre Festigkeit um sich, wie eine Schlinge. Er schiebt ihre Beine zusammen und liegt zufrieden auf ihr, sieht aus dem Fenster, fühlt die zarten Zuckungen.

»*Es-tu contente?*« fragt er nach einer Weile.

Ihre Stimme, ihre Gegenwart sogar, scheint von weither herbeigerufen. Sie antwortet leise.

»*Oui*.«

26

»Bist du es nicht langsam müde, da unten ganze Monate zu verbringen?« sagt Cristina. »Gott!«

Ich weiß nicht, was ich sagen soll. Sie sehen mich alle an. Ich bin mir wirklich nicht sicher. Es hat gar nichts damit zu tun, ob ich es müde bin oder nicht. Man kann es nicht mit irgend etwas anderem vergleichen.

»Was in aller Welt machen Sie denn da?« sagt Alix.

»Na ja, ich arbeite.« Eine Pause. »Ich lese viel – ich weiß, das klingt komisch.«

»Muß ja spannend sein«, sagt sie. »Was immer Sie lesen.«

Sie lachen.

»Was macht er denn nun wirklich?« fragt sie. »Es ist alles so geheimnisvoll. Das muß ja etwas Fabelhaftes sein.«

Ich weiß nicht, ob sie das ernst meint oder nicht. Sie haben sie meinetwegen zum Essen eingeladen. Ich bin mir nicht sicher, wie ich mich ihr gegenüber verhalten soll. Sie trägt ein wunderschönes blaues Seidenkostüm, und meine Gegenwart scheint sie in keiner Weise zu berühren. Am Anfang hat sie mich sogar ignoriert, aber ihre Aufmerksamkeit ist noch schlimmer. Billy fragt, ob ich noch etwas zu trinken möchte.

»Wie lange sind Sie hier?« sagt Alix.

»Nur ein paar Tage. Oder meinen Sie in Frankreich? Überhaupt?«

»Ja, in Frankreich.«

»Ich weiß es nicht«, sage ich ihr. »Ich bin schon länger da, als ich ursprünglich vorhatte.«

»Hm«, sagte sie. »Dann gefällt es Ihnen hier also.«

Ich kann das nicht beantworten. Schließlich nicke ich. »Ja.«

Sie wendet sich Cristina zu.

»Er ist ganz nett«, sagt sie, und dann redet sie nur noch mit ihnen, vergißt mich ganz.

Als wir schließlich essen gehen, versuche ich nervös, ihr Spiel mitzuspielen. Es ist erregend, in ihrer Gesellschaft zu sein, aber ich habe immer ein wenig Angst, was sie als nächstes sagen wird, und das macht mich hilflos. Sie ist so groß wie ich, und sie hat einen schönen Teint, gesunde Farben. Ich kann schwer schätzen, wie alt sie ist. Sechsundzwanzig vielleicht. Ich kann sie ja nicht gut fragen. Als Billy und ich hinuntergehen, um den Wagen zu holen, erzählt er mir, daß sie schon einmal verheiratet war. Das macht mich aus irgendeinem Grund gelassener.

»Sie war mit Teddy Leighter verheiratet«, sagt er.

»Mit wem?«

»Teddy Leighter. Kennst du den nicht?«

»Ich weiß nicht. Wer ist das?«

»Ach, den kennst du doch«, sagt Billy.

»Woher?«

»Natürlich«, sagt er. »Der hat Eishockey gespielt.«

Dann sagt er etwas, was ich nicht verstehe. Aber wir sind unten in der Tiefgarage angekommen.
Wir essen im Calvados, in einem Raum voller Kerzen. Ich sehe, daß sie die Speisekarte sehr aufmerksam liest, sogar mit Interesse, aber das Essen, als es dann kommt, beachtet sie praktisch gar nicht. Plötzlich sagt sie zu mir, daß sie gerne etwas Evian hätte. Sie redet weiter mit Cristina, während ich versuche, einen Kellner auf mich aufmerksam zu machen. Eine Nacht, eine lange Nacht, in der ich ein Gefangener bin, beginnt. Sie wird mit der entschlossenen Suche nach der schwarzen Sängerin enden, die wir das letzte Mal in dem Club in der Nähe der Champs gesehen haben. Alix und ich müssen sie sehen, sagt Billy.
»Ich habe sie gesehen.«
»Aber Alix nicht«, sagt er.
Billy sieht aus wie ein Stierkämpfer, sagt Alix. Sie ist eifersüchtig auf ihn. Er wird immer schön sein. Sie starrt ihn sehr direkt an, das Kinn in die Hand gestützt. Nein, sagt er und bestellt mehr Wein. Er bewegt sich sogar wie ein Stierkämpfer, sagt sie. Cristina scheint das komisch zu finden.
Wir können die schwarze Sängerin nicht finden. Paris ist vom frischen Duft der Bäume erfüllt, als wir von einem Nachtlokal in das nächste fahren. Sie ist nicht zu finden, aber schließlich sehen wir eine andere, die ein ganz aus Blumen bestehendes Kleid trägt. Das Lokal ist überfüllt. Alix tanzt sehr eng mit mir.
»Sind Sie wirklich den ganzen Winter da unten gewesen?« fragt sie.
»Ja. Warum?«
»Ich habe darüber nachgedacht, mehr nicht.«
»Sie bringen mich in Verlegenheit«, sage ich. »Es ist nicht sehr interessant, darüber zu reden.«

»Aber Ihnen gefällt es.«
»Ja.«
»Sie müssen sich in jemanden verliebt haben«, sagt sie.
»Nein.« Vielleicht habe ich ganz kurz gezögert.
»Aah«, sagt sie. »Das ist es. Sie haben eine Freundin.«
Sie lächelt mich das erste Mal an. Endlich haben wir einander gefunden.
»Das stimmt doch, oder nicht?« sagt sie.
»Nein.«
»Oh, Sie lügen.«
»Nein.«
»Sie haben da unten eine kleine Französin.«
»Es beschämt mich, aber ich habe keine.«
»Sie können sehr nett sein«, sagt sie.
»Bestimmt.«
Als wir wieder am Tisch sind, sagt sie den anderen, daß ich gestanden habe. Eine wilde Affäre, sagt sie.
»Doch nicht mit der Frau von gegenüber?« sagt Cristina.
»Madame Picquet?«
»Wirklich?« sagt Billy strahlend.
»Nein, nein. Die heiratet bald.«
»Ich dachte, sie wär verheiratet«, sagt Cristina.
»Sie ist geschieden.«
»Die Stadthure«, erklärt Cristina.
»Und wen heiratet sie?« sagt Billy.
»Oh, irgendeinen Studenten. Ich weiß nicht. Ich hab ihn noch nie gesehen.«
»Und was ist mit dir?« sagt er.
»Gar nichts. Alix hat das erfunden.«
»Nun komm schon.«
»Nein. Wirklich.« Ich fühle mich wie ein Idiot.
Alix lächelt. Die Show beginnt wieder.

»Diese Sängerin finde ich nicht so gut wie die andere«, sagt Cristina.

Als wir schließlich gehen, ist der Himmel noch dunkel, aber nicht mehr mit letzter Entschlossenheit. Die Nacht ist vorüber. Wir fahren zu ihrer Wohnung zurück. Billy schaltet überall Licht an. Er besteht darauf, Frühstück zu machen. Mit einer riesigen Pfanne in der Hand wandert er in der Küche herum. Er schlägt ein Dutzend Eier hinein.

»Machst du Toast?«

Ich bin überhaupt nicht hungrig. Er gibt mir einen Teller mit einem großen rechteckigen Stück Butter, direkt aus dem Kühlschrank. Sie ist zu hart. Als ich versuche, sie zu verstreichen, mache ich Löcher in das getoastete Brot. Er gießt Milch in die Eier, dann Worcestershire Sauce.

»Wie magst du sie lieber?« fragt er mich. »Hart oder weich?«

»Ist mir egal.«

Er sieht auf die Pfanne hinunter.

»Die brauchen mehr Milch«, sagt er.

In dem langen, reich möblierten Salon sitzen die beiden Frauen auf der Couch. Draußen ist es fast hell. Der erleuchtete Raum und das blasse Grau in den Fenstern läßt alles wie das Ende einer langen Krise wirken. Sie bewegen die Hände. Ich höre, wie ihre Handflächen an die Handgelenke schlagen. Ich sitze dicht neben ihnen.

»Was macht ihr denn da?«

»Wir werfen Münzen«, sagt Cristina.

Sie vergleichen die Münzen. Ihre Konzentration auf das Spiel ist feierlich, unwirklich.

»Wir spielen um dich«, sagt sie. Eine Pause.

Keine der beiden sieht mich an. Sie vergleichen wieder und halten die Handgelenke dicht nebeneinander. Cristina lacht nervös auf.

»Wer hat gewonnen?« frage ich.
Keine Antwort.
»Drei von fünf«, sagt Alix plötzlich.
»In Ordnung.«
Die Münzen flackern in die Luft. Cristina läßt ihre fallen. Mir erscheint es nicht richtig, ihr dabei zu helfen, sie zu finden. Sie sucht den dunklen Perserteppich ab, auf dem die Münze verschwunden ist.
»Sie ist da unten am Kaffeetisch«, sagt Alix.
»Wo?«
»Neben dem Bein.«
Cristina hat sich auf Hände und Knie niedergelassen.
»Kopf«, sagt sie.
Billy kommt herein, um zu verkünden, daß alles fertig ist.
»Was hast du verloren?« sagt er.
»Hm?«
»Wo bist du gewesen?« sagt Alix.
Wir sitzen im Fünf-Uhr-Licht eines Pariser Morgens im Eßzimmer. An der Wand steht ein riesiges Mahagonibuffet. Spiegel reflektieren die Dämmerung. Der Tisch ist groß genug für zwölf. Billy bringt eine Platte mit aufgehäuftem Rührei herein, das alarmierend stark riecht.
»Was ist das?« sagt Alix, die sich eine kleine Portion nimmt.
»Rührei?«
Billy sitzt am Kopf des Tisches. Er starrt sie an. Er wird ernst, wenn er trinkt. Cristina fängt an zu lachen. Sie kann nicht aufhören. Sie lacht, während sie versucht, sich etwas auf den Teller zu legen, und Alix fängt auch an. Sie lachen wie die Verrückten; hilfloses, tränendes Lachen. Rührei ist vom Servierlöffel auf den Tisch gefallen, und Cristina versucht, es mit der Hand aufzunehmen. Sie kann ihre Finger kaum noch kontrollieren. Sie kann Alix nicht ansehen.

Langsam werden sie ruhiger, aber der geringste Laut von einer der beiden setzt es wieder in Gang.
»Was ist denn so komisch?« sagt Billy. Er hat nicht einmal gelächelt.
»Nichts.« Die Silbe explodiert. Sie lachen so sehr, daß es weh tun muß.
»Wollt ihr denn gar nichts essen?« sagt er schließlich.
»Was?« Cristinas Lippen formen das Wort vorsichtig.
»Ich hab gesagt, wollt ihr denn gar nichts essen?«
Sie schüttelt langsam den Kopf, nein, dann nickt sie, ja.
»Interessantes Omelett«, sagt sie.
»Interessant? Wieso?«
»So ein Rührei hab ich noch nie gegessen«, sagt sie. Sie versucht, ernst zu bleiben. Alix lacht.
»Ach ja?« sagt er.
»Hast du das selbst gemacht, Liebling?«
»Wirklich sehr komisch«, sagt er.
Sie steht auf und beginnt, Schubladen in dem Buffet aufzuziehen, sie sucht nach Servietten. Billy reicht mir die Platte. Das Rührei ist sehr dunkel, fast braun. Es sieht klumpig aus.
»Ich finde nicht, daß es schlecht ist«, sagt er.
Hinter ihm macht Cristina plötzlich eine obszöne Geste, eine Hand in der Beuge ihres weißen Armes. Sie ist so entschlossen, daß es mich bestürzt. Billy sitzt über seinen Teller gebeugt da.
»Mach ruhig so weiter«, sagt er warnend.
»Was meinst du, Liebling?«
»Du wirst schon sehen …«, sagt er.
Als sie zum Tisch zurückkommt, beginnt sie zu singen. Es macht mir Angst. Ich bin erschöpft. Ich kann nicht mehr lächeln.

»Willst du nicht mal probieren?« sagt er.
»Doch, natürlich«, sagt sie. »Es ist wundervolles Rührei.«
»Es ist nicht schlecht«, sagt er sachlich. Er ißt betont weiter, beobachtet sie dabei. Er trinkt einen Schluck Kaffee.
Ich probiere das Rührei. Es schmeckt wie Salz. Cristina geht summend um den Tisch und gibt jedem eine Serviette.
»Alix?« fragt sie mit flötender Stimme. »Noch Rührei?«
»Setzt du dich jetzt endlich hin, Cristina?« sagt er. »Willst du überhaupt nichts essen?«
»Du bist wunderbar«, sagt sie. »Ich liebe dich.«
»Mach ruhig so weiter.«
»Ich *liebe* dieses Rührei. Noch etwas Rührei?« fragt sie mich.
Alles bleibt auf dem Tisch stehen, die Teller mit den ungegessenen Portionen, die Kaffeetassen, der Toast. Die Bediensteten werden das erledigen, wenn sie aufstehen.
Ich bringe Alix in einem Taxi nach Hause. Wir fahren durch den hellen Morgen. Es ist nicht weit. Die Dämmerung riecht kühl und rein, als wir über den Bürgersteig zur Haustür gehen. Sie ist sehr müde. Sie entläßt mich mit ein oder zwei Wörtern, mit einem erschöpften Lächeln. Die Tür schließt sich. Das Schloß klingt wie ein wohlgeordnetes Leben.
Ich gehe zurück. Die Straßen sind vollkommen still, kein Auto, kein Mensch. Am bleichen Himmel keine Vögel. Es ist, als beträte man die Vergangenheit. Nichts hat sich geändert. Nichts macht ein Geräusch. Im Fenster des Cafés an der Ecke, in das sie manchmal gehen, schläft eine Katze, eine riesige Katze, weich wie ein Traum. Ich bleibe dort einen Moment stehen, wach, bevor die Stadt erwacht. Ich denke daran, den Fluß entlangzugehen, aber mein Körper ist wie trockenes Holz. Ich biege in die Straße ein, in der sie

wohnen, eine breite Straße, blau und leer, leere Gehsteige, so weit ich blicken kann.

27 Sie liegen noch im Bett, die Fenster in die Morgenkühle geöffnet. Ihr Gesicht trägt kein Make-up, ihre Haut ist stumpf. Morgens sieht sie billig aus, jung, ohne Hintergrund. Und dann, während ich zugucke, wachen sie im selben Moment auf, wie Schauspieler, wie die Katze in dem Café, die die Augen aufschlug und mich vor sich sah, wie ich durch das Glas starrte. Sie riecht aus dem Mund. Meine Bilder wiederholen sich – ich kann nichts dagegen tun. Ich bin zu erschöpft, um zu schlafen. Sie bedrängen mich. Sie kommen wieder und wieder, ich kann ihnen nicht entgehen. Außerdem wüßte ich nicht wohin, sie würden mir bis in meine Träume folgen.

»*Bonjour*«, sagt sie. Sie küßt seinen steifen Schwanz.

»Er lächelt nie«, sagt sie und sieht ihm ins Auge.

»Doch, manchmal«, murmelt Dean. Ihr Mund ist warm. Ich versuche, Dunkelheit zu finden, eine Leere, aber sie sind zu strahlend, der weiße Himmel hinter ihnen, ihre Körper weich und frisch. Sie sind zu unschuldig. Sie sind wie meine Kinder, und ihre Zuneigung hat kaum eine Grundlage, sie existiert im Grunde nicht, außer durch die Tatsache, daß Anne-Marie – und das ist in letzter Instanz das einzige wirklich Außergewöhnliche an ihr – weiß, wie man Träume wahrmacht. Ihr Mund bewegt sich in langen süßen Strecken. Dean spürt, wie er anfängt zu taumeln, sich aufzulösen, und ich bin wie ein Saxophonspieler in einer Marschkapelle, der in die Schönheitskönigin verliebt ist.

Großäugig, verloren, trample ich elend in der Halbzeit hin und zurück. Meine Gedanken schlagen hilflos um sich. Die Batons blitzen in die Luft geworfen auf. Das Stadion ist voll besetzt. Ich marschiere, mache eine Wendung, zähle die Schritte mit, während sie langsam in einem neuen Cabriolet um das Spielfeld gefahren wird. Ich bin ein kleiner Angestellter in der Maklerfirma ihres Vaters. Ich bin der junge Kellner, der ihr Blumensträuße schickt. Ich bin ein Ausländer, der das Telefon abnimmt und sich fragt, wer ihn anrufen könnte, und es ist die Polizei. Ich verstehe anfangs nicht. Sie müssen es mehrmals wiederholen. Dann kommt der Moment, als mein Herz zu Blei wird: ein Unfall. Mit einem Wagen …

Auf der Straße nach Sens geht es eine Anhöhe hinauf, und auf der anderen Seite des Kammes tauchen plötzlich, etwa hundert Meter weiter, die Bremsspuren auf, teerschwarz. Die Straße beschreibt hier eine Kurve. Glasscherben liegen auf dem Pflaster, Motorräder stehen da, Menschen, die sich um das Unfallauto versammelt haben. Die häßliche Unterseite des Wagens ist zu sehen, dem Himmel entgegengewandt. Die Räder sind bewegungslos. Ein *gendarme* mit weißen Lederhandschuhen winkt die anderen Fahrer vorbei. Es gibt keine Hast. Alles bewegt sich mit Überlegung. Nur ein paar Kinder laufen, drüben auf dem Gras.

»Es ist ein Citroën«, sagt Dean. Ein Motorrad liegt zerdrückt unter ihm. Sie fahren langsam daran vorbei. Jetzt können sie die Füße eines Verletzten sehen, der unter den Bäumen auf dem Boden liegt. Auf dem Asphalt sind dunkle Blutspuren.

»Es sind immer Citroëns, wenn es einen Unfall gibt«, sagt er. »Ich versteh das nicht.«

»Die sind sehr schnell«, sagt sie.

»Citroëns? Die sind nicht so schnell.«
»O doch.«
»Woher willst du das wissen? Du fährst doch gar nicht.«
»Sie überholen uns immer«, sagt sie.
Ich kenne diese Straße gut. Sie führt nach Les Settons, zu dem See, in dem sie manchmal schwimmen gehen. Anne-Marie steht im flachen Wasser. Sie trägt Ohrringe und eine Halskette. Sie beugt die Knie, um einzutauchen, und schwimmt dann wie eine Katze, mit steifem Hals, den Kopf hoch aus dem Wasser gestreckt. Nach ein paar Augenblicken steht sie wieder.
»Du mußt mir das beibringen«, sagt sie zu Dean.
Er versucht, ihr den »toten Mann« zu zeigen. Atme durch den Mund aus, sagt er. Nein. Sie will sich nicht das Haar naßmachen.
»Das mußt du aber.«
»Warum?«
»Komm schon«, sagt er. »Du lernst nie richtig schwimmen, wenn du dir die Haare nicht naßmachen willst.«
Sie zuckt die Achseln. Ein kurzes, verächtliches Schnauben – das macht ihr nichts aus. Dean steht bis zur Taille im Wasser, wartet. Sie bewegt sich nicht. Sie ist verstockt wie ein junger Dieb.
»Nimm die Ohrringe ab«, sagt er sanft.
Sie zieht sie ab.
»Und jetzt, mach, was ich sage. Hab keine Angst. Tu das Gesicht ins Wasser.«
Sie steht bewegungslos da.
»Willst du es lernen oder nicht?«
»Nein«, sagt sie.
Sie ziehen sich hinter dem Wagen an. Sonst ist niemand da. Am Ufer stoßen Halme durch die Wasseroberfläche.

Die Ledersitze sind heiß, und als Dean den Motor anläßt, gleiten kleine Vögel aus den Gräsern dicht über der Oberfläche zur Seemitte hin davon.
Sie essen in Montsauche in einer kleinen *auberge*. Es ist Sonntag. Alles ist still. Dean sieht auf die Straße hinaus. Es ist ein wortloses Mahl. Danach haben sie nichts zu tun. Er hat das Gefühl, auf ein Kind aufpassen zu müssen. Er denkt an andere Dinge. Der Tag wird ihm lang. Sie brechen auf – Dean schlägt das Dach zurück, und sie fahren in Richtung Nevers, der Wind dreht sich herein, die Sonne ist in ihrem Nacken. Er wird langsam müde. Sie fahren an den Straßenrand und halten an.
Sie legen sich unter die Bäume. Pinien. Es ist sehr still. Die trockenen Zapfen machen in der Brise ein klickendes Geräusch. Der Schatten von Zweigen liegt über ihren Gesichtern. Dean schließt die Augen. Er ist fast eingeschlafen.
»Phillipe«, hört er sie sagen.
»Ja.«
»Ich würde gerne mal im Wald mit dir schlafen.«
»Hast du das noch nie gemacht?«
»Nein.«
»Komisch«, sagt er.
»Du?«
Er lügt. »Ja.«
»Ich noch nie. Ist das schön?«
»Ja«, sagt er. Es ist das letzte, woran er sich erinnert.
Als er aufwacht, ist ihm kalt. Er setzt sich auf und reibt sich die Unterarme. Seine Haut ist vom Gras zerknittert. Ein paar trockene Halme kleben an ihm.
Sie gehen ziellos spazieren, zu einem Bach hinunter. Anne-Marie streicht sich über die Rückseite ihres Rocks. Da ist eine kleine Eisenbrücke. Sie bleiben in der Mitte stehen.

Unter ihnen bewegt sich das Wasser langsam. An manchen Stellen, die so klar wie Spiegel sind, kann man den Grund sehen. Fische stehen vollkommen bewegungslos im Schatten. Das Wasser fließt um sie herum.
»Siehst du sie?« fragt sie.
Dean läßt Stücke von einem Zweig ins Wasser fallen. Sie treffen sanft auf die Oberfläche, treiben fort.
»Wir könnten sie fangen«, sagt sie.
Die Stücke sind leicht. Sie scheinen von seinen Fingern herabzuschweben.
»Angelst du gerne?« fragt sie.
»Nein.«
»Nein?«
»Ich finde es zu grausam«, sagt er.
»Fische haben kein Gefühl.«
»Woher weißt du das?«
»Oh«, sagt sie. »Haben sie nun mal nicht.«
Die Fische bleiben, wo sie sind, gegen die Strömung ausgerichtet. Einige wenige treiben über die blassen sandigen Stellen, wo das Wasser klar ist, gleiten in einen Wirbel, verschwinden.
»Warum sollte man sie fangen?« sagt Dean. »Sie sind glücklich.«
»Bis sie von einem *brochet* gefressen werden«, sagt sie.
»Das wär ich gerne«, sagt er. »Ein *brochet*. In einem Fluß leben.«
»Sie würden dich fangen.«
Nein. Er schüttelt den Kopf.
»Doch. Irgend jemand.«
»Mich nicht«, sagt er. »Nein. Ich wäre ein sehr schlauer *brochet*.«
»Gut«, sagt sie. »Und ich wäre deine *brochette*.«

Das Wasser fließt sehr langsam. Dean wirft einen kleinen Stein hinein. Die Oberfläche löst sich auf. Ich wäre deine *brochette*. Es ist wirklich ein ruhiges, häusliches Leben, das sie führen. Plötzlich wird ihm das klar. Der Satz durchbohrt ihn wie Draht. Sie lächelt. Sie wird wieder schön. Es ist immer rätselhaft, wie sie sich verwandeln kann. Am Abend, im Etoile d'Or, kann er kaum die Augen von ihr wenden. Sie hat ihr Haar aufgesteckt und sich geschminkt. Sie bestreicht für ihn ein Stück Brot mit Butter.

»*Ça va?*« sagt sie.

Er schnappt mit dem Mund nach ihrem Finger. Mit dem Abend kommt die Begierde. Er spürt es; es ist, als veränderte sie sein Fleisch.

Sie steigen die Treppen hinauf. Sie geht vor ihm, wie immer. Ihre Waden leuchten vor ihm auf, wenden sich, heben sich auf den engen Stufen. Ihr Schlüssel öffnet die Tür. Deans Schwanz beginnt sich zu regen, und als er die Kissen übereinanderlegt und sie sich mit den Ellenbogen aufstützt, beginnen seine Gedanken schon zu wandern, als könnte er sich nicht auf das Gegenwärtige konzentrieren. Er stellt sich vor, wie es ohne sie wäre. Er kann sich das nicht aus dem Kopf schlagen. Wie das Husten eines kranken Mannes steigt eine Schwäche in ihm auf, die ihn ängstigt, ein unsichtbarer Makel, und er umarmt sie mit plötzlicher, dumpfer Intensität. Ihr Rücken – selbst das Wort dafür ist schön, *dos* – liegt unter ihm, der Rücken, den sie nie sieht, der glatte, intelligente Rücken, auf den er so viele Stunden geblickt hat wie auf einen Tisch. Er richtet sich in der Dunkelheit auf, um ihn zu bewundern. Jede Minute des Tages scheint auf diese zugelaufen zu sein. Er will es verlangsamen, er möchte, daß dieses süße Ende anhält.

28 Auf Frankreich geht ein großer Sommerregen nieder, er schlägt in die Bäume, läßt das Laub klingeln wie Blech. Die Mauern werden in der Nässe dunkel. In den Rinnsteinen fließt das Wasser, die Straßen sind alle verlassen. Es hat in der Morgendämmerung angefangen. Um neun Uhr abends gießt es noch immer.

Sie sind in Dole. Sie starren aus dem Fenster eines einfachen Cafés, in dem sie seit einer Stunde oder mehr sitzen. Vor ihnen liegt ein kleiner Park. Darin wird ein merkwürdiges Gerüst aufgebaut. Ein Hochseil. Zwei hohe Pfähle sind aufgestellt worden. Männer arbeiten noch im Regen, überprüfen die Beleuchtung. Ab und zu tauchen die Fassaden von Gebäuden hinter dem Park in den blauen Fluten auf, aber das Drahtseil selbst, das oben im Dunkel gespannt ist, bleibt unsichtbar. Über den Dächern platzen Feuerwerkskörper wie Blumen auf, lautlos.

Es ist eine örtliche *fête*. Menschenmengen wären hergekommen, aber der Regen hat sie ferngehalten. Nur ein paar Familien sitzen unter den Markisen. Andere sind in ihren Autos geblieben. Die Lichter gehen wieder aus. Der Platz liegt in tiefer Dunkelheit.

Im Café sind noch weitere Gäste. Da ist ein Tisch mit drei Männern, und auch der Akrobat ist hier, in einem Regenmantel, weiße Waden darunter. Er wartet an der Bar. Sein Gesicht ist hart. Er ist schon lange hier. Nach einiger Zeit hat ihm der *patron* etwas zu trinken angeboten. *Merci*. Jetzt ist das Glas leer. Er steht ganz alleine da, ein Mann in den Dreißigern, der Mantel hängt ihm über den Schultern.

Mit leiser Stimme, die ein Geheimnis zu beschwören scheint, beginnt Anne-Marie sein Leben zu beschreiben. Er kommt aus der Stadt, einem ärmlichen Viertel von Paris, sie kennt es gut. Er hat eine Tochter, erklärt sie, ein kleines

Mädchen, das mit ihm reist, die Mutter ist weggelaufen. Sie fahren in ganz Frankreich herum, nur die beiden. Sie steigen in den billigsten Hotels ab. Das kleine Mädchen hat keine Freunde, nur ihren Vater, und als Spielzeug eine einzige Puppe. Sie ist immer still. Sie sagt nie etwas. Dean erkennt die berühmte Geschichte nicht. Er wirft einen Blick auf das müde Gesicht des Mannes; oben schläft das Kind. Für ihn ist das alles bittere Realität, eine Erfindung, für die es bereits einen Platz in seinem Herzen gab.
Draußen sind die Vorbereitungen abgeschlossen. Sie kommen herein, um das zu sagen. Der Akrobat ist seltsam uninteressiert, und sie bleiben auch nicht, um ihm Gesellschaft zu leisten. Man hat das Gefühl, daß es noch jemanden gibt, einen Impresario, einen unsichtbaren Mann, dem alle gehorchen.
Der Akrobat hat noch etwas zu trinken angenommen. Dean sieht vorsichtig zu, er macht sich Sorgen. Ahnungen eines Desasters überkommen ihn. Die ganze Maschinerie: die farbigen Glühbirnen, die sich an den Halteseilen entlangziehen, die schlanken Pfähle, die sich hoch in die Dunkelheit erheben, die unsichtbaren Plattformen – es ist der Tod, den sie da aufgebaut haben. Er ist sich dessen gewiß. Er spürt es in der Brust.
Der Akrobat hat nichts gesagt, nicht ein Wort. Er hat sich kaum bewegt. Man liebt diese Passivität an ihm, diese Resignation, und man liebt sein Gesicht, das dunkel ist wie das eines Zigeuners. Wenn es weiterregnet, kann er nicht auftreten, und der Regen fällt schwer, nur selten ein wenig schwächer werdend, er trommelt auf das durchnäßte Stoffverdeck des Wagens draußen. Nur ein paar Leute warten noch.
Dean legt das Geld für die Rechnung auf den Tisch. Die

Francstücke wirken ungewöhnlich hell. Er legt sie in eine Untertasse. Sie machen leise klickende Laute, wie Zähne, ein klares Geräusch, und in dem Moment wird ihm bewußt, daß der einsame Träumer an der Bar erwacht ist, daß er es gehört hat – er blickt auf, aber nein, der Akrobat hat nichts bemerkt. Er blickt in den Spiegel. Seine Beine in den weißen Strümpfen sind in Höhe der Knöchel gekreuzt. Seine Slipper sind abgetragen, aber er ist mehr als er scheint, dieser Mann. Er ist ein Agent, ein Gesandter. Er hat sich eine Verkleidung ausgesucht, in der er sich nervös, weiß wie ein Nachtfalter im Scheinwerferlicht über der gewöhnlichen Menge bewegt, aber das ist alles nur eine Verstellung. Er ist weit bedeutender. Dean weiß es. Er erkennt es – unmöglich, das zu erklären. Es geht sie im Grunde auch nichts an. Es ist alles für ihn bestimmt, und als verkündet wird, daß die Vorstellung ausfällt, nimmt Dean die Nachricht ohne Überraschung auf. Es ist egal. Die Vorstellung war nicht das Wesentliche.
»Warte hier«, sagt er. »Ich hole den Wagen.«
Er verschwindet in den Regen. Anne-Marie steht an der Tür, bis das große Auto mit seiner kraftvollen Grazie herankommt, die gelben Scheinwerfer spiegeln sich in den Caféfenstern, die Scheibenwischer ticken langsam hin und her. Sie läuft durch den Regen. Er lehnt sich über den Sitz, um die Tür offenzuhalten. Sein Gesicht ist naß, sein Haar. Sie steigt eilig ein.
»Was für ein Regen!« sagt sie.
Dean fährt nicht los. Statt dessen versucht er, durch das regenüberströmte Glas ein letztes Mal in das Café hineinzusehen. An der Bar steht niemand mehr. Der Akrobat ist fort.
Sie fahren durch die Straßen einer unbekannten Stadt. Der Regen kommt herunter wie Kies. Im grünen Licht des Ar-

maturenbretts fühlt er sich so heimatlos, so einsam wie ein Verbrecher. Sanft streicht sie mit den Fingern über seine nassen Wangen. Sie wissen nicht, wohin. Sie sind hier Fremde, die Türen der Stadt sind ihnen verschlossen. Plötzlich erfüllen ihn Ahnungen davon, irgendwo gefunden, verhaftet und weggebracht zu werden. Er hat nicht einmal mehr die Möglichkeit, mit ihr zu reden. Sie werden getrennt. Sie verlieren sich. In diesem dichter werdenden Traum versucht er, ihr etwas zuzurufen, ihr zu sagen, wohin sie gehen soll, was sie tun soll, aber es ist zu kompliziert. Er kann es nicht. Sie ist fort.

Echte Verzweiflung überkommt ihn. Er hat nicht das Geld, wirklich mit ihr fortzugehen. Sie sind in der Enge von Autun eingesperrt, eine Nacht oder zwei woandershin zu fahren, ändert nichts daran, und jetzt, ja, er weiß es, sind sie entdeckt worden. Dean ist sich dessen sicher. Und auch ich sehe im Rückblick, daß er recht hatte. Der Akrobat ist in die Dörfer Frankreichs verschwunden, in die Nacht von ganz Europa vielleicht. Der Delage ist allein auf den Straßen. Man braucht ihm nicht zu folgen, wie er durch die Dunkelheit kriecht – man wird ihn überall erkennen.

Dean ist niedergeschlagen. Im Hotelzimmer zieht er sich langsam aus, legt die Kleidungsstücke ab, als gehörten sie ihm nicht, als sollten sie verbrannt werden. Die Nacht ist kühl vom Regen, und ein Frösteln geht über seine Nacktheit. Er fühlt sich mager wie ein Waisenkind. Die Vergangenheit ist verschwunden, und er fürchtet die Zukunft. Sein Geld liegt auf dem Tisch, und im Dunkeln geht er hinüber, um es zu zählen, nur die Scheine. Er nimmt die gefalteten Banknoten auf. Die Münzen rutschen herunter, eine fällt auf den Boden, rollt weg. Er lauscht, kann aber nicht sagen, in welcher Richtung sie verschwunden ist.

Anne-Marie tritt hinter ihn, sie ist auch nackt, und plötzlich ist er gebannt wie ein Hase im Scheinwerferlicht eines Autos. Ihre Arme legen sich langsam um ihn. Daß ihr Körper ihn berührt, die Spitzen ihrer Brüste, das weiche Haarpolster, ist praktisch eine Qual. Sie streicheln einander, bleich wie Embryos in der Dunkelheit.
Sie will über einen Sessel gelegt werden. Dean findet einen. Sie beugt sich darüber. Ihre Brüste hängen süß herab wie die niedrigen Zweige eines Baumes, wie Hände voll Geld. Seine Hände gleiten zu ihrer schmalen Taille. Er beginnt langsam, und sie atmet, als sinke sie in ein Bad. Von draußen kommt das Geräusch herabströmenden Regens.
Am Morgen ist es ruhig. Er wacht auf, als wäre ein Fieber vorübergegangen. Europa ist in seine realen Proportionen zurückgekehrt. Die unsterblichen Städte baden im Sonnenlicht. Die großen Flüsse fließen. Sein Schwanz ist groß, und ihre Hand geht zu ihm, sobald sie die Augen aufschlägt. Er sucht in seiner Kleidung nach der zusammengedrückten Tube. Er gibt sie ihr. Sie sieht sie ohne Reaktion an. Er schiebt mit den Füßen die Decke weg, während sie die Kappe abschraubt. Sie beginnt es aufzutragen. Die Kühle läßt ihn zusammenzucken. Danach dreht sie sich um, und im vollen Tageslicht schiebt er seine glänzende Erklärung langsam in sie hinein. Ihre Stirn ist ins Laken gedrückt. Ihre Augen sind geschlossen. Dean bemerkt es kaum. Schließlich ist er ganz drin. Er liegt still.
»Möchtest du was lesen?« sagt er.
»*Comment?*«
»Lesen. Eine Zeitschrift.«
»Ja«, sagt sie vage.
Sie bewegen sich an den Rand des Bettes. Da liegt eine alte Ausgabe von *Réalités* auf dem Nachttisch. Er greift danach

und zieht sie auf den Boden. Den Kopf über den Bettrand geneigt, beginnt sie, die Seiten umzublättern. Dean sieht über ihre Schulter. Es ist Sonntagmorgen. Zehn Uhr. Nur das gelegentliche, leise Rascheln des Papiers unterbricht die Stille. Sie ist bei einem Artikel über die Gemälde Bonnards angekommen. Sie lesen ihn zusammen. Er wartet, bis sie die Seite zu Ende gelesen hat. Sanft beginnt er.
»Nicht genug *graisse*«, sagt sie.
Er zieht ihn vorsichtig heraus – sie klebt fast an ihm, so fühlt es sich an –, und sie trägt ein bißchen mehr auf, wischt danach die Finger am Laken ab. Er schiebt ihn wieder hinein – sie liegt ruhig da –, und während er interessiert eine Seite anschaut, die Fotos der vierzehn Arten weiblicher Attraktion zeigt (Unschuld, Rätselhaftigkeit, Natürlichkeit und so weiter), beginnt er sich in langen, lustvollen Stößen in ihr zu bewegen. Frankreich ist in Sonnenschein gebadet. Die Läden sind geschlossen. Die Kirchen sind voll. In jeder Stadt decken die Restaurants hinter verschlossenen Türen die Tische für das Mittagessen.

29 Je klarer man diese Welt sieht, desto mehr fühlt man sich verpflichtet vorzuspiegeln, sie existiere nicht. Es war seltsam, daß ich fast nichts zu sagen fand, wenn ich mit ihr zusammen war. Es gab so viel, worüber wir hätten reden können, so schien es, aber wir fanden einfach keinen Anfang. Ich führte sie im Mai zum Abendessen aus, als Dean auf ein paar Tage nach Paris fuhr. Und was für Tage es waren, sommerlich, weit. Das Licht verblaßte langsam. Die Welt war von blauen Städten erfüllt, duftend, geheimnis-

voll. Wir aßen im Hotel. Von Zeit zu Zeit lächelte ich sie an wie ein dummer Onkel, während sie von Dean redete. Ich war nicht allzu interessiert. Die Bedingungen, unter denen unser Treffen stand, waren ganz falsch. Ich wußte, was sie war. Ich war bereit zu gestehen, auf die Knie zu fallen wie ein Anbetender. Es wäre ein schrecklicher Moment gewesen. Sie hätte alles geleugnet. Was wahrscheinlicher ist, sie hätte es nicht verstanden. Was sie wissen will, ist, was sein Vater und seine Schwester von ihr halten werden. Werden sie sie mögen?

»Aber sicher werden sie das«, sage ich.

»Er redet überhaupt nicht von seinem Vater.«

»Na ja, sein Vater ist Kritiker – das weißt du. Ziemlich eleganter Mann, wie ich gehört habe.«

»*Pardon.*«

»Ich meine, er ist sehr elegant, er bewegt sich viel in der Gesellschaft.«

»Trotzdem«, sagt sie, »könnte er mich nett finden.«

»Natürlich.« Warum sage ich ihr nicht die Wahrheit?

Wir essen *salade de tomates*, die Scheiben mit Petersiliestückchen gesprenkelt, von Öl glänzend. Ich frage mich, ob sie sich selbst gewöhnlich fühlt. Weiß sie, daß seine Schwester hier herunterkommen wollte, um ihn zu besuchen, daß Dean aber darauf bestanden hat, sie in Paris zu treffen? Ja, natürlich weiß sie das. Sie weiß alles, manchmal bin ich davon überzeugt. Wie auch immer, nichts an der Zukunft kann sie überraschen. Viel von ihr existiert bereits – wie ich schon gesagt habe.

»Noch ein paar *tomates?*« sagt sie, bietet mir an, sie auf meinen Teller zu legen.

Sie nimmt sich selbst. Ihre Lippen glänzen. Uns gegenüber sitzt ein englisches Paar. Sie sind beide sehr jung. Er hat sprödes rotes Haar. Sie hat ein schmales Gesicht und wirkt schüchtern. Ihr Kleid ist gemustert wie eine Tapete, und sie sitzen in totalem englischen Schweigen da und studieren die Speisekarte, als wäre sie ein Vertrag.

Mit überraschend perfektem Akzent flüstert Marie-Anne: »Habe ich dir weh getan, Darling?«

»Was?«

Es ist aus einem Witz, den Dean ihr erzählt hat. Ihr Gesicht glänzt vor spöttischer Freude. Aber ich kenne den Witz nicht. Sie erzählt ihn mit der Sicherheit einer Komikerin. Das sagt *er*, erklärt sie. Dann sagt *sie*: Nein, warum? Und er sagt: Du hast dich bewegt. Sie lächelt fragend.

»Hab ich es richtig erzählt?« fragt sie. Sie sieht mich an, um zu überprüfen, ob es mich amüsiert. Ich liebe ihre Verachtung für das Sexualleben der Engländer.

Dean ist im Hotel Calais. Sein Auto ist auf dem riesigen Platz um die Ecke geparkt, ein weißer Strafzettel ist schon unter den Wischer geklemmt. Er teilt ein Zimmer mit seiner Schwester, und er ist sehr nett zu ihr. Er braucht unbedingt Geld – davon hängt alles ab –, und sie will über sein Leben sprechen, sein zukünftiges Leben, heißt das. Sie weiß, daß er empfindlich darauf reagieren wird.

»Werd jetzt nicht böse ...«, sagt sie.

»Ach, Amy ...«, fängt er an. Er weiß genau, wie er es machen muß. Sie spielt jede ihrer Karten offen aus, wie eine Frau, die sich der Liebe ergibt. Er ist bereit, sein zukünftiges Leben anzugehen, sagt Dean. Mehr noch, er hat bereits eine feste Vorstellung davon. Diese Monate haben ihm viel bedeutet. Sie sind wie ein Gang durch die Wildnis gewesen, wie soll er das erklären?

Plötzlich will sie ihn umarmen. Sie fühlt sich erleichtert und ein wenig schuldig.

»Meinst du das im Ernst?«
»Es hat mein Leben verändert«, sagt er. »Es verändert mein Leben.«
Er lächelt. Er liebt sie. Manchmal ist sie wie ein Spielzeug.
»Aber was hast du gemacht?«
»Ich habe niemanden getroffen«, sagt er. »Ich habe das Leben einer Kleinstadt gelebt. Es ist, als sagte man: haltet mal eine Zeitlang alles an, haltet den ganzen Lärm und die Hektik an. So, und jetzt leben wir mal, wie man eigentlich leben sollte.«
»Genau ...«, stimmt sie zu.
»Das Leben besteht aus gewissen grundlegenden Elementen«, sagt er. »Natürlich gibt es eine Menge Unstimmigkeiten, und das kann einen in die Irre führen.«
Er hat sie immer belehrt. Sie hört sehr ernsthaft zu.
»Was ich sage, mag etwas mystisch klingen, aber in jedem von uns, Ame, in uns allen gibt es die Sehnsucht danach, diese Elemente zu finden, sie zu entdecken, weißt du? Manchmal denke ich, daß sie für uns alle dieselben sind, aber vielleicht ist das falsch. Ich meine, wir blicken auf die Griechen und sagen: Ah, sie haben diese Zivilisation, diese ganze strahlende Welt, aus gewissen ganz einfachen Dingen aufgebaut. Warum können wir das nicht? Und wenn keine Zivilisation, warum kann nicht jeder einzelne von uns, richtig angeleitet, ein Leben aufbauen, ich meine, ein glückliches Leben? Glaub mir, die Elemente sind da. Wenn man bestimmte Zimmer betritt, wenn man bestimmte Gesichter anguckt, begreift man plötzlich, daß man sie vor sich hat. Weißt du, was ich meine?«
»Natürlich, ja«, sagt sie. »Wenn man das schafft, hat man einfach alles.«
»Und ohne das hat man ...«, er hebt die Schultern, »ein Leben.«

»Wie jeder andere.«
»Genau wie jeder andere«, sagt er.
»Das will ich nicht.«
»Ich auch nicht.«
»Ich weiß nie, wann du dich über mich lustig machst«, sagt sie.
Er schüttelt langsam den Kopf.
»Das tu ich nicht«, sagt er ernst. »Weil ich möchte, daß du mir einen großen Gefallen tust.«
»Was?«
Er antwortet nicht.
»Später«, sagt er.
Sie geht ins Bad, um sich fertig zu machen. Dean liest ein Magazin. Sie kommt heraus und kämmt sich die Haare.
»Wo gehen wir hin?« sagt sie.
»Wollen wir mal gut essen gehen?«
»In Ordnung. Aber nicht zu teuer.« Der Satz macht ihm Sorgen. Er versucht, ihn zu ignorieren.
»Ich lade dich ein«, sagt er.
»Hast du überhaupt Geld? Daddy hat gesagt, du wärst völlig abgebrannt.«
»Ich?«
»Ja.«
»Nein«, sagt er. »Ich hab einen Job.«
»Ja? Was denn?«
»Nachhilfeunterricht«, sagt er.
»Davon hast du nie was erzählt.«
»Na ja, reich macht er mich nicht gerade.«
»Ich mußte ihm versprechen, daß ich dir kein Geld gebe, egal was. Er war sich sicher, daß du mich fragen würdest.«
»Er tut so, als wär ich dein verkrachter Ehemann.«
»Nein. Er macht sich Sorgen um dich.«

»Aber auf seltsame Art«, sagt Dean. »Außerdem hasse ich Lektionen über den Wert des Geldes. Was soll das? Jeder weiß, welchen Wert Geld hat. Ich will nicht, daß jemand mich belehrt. Ich mag Leute nicht, die immer mit ihren Lektionen rumlaufen. Wir sind alle freie Menschen. Wir sollten einander lieben und helfen, nicht andauernd belehren.«

»Nein«, sagt sie, »ich glaube, er will nur, daß du …«

»Was?«

»Ein geregelteres Leben führst«, sagt sie entschlossen.

Dean lächelt.

»Komm«, sagt er. »Bist du soweit?«

Sie fahren ein Stockwerk im Lift hinunter und gehen den Korridor entlang.

»Geld«, sagt Dean. »Ich kann dir sagen, es ist ziemlich schwer, klar zu denken, wenn man keines hat. Das ist eine meiner Entdeckungen. Es ist natürlich auch schwierig, wenn man zuviel hat.«

»Ganz bestimmt.«

»Man muß sehr vorsichtig sein«, sagt Dean ironisch.

Seine Schwester klopft an eine Tür.

»Donna? Können wir reinkommen?«

»Sicher.«

Donna ist ihre Zimmergenossin auf dem College. Dean findet, daß sie sehr gut aussieht. Sie hat einen erregenden breiten Mund, graue Augen. Schlank wie eine Läuferin. Sie ist an ihm interessiert. Sie weiß, daß er in Yale studiert hat. Kennt er Larry Troy? Solche Fragen. Er antwortet mit einem leisen, fast unsicheren Nein.

»Was hast du studiert?« sagt sie.

»Einiges.«

Als er ihr erzählt, daß er keinen Abschluß gemacht hat,

stößt sie ein leises »Ach« aus. Aber das müsse Mut gefordert haben, fügt sie hinzu, es aus eigener Kraft zu versuchen. Nur ein wirklicher Individualist … Dean nickt. Er hat das alles schon gehört.

Sie gehen zusammen die Straße hinunter. Der Gehsteig ist sehr breit. Der Platz selbst, voller geparkter Autos, wirkt riesig. In diesen Dimensionen verloren, gehen sie quer über den Platz auf den Delage zu. Dean nimmt den Strafzettel von der Windschutzscheibe und guckt ihn sich an.

»Was ist das?« fragt seine Schwester.

Er zuckt die Achseln.

»Weil du hier parkst?« sagt sie. »Du brauchst das nicht zu bezahlen. Du bist ja nur zu Besuch hier.«

»Sag mal, was ist denn das für ein toller Wagen?« sagt Donna.

»Gefällt er dir?«

»Und wie«, sagt sie. »Der paßt zu dir.«

»Findest du?«

»Absolut«, sagt sie.

Die glitzernde Pariser Nacht nimmt sie auf. Die Dunkelheit hat dem alten Wagen die Eleganz zurückgegeben, und sie rollen die Boulevards hinunter auf ein Restaurant in der Nähe des Invalidendoms zu. Das Essen kostet fünfundachtzig Francs, Deans letztes Geld. Trotzdem gibt er ein reichliches Trinkgeld. Er macht es mechanisch, ohne nachzudenken, wie ein Spieler, der verloren hat. Sie gehen die Champs Elysées entlang, trinken einen Kaffee und beenden den Abend oberhalb der Stadt auf Sacré-Cœur.

Auf ihrem Stockwerk sagt Donna: »Das war ein wundervoller Abend. Der beste auf der ganzen Reise.«

»Ich wollte, ich könnte dir mehr von Paris zeigen.«

»O ja«, sagt sie, »ich auch.«

»Das nächste Mal.«
»Zu schade, daß wir nicht noch bleiben können«, sagt sie. Sie geht langsam den Korridor hinunter, der Schlüssel baumelt wie ein Ornament an ihrer Hand.
Am Morgen ist alles anders. Sein Selbstvertrauen ist verschwunden. Sie reden beim Frühstück darüber, wie sie den letzten Tag verbringen wollen. Die anderen in ihrer Gruppe fahren nach Versailles, aber wenn sie auch dorthin wollen, würde sie lieber in seinem Wagen fahren. Oder vielleicht sollten sie einfach alleine etwas unternehmen, nur sie beide. Und Donna mitnehmen, wenn er das möchte. Dean will sie um Geld bitten, jetzt auf der Stelle – er kommt sonst nicht durch den Tag –, aber er weiß, was sie sagen wird, und das schreckt ihn ab. Er kann sie sagen hören: du weißt, wie sehr ich dich liebe … ich würde alles für dich tun, aber …
»Amy«, sagt er, »jetzt mal im Ernst …«
»Was?«
»Es ist wahr, ich *bin* völlig abgebrannt.«
Sie sieht ihn ein wenig unsicher an.
»Ich brauche Geld.«
»Oh.«
»Ich hab mein Ticket verkauft.«
»Im Ernst?«
»Mir ist gar nichts anderes übriggeblieben.«
»Daddy kauft dir ein neues.«
»Ich will nicht, daß er etwas davon erfährt. Ich brauche dreihundertfünfzig Dollar.«
Ihre Antwort scheint ihr peinlich zu sein.
»Soviel hab ich nicht.«
»Wieviel hast du?«
»Ich weiß nicht. Ich weiß es wirklich nicht.«

»Hör zu. Laß das mal. Ich meine es ernst. Amy, ich brauche … ich brauche das Geld. Ich brauch es, um nach Hause zu kommen.«

»Wieviel brauchst du wirklich?«

»Dreihundertfünfzig Dollar«, sagt er.

»Ich hab nur hundert. Ich hab nur Reiseschecks.«

»Ich brauch mehr als das, Baby.«

»Ich hab nicht mehr.«

»Kannst du dir was leihen?« sagt er.

»Sei ehrlich. Bist du in Schwierigkeiten?«

»Nein, nein.« Er seufzt. Er sieht sie an und dann auf den Tisch. »Glaubst du, du kannst dir was leihen? Was ist mit Donna?«

»Wirst du es jemals zurückzahlen?«

»Natürlich.«

»Ich kann sie nicht einfach so nach zweihundertfünfzig Dollar fragen.«

»Vielleicht kann sie dir einen Teil davon geben«, sagt Dean.

»Und du bist wirklich nicht in Schwierigkeiten?«

»Nein, ich brauche das Geld wirklich, im Ernst, aber ich bin nicht in Schwierigkeiten. Ich komm in Schwierigkeiten, wenn ich es nicht zusammenkriege.«

»Also doch?«

»Nein, ich mach nur Spaß. Hör zu, kannst du Donna nicht fragen? Sie würde dir doch etwas leihen, oder?«

»Das nehm ich an«, sagt sie.

»Du mußt das für mich tun«, sagt Dean.

Am Abend, in der Dämmerung, trennen sie sich in Orly. Von der oberen Besucherplattform aus sieht Dean zu, wie sie die Treppe hinaufsteigt. Oben bleibt sie stehen. Ein letztes Winken. Diese lange glänzende Röhre mit ihren bequemen Sitzen ist das Düsenflugzeug nach Amerika. Er empfindet einen Moment großer Einsamkeit. Er würde gerne an Bord sein, sich neben ihnen niederlassen. Der Gedanke daran, allein zu seinem Wagen zurückzugehen, ist ihm unerträglich. Das Leben scheint ihn zu verlassen.

Die Tür schließt sich, wird verriegelt. Ein paar Minuten totengleicher Stille, und die Motoren springen an. Drinnen entfalten sie Zeitungen. Das Flugzeug beginnt sich zu bewegen. Er versucht, sie an einem der Fenster zu finden. Er ist zu weit weg. Die Gesichter sind verschwommen. Er sieht zu, wie das Flugzeug einem langen zeremoniellen Weg zur Startbahn folgt. Es wendet. Es beginnt dahinzugleiten. Sobald es in der Luft ist, bewegt es sich leicht und mühelos, legt sich ohne Warnung in eine Kurve, kehrt in die Waagerechte zurück und findet seinen unsichtbaren Kurs in den Himmel.

Er zählt das Geld. Dreihundertfünfzehn Dollar, fast nichts davon in Francs. Er faltet es sorgfältig zusammen und schiebt es wieder in die Tasche. Sie hat versprochen, ihm noch fünfzig zu schicken.

Der Delage bewegt sich schnell und gleichmäßig wie ein Zug, nur in den Städten wird er langsamer. Er ist überhaupt nicht müde. Die Fahrt ist ihm noch nie so kurz vorgekommen. Er fährt, ohne die Geschwindigkeit zu verringern, an allem vorbei, zieht den Wagen durch die Kurven, schießt die Hügel hinauf und hinunter. Dann ist er da. Es ist gerade elf vorbei, die Häuser sind dunkel. Wie eine Katze läuft er die Stufen hinauf und klopft leise. Sie hat auf ihn gewartet.

30 Auf der Straße, ganz früh am Morgen, steht der Wagen offen wie ein Boot da. Die Stadt ist ein Hafen; das Wasser ist wie Glas. Es gibt kein Knarren, kein Stottern, als sie langsam durch die schweigenden Straßen gleiten, der Motor leise und gleichmäßig. Auf dem Land, hell, aber noch auf das Sonnenlicht wartend, ist die Luft kühl und würzig. Sie fahren, ohne zu sprechen. Sie sind noch schläfrig. Nach zwanzig Kilometern spricht Anne-Marie ein einziges Wort aus.

»*Alors*.«

»Was ist los?«

Sie hat ihre Kostümjacke vergessen.

»Oh, verdammt«, sagt Dean.

Sie ist im Hotelzimmer. Er bremst und hält auf dem Gras der Bankette.

»Nein«, sagt sie.

»Willst du zurückfahren und sie holen?«

Sie schüttelt den Kopf. »Nein.«

Er fährt wieder an, langsam. Sie zuckt hilflos die Schultern. Sie sieht ihn nicht an.

»Bist du sicher?« fragt er.

»Ja«, sagt sie. »Jetzt sind wir schon unterwegs.«

»Ein schöner Anfang.«

Sie fängt an zu lachen. Schließlich lächelt Dean auch. Ihre letzte Fahrt. Sie schießen durch den Tunnel der Alleebäume, und die Städte breiten sich vor ihnen aus, zuerst leblos, noch schlafend, dann sehen sie Katzen, ein paar Leute, und als sie Orléans erreichen, ist der Morgen richtig angebrochen. Eine große, eindrucksvolle Stadt. Es wird ein heißer Tag werden. Dean läuft über den Platz, um etwas Brot und Butter zu kaufen. In dem im Sonnenlicht geparkten Wagen essen sie, grüne Busse rumpeln vorbei, die Touristen laufen

in Shorts herum. Brotkrümel fallen ihr in den Schoß. Sie hat niemals heiterer ausgesehen, so an Ledersitze gewöhnt, an Ausflüge zum Meer. Sie blinzelt in die Morgenhelle. Sie bewegt die Beine – das Leder ist heiß.
Sie sind wirklich verheiratet. An dem Abend wird sie ihm das praktisch sagen: sie haben sich eine gute Zeit ausgesucht, um sich zu lieben, und sie haben an diesem Tag ihr gemeinsames Leben begonnen. Sie sind in Angers. Nach dem Essen gehen sie spazieren. Die Stadt erscheint Dean fremd, sie erinnert ihn an Spanien, staubig, nach Bäumen riechend. Die Gehsteige liegen zwischen Flächen nackter Erde. Es sieht nicht nach Frankreich aus. Selbst die Cafés sind seltsam, und die Paare sprechen eine Sprache, die er nicht verstehen kann.
Sie haben an diesem Tag die *châteaux* besichtigt. Gegen zwei Francs kann man einem Führer folgen, der ein wenig Geschichte rezitiert, als sie durch die großartigen Räume gehen. Zu der Gruppe gehören weißhaarige Paare, Touristen in Sandalen, Lehrer. Eine amerikanische Frau und ihre beiden Töchter in Leinenkleidern. Jemand flüstert auf deutsch. Der Führer drückt ihnen prompt eine Übersetzung seines Vortrags in die Hand, wie eine Speisekarte. Sie protestieren. Sie verstehen Französisch, sagen sie. Der Führer lächelt nur. Dean steht am Rand der Gruppe. Anne-Marie ist ein wenig vorausgegangen.
»Philippe«, ruft sie. »Komm!«
Der Führer geht weiter. Alle folgen.
»*Parle français!*« flüstert Dean, als er in ihrer Nähe ist.
»Warum?«
Sie macht sich einen Scherz daraus. Sie treten auf den Balkon hinaus, der sich quer über die steile Fassade des Gebäudes zieht. Sie sind in Amboise, hoch über der Stadt. Dean

weigert sich, etwas zu sagen. Er will nicht für einen Amerikaner gehalten werden. Er will nicht, daß der Führer ihm eine Übersetzung gibt. Der erklärt jetzt, was sich hier vor Jahrhunderten zugetragen hat. Anne-Marie verzieht das Gesicht.

»Furchtbar«, sagt sie. Die Straße liegt hundert Meter unter ihnen. Die Protestanten, die hier aufgehängt wurden, sahen ein ganzes Reich vor sich, den Himmel, den breiten Fluß, die Dächer der Stadt. »Sie waren früher so grausam.«

»Ich hätte das gerne gesehen«, sagt Dean.

»Hör auf. Mir wird übel.«

Eine der Töchter hat sie gehört. Sie wendet sich um. Er sieht, daß sie mit ihrer Mutter flüstert. Er versucht zurückzubleiben, aber Anne-Marie läßt ihn nicht.

»Phillipe, nun komm schon«, sagt sie.

»Ich bring dich um«, flüstert er.

Sie lächelt nur.

Sie kommen müde in Angers an, mitten im Abendverkehr. Die Leute kaufen ein und fahren von der Arbeit nach Hause. Der kühle Duft des Laubs erfüllt die Luft, eine Spur von Blumen. Sie finden ein kleines Hotel. Der Eingang befindet sich in einer engen Straße – wenn sie ihr Gepäck ausgeladen haben, muß er irgendwo einen Parkplatz suchen.

Dean verspürt ein leichtes Frösteln, als er das Laken über sich zieht. Vielleicht hat er zuviel Sonne abbekommen. Er liegt ganz still. Das Zimmer ist spärlich möbliert. Er erkennt nichts darin, keine Farbe, keine Linie. Plötzlich hat er Angst. Er fängt an, sein Geld im Kopf zu zählen. Er hat etwas davon zu Hause gelassen, und er mußte eine Werkstattrechnung bezahlen, der Motor mußte eingestellt werden. Sie haben etwas Kleidung gekauft. Er zählt es zusammen. Er beschließt, zweihundert Francs unter die Fußmatte des Wagens zu legen. Dann hat er noch etwa siebenhundert – er addiert wieder –, das müßte gerade reichen. Er braucht jedesmal vierzig oder fünfzig, wenn er tankt. Er versucht, den Verbrauch in Kilometern auszurechnen. Vielleicht sollten sie nicht so weit fahren.

Seine Augen öffnen sich ein wenig, als er die Tür hört. Anne-Marie hat ein Bad genommen. Sie trägt seinen Morgenmantel. Als sie vor dem Bett steht, öffnet sie den Gürtel. Der Mantel wird aufgeschlagen, fällt herunter. Der Anblick ihrer frischen Nacktheit beängstigt ihn noch mehr. Plötzlich ist ihm ganz klar, wie akrobatisch, wie gefährlich das alles ist. Es scheint nicht sein Leben zu sein, daß er da lebt, sondern ein anderes, das eines Opfers. Es wird in sich zusammenbrechen. Er muß Arbeit finden, Miete zahlen, jeden Tag zum Mittagessen nach Hause gehen. Plötzlich ist er schwach, er glaubt nicht mehr an sich selbst. Sie schlüpft ins Bett. So etwas wie Panik überkommt ihn. Er liegt bewegungslos da, die Augen geschlossen.

»*Tu dors?*« sagt sie leise.

Er weiß nicht, was er sagen soll.

»Nein«, flüstert er. Nach einem Moment fügt er hinzu: »Ich habe ein wenig Kopfschmerzen.«

»Armes Kind.« Sie streichelt seinen Nacken. Er bringt ein dünnes Lächeln zustande.

Das Abendessen belebt ihn ein wenig. Sie trinkt sogar zwei Gläser Wein, aber es ist schließlich auch ein Ereignis. Danach gehen sie die Avenue hinunter, unter den dunklen Bäumen. Sie kommen zu einem großen Geschäft, es ist natürlich geschlossen, aber die Fenster sind hell erleuchtet. Paare stehen vor den Auslagen, Kühlschränke, ganze Reihen von ihnen, die Türen offen, Pfeile aus Pappe verweisen auf ihre besonderen Tugenden.

»Sind die in Amerika teurer?« fragt sie.
»Ich habe noch nie einen gekauft.« Seine Augen bewegen sich unsicher hin und her. Die Modellnummern sind kabbalistisch, die Preise erscheinen ihm schreckerregend.
»Aber du mußt das doch wissen.«
»Komm weiter«, sagt er.
»Den da finde ich ganz schön«, sagt sie und deutet auf einen.
»Der ist zu klein.«
»Nein.«
»Komm.«
»Der ist doch groß genug«, sagt sie.
»Baby, hör auf damit.«
»*Attends*.«
»Ich will die nicht mehr angucken. Das ist langweilig«, sagt er.
»Was sollen wir denn sonst machen? Wo willst du hin? Willst du tanzen gehen?«
»Ja«, sagt er.
»Ah!« ruft sie aus.
»Sicher. Komm.«
Sie gehen weiter, und schließlich kehren sie zum Hotel zurück. Der Speisesaal ist dunkel. Die Rezeption scheint leer.
»Willst du fragen?« sagt er.
»Nein«, sagt sie. »Es ist spät.«
Er nimmt ihren Schlüssel von dem kleinen Bord, und sie gehen die mit Teppich ausgelegten Stufen hinauf. Das Zimmer scheint noch schlichter als vorher. Er putzt sich die Zähne. Er will schlafen.
»*Non*«, sagt sie. So beginnt man das Leben als Ehepaar nicht.

»Ich bin wirklich müde.«
»Ja, vielleicht vom Tanzen«, sagt sie.
Er ist nicht interessiert, aber sie weiß, was gut für ihn ist. Es ist wie ein Teller heiße Suppe. Sie bringt ihn dazu, sich auszuziehen und sich neben ihr auszustrecken. Sie beginnt ihn zu streicheln, er kann ihren Händen nicht entkommen. Schließlich fängt er gehorsam an, sie zu lieben, er arbeitet sich von der Seite in sie hinein wie ein Hebel. Es ist ein wenig trocken, wie auf Rezept, aber sie erduldet es. Sie weiß, daß eine Frau so etwas in Kauf nehmen muß.
Am Morgen tritt das Licht durch die dünnen Vorhänge herein. Sie hat seinen Schwanz in der Hand. Sie küßt ihn zärtlich, um den Tag zu beginnen. Er gehört jetzt ihr, sagt sie.

31 Verheiratete Tage. Sie leben in ehelichem Glück an der See. Ihr Zimmer ist klein, aber es hat einen Balkon, und unter ihnen bricht sich leise das Wasser. Das Hotel ist eigentlich zu teuer für sie.
Morgen. Ihr Haar ergießt sich über das Kissen, sie hat die Decke bis zum Kinn hochgezogen. Draußen schweben die Rufe der Seevögel in der stillen Luft. *Mon mari*, nennt sie ihn. Er lächelt.
Im Speisesaal sitzen sie in der Nähe einer Familie mit zwei Söhnen. Die Mutter ist streng mit ihnen – sie sind fünfzehn Jahre alt, sechzehn, schwer zu sagen. Sie dürfen ein bißchen Wein trinken, das ist alles. Die meiste Zeit sitzen sie steif da, während die Eltern sich unterhalten. Sie hätte gerne einen Sohn, sagt Anne-Marie. Der Raum ist erfüllt vom Geräusch der Gabeln, vom Duft des Brotes. Ein Sohn.

Dean wirft einen Blick auf die Familie.
»Wie wird er heißen?« sagt sie.
»Ich weiß nicht. Wie?«
Sie will, daß er rät.
»Jean-Pierre.«
»Nein.«
»Maurice? Robert? Doch nicht Phillip?«
»Nein.«
»Ich geb auf.«
»Dmitri«, sagt sie.
Er macht eine Geste mit den Händen.
»Das ist zumindest originell«, sagt er.
»Was?«
»Darauf wär ich nicht gekommen.«
»Er wird in Amerika zur Schule gehen, bis er achtzehn ist«, sagt sie. »Dein Vater war wunderbar, werd ich ihm sagen, aber manchmal ein bißchen langweilig.«
»Ein bißchen langweilig?«
»*Oui*.«
»Du meinst mich?«
Sie nickt.
»Das ist mein Sohn?«
»Aber natürlich«, sagt sie leise.
Die Jungen beobachten sie, ihre unsicheren Blicke ruhen einen Augenblick auf ihr und schweifen dann hastig ab. Anne-Marie spürt ihre Augen. Sie weiß genau, wann sie aufblicken muß, um sie in Verwirrung zu stürzen.
Tage des Ehelebens am Meer. Sie gehen auf den Felsen weit hinaus, die Hotels, die Biegung des Strandes verschwinden, als sie um die Landzunge herum sind. Sie kommen an eine große ebene Felsplatte, um deren Spitze die See kocht, saugend und schlagend, in den Spalten hochquellend. Sie

zieht das Oberteil ihres Bikinis aus und legt sich hin, erst auf den Bauch, zwanzig Minuten später auf den Rücken. Die Stille der Sonne scheint das Lärmen des Wassers zu überwinden. Dean wird schnell braun. Seine Lippen werden leicht rissig, aber seine Augen und seine Zähne sind weiß. Sein Gesicht nimmt den Farbton von Hartholz an. Seine Arme und Beine wirken kräftiger. Unter der Badehose ist das Weiß von frischen Verbänden. Sein Hintern ist wie ein aufgeschnittener Apfel.
»Du bist wunderschön«, sagt sie.
Sie lieben sich danach, ein wenig sonnenverbrannt, ihre Haut schmeckt salzig. Das Hotel ist still wie eine Schule nach den Unterrichtsstunden. Auf dem Bidet furzt sie, ein leises köstliches Geräusch. Es ist ihr peinlich.
»*Pardon*«, sagt sie.
Stille. Deans Augen sind geschlossen. Er sagt nichts. Sie fragt sich, ob er eingeschlafen ist. Sie sieht durch die Tür. Dean liegt bewegungslos da, aber er kann ein Lächeln nicht unterdrücken. Sie kommt wieder ins Bett und deckt sich zu. Ihr ist nicht so gut, sagt sie ihm. Sie bekommt ihre Tage.
»Gut«, sagt er.
Die Essen sind lang, mit vielen Gängen, Suppe, Fisch, Fleisch, Dessert, Obst, Wein. Sie sitzen in dem langen Saal, immer im Tageslicht, mit seiner Fenstergalerie, durch die das stille Meer zu sehen ist. Nachts schlafen sie wie Vögel in einem Nest. Regen schlägt an die Fenster. Dean steht auf, um sie zu schließen, aber sie sind gar nicht offen – es ist nur das Meer.
Im Casino kann man tanzen oder zweitklassige Filme ansehen. Sie haben nicht das Geld, um zu spielen. Außerdem ist sie sowieso zu jung. Es steht in ihrem Ausweis. Sie sitzen im leeren Salon des Hotels. In der abendlichen Dunkelheit

wirkt es wie ein großes, verlassenes Passagierschiff. Anne-Marie sortiert alle kleinen Karten aus dem Blatt. Sie will ihm ein Kartenspiel beibringen. Er versucht, sich auf ihre Erklärung zu konzentrieren. Seine Gesichtshaut ist gespannt wie getrocknetes Papier. Seine Augen springen geistesabwesend von einem Gegenstand zum nächsten. Er gähnt. Er kann die breite, mit Teppich ausgelegte Treppe sehen, die Leute langsam hinaufsteigen. Die Familie kommt herein, sie war wahrscheinlich im Kino, und geht hinauf, die Jungen sehen niedergeschlagen aus, völlig lustlos. Es ist halbdunkel. Nach einer Weile beginnen seine Augen vom Anstarren der Karten zu schmerzen. Die Bilder darauf sind häßlich. Das Schwarz von Pik scheint zu zerlaufen. Die Herzen sind blau geworden. Mit dem traurigen Nachdruck eines im Wind schlagenden Zeltes hebt sich die Brandung am Strand, hebt sich und fällt. Als er hinhört, scheint das Geräusch anzuschwellen, breiter zu werden, alles zu erschlagen.

Sie gehen den schwach beleuchteten Korridor entlang, der Fußboden stöhnt unter ihren Schritten. Keine Musik dringt durch die geschlossenen Türen, keine Stimmen. Die Laken sind feucht. Ehenächte. Dean hat Angst, daß die Salzluft den Chrom des Wagens ruiniert. Er hätte ihn mit irgend etwas einreiben sollen. Eine Garage gibt es nicht – er steht hinter dem Hotel, von Feuchtigkeit überzogen. Am Morgen wird er von der Sonne getrocknet.

Sie bleiben sechs Tage, sie sprechen mit niemandem, sie gehen die pinienbeschatteten Straßen zum oberen Ort hinauf, an großen dunklen und stillen Ferienvillen vorbei, die am Hang stehen und aufs Meer hinausblicken. Die Gärten dieser Häuser sind wunderschön, von dichten Bäumen beschirmt.

Sie sind wie Invaliden. Ihre Stunden sind lang und ereignislos. Sie essen dreimal am Tag. Morgens, wenn sie auf die Toilette gehen, stehen rechts und links auf dem Gang vor den Türen die Frühstückstabletts, die Servietten beschmutzt, mit aufgerissenen Croissants. Die Patienten sind schon fort, gehen langsam im Sonnenlicht herum. Jahre der Ehe. Nach dem Frühstück streckt sich die Zeit bis zum Mittagessen, und nach dem Mittagessen liegt der ganze Nachmittag vor ihnen ... Am Strand vor dem Hotel steigen die Schreie der Kinder so schrill auf wie die der Vögel. Anne-Marie geht nackt in ihrem Zimmer herum. Ihre bloßen Füße sind geräuschlos. Ihr Tampon hat einen kleinen weißen Faden, der zusammengerollt zwischen ihren Schenkeln hängt. Ihr Brüste sind hell, aber nicht weiß. Nur ihre Lenden heben sich so leuchtend vom Rest des Körpers ab, daß sie wie angekleidet wirken.
Am frühen Morgen – froh, weil er endlich das Gepäck wieder im Wagen verstauen kann – klappt Dean das Verdeck zurück, so daß sich das Innere mit Sonnenlicht füllt, und sie fahren ab.

32 Am Abend kommen sie in eine merkwürdige Stadt, die so *démodé* wirkt wie ein großes Sanatorium: Bagnoles. Frankreich ist übersät von diesen alternden Kurorten, deren elegante Tage längst der Vergangenheit angehören. Die feuchten Hotels stehen leer, die Stimmen sind verhallt, die Zeremonien eines müßigen Lebens verschwunden. Sie fahren auf kurvenreichen Straßen hinein, vorbei an dem schweigenden See. Die Häuser wirken alle

leer. Es ist wie ein großes Anwesen, dessen Herr für immer abgereist ist. Aber es ist noch offen, es führt seine Existenz fort, genau als wäre er noch da. Es ist wie ein alter Brief, eine Suite, in der eine reiche Erbin gestorben ist.

Graziös wie ein Vogel gleiten sie durch die Dämmerung, fahren an den verblichenen Fassaden vorbei: das Gayot, Terrasse, Castel, Bois Joli. Die Geschäfte sind geschlossen. Die Bäume sind schwarz geworden. Keine Seele auf den schlechterleuchteten Straßen, kein Geräusch außer dem des Wagens. Das Casino ist düster und abschreckend, seine grünen Stühle verlassen, die Vorhänge zugezogen. Das Schweigen von Wäldern am Abend, von stillen Gewässern, herrscht überall. Nach der zweiten Runde durch die Stadt hält Dean an.

»Das ist deprimierend«, sagt er. Er greift nach dem Buch. »Wir können nach Alençon weiterfahren. Wie groß ist das?«

Sie sieht nach.

»*Vingt-sept mille.*«

»Und was gibt es da an Hotels?«

»Nicht viel.«

»Kein einziges anständiges?«

»Da gibt es ein Irrenhaus.«

»Laß mal sehen.«

Er versucht zu lesen. Es ist schon fast zu dunkel.

»Na ja, wir könnten nach Paris weiterfahren«, sagt er. »Das sind etwa drei Stunden.«

Sie hebt die Schultern.

»*Comme tu veux*«, sagt sie.

Er blättert in den Seiten.

»Aber können wir hier essen?«

»Hm?« Er liest noch. »Gut. Wir entscheiden uns danach.«

Es ist ein langes Essen. In dem Restaurant gibt es nur einen

Kellner. Er ist wie ein Veteran von Fort Douaumont. Für ihn ist alles vor langer Zeit zu Ende gegangen. Er verschwindet auf zehn Minuten in die Küche und kommt mit Brot wieder heraus. Es gibt eine Tür, die sich auf die Straße öffnet, und eine andere, die in das Hotel führt. Das ist die, durch die sie schließlich gehen. Es ist zu spät, um weiterzufahren. Die Lobby ist dunkel. Die Schlüssel, die an einer lackierten Holzwabe hängen, sind fast alle an ihrem Platz. Sie gehen die Stufen hinauf, der Teppich schluckt jedes Geräusch, und treten in ein Zimmer, das man nur eine Kammer nennen kann. Einst cremefarbene Wände sind zu Ocker geworden, schwere weinfarbene Vorhänge. In der Deckenlampe sind die Glühbirnen aus klarem Glas. Es ist bedrohlich, dieses Zimmer. Die Luft ist abgestanden.

Dean macht die Balkontüren auf. Auf der anderen Seite des schwarzen Sees ist das Casino jetzt erleuchtet, das eine Ornament in einer Dunkelheit, die wie ein Vorhang über allem liegt. Niemand scheint hineinzugehen oder herauszukommen. Die Plakate kündigen der leeren Straße Filme und Konzerte an.

Sie gehen eine Weile spazieren. Der Geruch tödlicher Langeweile liegt in der Luft. Man erkennt ihn wie Schimmel. Die Aussicht auf die Abendstunden ist furchterregend. Sie kaufen Karten für den Film. Die Frau an der Kasse zieht sie von einer dicken Rolle. Ein paar Leute sind schon drin – das ist immerhin etwas. Sie sind gerettet. Sie sitzen still da, warten darauf, daß das Licht langsam ausgeht. Niemand flüstert auch nur. Schließlich beginnt es. Die Leinwand leuchtet auf. Musik, Stimmen, Bilder, die auf den verschiedenen Lichtstrahlen herangetragen werden.

Auf dem Weg zurück ins Hotel stellen sie fest, daß ein paar Läden spät aufgemacht haben, und sie bleiben vor dem

Fenster eines *antiquaire* stehen. Das Geschäft ist wie ein Museum. Kein einziger Kunde. Zwischen den vergoldeten Stücken taucht plötzlich das Weiß eines Gesichtes auf, die Eignerin, bleich wie eine Trauernde.

Erst nachdem sich die Tür zu ihrem Zimmer geschlossen hat und er den Schlüssel umdreht, fühlt Dean anderes als den Tod. Trotzdem bleibt da etwas Künstliches und Enges an den Möbeln, an dem unzureichenden Licht. Jemand hat die Balkontüren geschlossen. Durch das Glas kann er sehen, daß eine bewegliche hölzerne Jalousie ganz heruntergezogen worden ist. Die Bettdecken sind zurückgeschlagen worden, sie enthüllen ein klinisches Weiß. Sie spricht über den Film. Er hört nichts. Er beobachtet nur, gefesselt von der kleinsten Bewegung, die sie macht, fasziniert von der Form ihrer Wade.

Sie steht nackt am Becken, die Füße zusammen, und putzt sich die Zähne. Dean beobachtet sie genau. Er sitzt auf dem Bett, er streckt den Arm aus und berührt sie. Die Geste ist eigenartig kraftlos. Es ist ein Akt der Selbstversicherung – er versucht, in die Realität zurückzukehren. Sie legt die Zahnbürste nieder. Sie sieht sich ihre Zähne nicht gerne genau an. Sie trocknet die Mundwinkel mit dem Handtuch und legt dann eine Creme auf. Einen Moment begegnen sich ihre Augen im Spiegel. Sie ist sich nicht sicher, was er denkt oder was er gleich tun wird. Aber er will nicht reden, soviel ist ihr klar.

Sie liegt mit offenen Augen im Bett, wartet. Er bewegt sich im Zimmer herum, sieht sie von Zeit zu Zeit an. Schließlich lächelt er. Sie erwidert es nicht. Sie hat sich auf einen Gehorsam vorbereitet, der nicht so leicht aufzuheben ist. Ihr Gesicht ist ernst, fast rebellisch. Er öffnet die Balkontür, zieht aber nicht die Jalousie hoch. Er macht das Licht aus. Im

Bett gleitet sie sofort an seine Seite, wie von der Dunkelheit freigesetzt. Ihre Hände, diese schlanken Hände, schwimmen seinen Körper herunter. Dean liegt bewegungslos da. Sie mag dieses Schweigen, diese Stille. Sie definieren ihre Existenz. Sie muß sie bezwingen. Das ist natürlich bloß ein Spiel. Er wartet nur, angetan mit einer Art Grausamkeit, die sie erregt und die sie, ohne ein Wort zu sagen, überwinden muß. Sein Herz schlägt schneller. Er fühlt, wie sein Schwanz unter ihrer Berührung ein paar Zentimeter anschwillt. Die Vaseline ist kühl, als sie sie mit großer Sorgfalt aufträgt. Dean atmet wie ein Läufer vor dem Rennen. Er denkt an die Kellner im Casino, das Publikum im Kino, an die dunklen Hotels, als sie sich auf den Bauch legt und er sich mit der Leichtigkeit, mit der man sich an einen gutgedeckten Tisch setzt, aber nicht mehr als das, in sie hineinschiebt. Sie liegen beide auf der Seite. Er versucht, sich nicht zu bewegen. Er spürt nur kleine unsichtbare Zuckungen, wie das leichte Knabbern des Fisches am Köder. Mitten in ihnen schläft er ein. Dann schläft sie auch ein, und so, vereint, verbringen sie die Nacht. Die letzte Nacht ihrer Reise.

33

Sie kommen am Sonntagabend zu Hause an, müde vom Verkehr. Die Straßen sind voll. Seit einer halben Stunde ist Dean mit dem bleichen Licht seiner Scheinwerfer gefahren, die jetzt in den schmalen Straßen anfangen, hell zu wirken. Es ist, als führe er unter Wasser. Ein grünes Zwielicht leuchtet weit oben. Er biegt in ihre Straße ein. Der große zerbeulte Lastwagen der Korsen steht inmitten der verstreuten Papierhüllen, der wundervollen fauligen Düfte. Als er anhält, spiegeln sich seine Scheinwerfer im Glas des verdunkelten Ladens. Er schaltet sie aus, dann den Motor. Sie sitzen einen Augenblick im Wagen. Eine tiefe Freude, ein Gefühl, etwas vollendet zu haben, überkommt ihn. Sie sammeln ihre Dinge ein, und er trägt sie hinauf. Er hat es eilig, von ihr wegzukommen. Er ist es müde, die ganze Zeit mit ihr zusammensein zu müssen.

Ich finde ihn im Haus. Er liegt auf dem Bett, blaue Leinenschuhe an den Füßen. Die Hände hat er hinter dem Kopf zusammengefaltet. Das Radio läuft. Ein gutes Gefühl, wieder da zu sein, sagt er zu mir. Wirklich ein gutes Gefühl.

Er ist braun wie ein Ägypter. Wenn er lächelt, scheinen die Zähne aus dem sonnenverbrannten Gesicht herauszuspringen. Wir schweben in einem schwachen Aroma, in einem Bouquet aus Musik, während er redet.

»Und – wo wart ihr denn nun?«

»Überall«, sagt er. »Angers. Orléans. Perros-Guirec. Wir sind viel gefahren.«

»Hat es Spaß gemacht?«

»Es ist ein schönes Land«, sagt er ruhig. Er fängt an, mir zu berichten, vom Meer mit seinen Felsen, von dem alten Hotel. Er beschreibt die Loire, den gespenstischen Abend in Bagnoles. Er redet fast zwanghaft. Alle Details sprudeln aus ihm heraus, Beschreibungen, Gefühle, Gerüche. Zwischendurch schweigt er, sammelt wieder Eindrücke, redet weiter. Mir kommt es vor, als breite er alles vor mir aus, das Wesen dieses strahlenden Lebens, das er in Frankreich geführt hat. Er bringt Ordnung in die Vergangenheit. Es gibt gewisse Dinge, die gebeichtet werden sollten, und er weiß, daß ich daran interessiert bin. Nichts von dem, was er sagt, ist ungewöhnlich, aber ich erkenne, wovon er spricht. Ich verstehe alles, was nicht gesagt wird.

»Und wie geht es Anne-Marie?«
»Sie ist so braun wie ich. Du solltest sie mal sehen«, sagt er. »Sie sieht wunderbar aus.«
»Du hast die Farbe von Teak.«
»Wir hatten schönes Wetter«, sagt er. »Fast jeden Tag. Wir haben wie ein altes französisches Ehepaar am Tisch gesessen, weißt du, und wir haben nur gegessen. Und wir haben jede Nacht miteinander geschlafen. Aber die Sonne, es ist wirklich unglaublich, wieviel Sonne wir hatten.«
Er zieht das Hemd aus der Hose, um mir den Unterschied zwischen gebräunter und ungebräunter Haut zu zeigen, die Linie. Er grinst. Er ist unbesiegbar. Es ist wie ein Schachspiel, in dem seine Figuren sich immer wieder als stärker erweisen, aber ich bin schon lange kein Konkurrent mehr für ihn.
Er beginnt, im Zimmer herumzuwandern, während er redet. Kleidungsstücke liegen überall herum. Er geht ins Bad und entdeckt irgendeine Creme, die er sich langsam ins Gesicht reibt, besonders um den Mund herum. Er legt sich wieder hin. Dieses magere Gesicht, dunkel wie das eines Landarbeiters. Es hat etwas Aggressives an sich. Die Knochen scheinen fähig, einfach durch mich hindurchzugehen. Er steht wieder auf und sieht durch, was noch in seinem Koffer ist. Zwischen der Kleidung findet er einen Apfel. Er bietet mir eine Hälfte an.
»Nein danke. Hast du nichts gegessen?«
»Nein, nur zu Mittag.«
Er liegt wieder ausgestreckt auf dem Bett, das Kissen einmal geknickt unter dem Kopf. Ich höre der feuchten Explosion seiner Zähne im harten Fruchtfleisch zu.
»Ich bin zu müde, um essen zu gehen«, sagt er.
»Komm schon. Ich hab auch noch nichts gegessen.«
»Ich habe wirklich keinen Hunger«, sagt er.

Er knabbert um das Kerngehäuse herum, holt sich die letzten Stücke mit kleinen nagenden Bissen. Als er fertig ist, legt er den Apfelrest auf eine Illustrierte. Er starrt an die Decke.
»Ich gehe hier wahrscheinlich weg«, sagt er.
Eine enorme Stille, die ich schließlich brechen muß.
»Wirklich?«
»Ich glaub ja.«
»Und wohin willst du?«
»Amerika«, sagt er. »Nach Hause.«
»Aha. Allein?«
»O ja, sicher«, sagt er. »Ich meine, ich komm wieder.«
»Aha.«
Ich weiß nicht, was ich sagen soll.
»Na ja ...«, fange ich an.
»Weißt du, ich muß einfach eine Zeitlang nach Hause. Ich habe kein Geld. Ich habe mich seit dem letzten Herbst so durchgeschlagen, und ich kann das nicht mehr. Man kommt an einen Punkt, wo das einfach nicht mehr geht. Also muß ich zurück und ...«, er seufzt, »... mit meinem Vater reden. Na ja, nicht nur das. Ich muß ein bißchen Ordnung in mein Leben bringen. Ich habe daran gedacht, wieder an die Uni zu gehen.«
»Zurück nach Yale?«
»Nein, die würden mich nicht mehr nehmen. Irgendein kleineres College. NYU vielleicht.«
»Kleiner?«
»Na ja, so hab ich das nicht gemeint«, sagt er. »Ich hab mir das wirklich noch nicht richtig überlegt.«
»Nein.«
Dann, wie als Kommentar, erlaubt er sich ein ganz kurzes Auflachen.
»Es ist nur so«, sagt er, »äh, ich hab nicht genug Geld.«

»Natürlich.«

»Mir fehlt noch ein bißchen, um das Ticket bezahlen zu können.« Er macht eine Pause. »Also habe ich mich gefragt, ob …«

»Wieviel wär das?« frage ich.

»Ich würde dir den Wagen hierlassen, weißt du, falls etwas passiert …«

»Den Wagen? Aber der gehört dir doch gar nicht.«

»Doch, der gehört mir«, sagt er.

»Ich dachte, der gehört einem Freund von dir.«

»Nein, nein, er hat ihn mir geschenkt. Ich kann auch eine schriftliche Bestätigung von ihm kriegen, wenn es sein muß.«

Ich weiß, daß es nicht stimmt. Ihm ist einfach das Geld ausgegangen, wie einem Spieler, und er braucht Nachschub. Ich suche fieberhaft nach einem Weg, seine Bitte abzulehnen, aber ich finde keinen. Wenn ich nein sagen sollte … es würde sowieso nicht viel ändern. Er würde es auch dann machen. Außerdem bin ich dazu gar nicht fähig. Ich habe nicht das Recht, ein Urteil über ihn zu fällen – und ich habe das Geld.

»Ich brauche ungefähr dreihundert Dollar«, sagt er.

»Dreihundert.«

»Kannst du mir so viel geben? Ich meine für den Delage natürlich.«

»Na ja … Ja, ich glaub schon.«

»Oh«, sagt er, sein Kopf fällt zurück, »hör zu, du bist wirklich ein guter Kerl.«

Ja, und ich stelle fest, daß ich das selber glaube, obwohl ich ihm helfe, seine Flucht vorzubereiten. Es ist in gewisser Weise ein krimineller Akt. Es ist etwas, dessen ich mich später einmal schämen werde. Ich tausche nur seinen Ekel gegen meinen aus.

»Wie lange wirst du fort sein?«
»Ich weiß es nicht«, sagt er. »Ich weiß es ehrlich nicht. Nicht lange. Vielleicht einen Monat oder so, keine Ahnung.«
»Na ja, wenn du wirklich an die Uni zurückgehst …«
»Das stimmt, dann wäre es viel länger. Aber das ist natürlich nur eine Möglichkeit.«
»… würdest du gar nicht wiederkommen.«
»Oh, keine Sorge. Wenn das passiert, schick ich dir das Geld. Ich meine, ich kann es drüben ganz leicht bekommen. Selbst wenn ich es von den Studiengebühren abzweigen muß oder so was. Das krieg ich schon hin.«
»Ich mach mir keine Sorgen. Das ist es nicht. Das Ganze überrascht mich, das ist alles.«
»Du hast gedacht, ich würde sie heiraten«, sagt er.
»Nein.«
»Vielleicht tu ich das sogar.«
»Wirklich?«
»Ich habe daran gedacht«, sagt er.
»Ja, das kann ich mir vorstellen.«
Er springt auf. Die Aussicht auf Geld hat ihm Appetit gemacht. Wir gehen in die Stadt hinunter, durch die leeren Straßen. Autun ist still, aber es schläft wie eine uralte Frau. Es hört jeden Lautfetzen, ohne zu erwachen. Es ist alterslos. Es kann im Dunkeln sehen.
Begraben unter den anderen Gebäuden tief in der Stadt – da sind Gassen, durch die man gehen kann, die Katzen kennen den Weg –, über den Baumwipfeln und dem schwarzen Laub, dem geheimnisvollen Duft, der Bewegung der Äste, liegt sie in einem Zimmer, das von derselben kühlen Abendluft erfüllt ist, und schläft, die Arme ausgestreckt, die Lippen leicht geöffnet. Die lackierten, orangefarbenen Türen der *armoire*

sind geschlossen, und ein Handtuch hängt ungefaltet am Waschbecken. Ihre Zahnbürste – meine Finger wagen es, sie leicht zu berühren – ist nicht mehr feucht. Auf dem Fußboden liegen Kleidungsstücke herum. Ich sehe ihre Schuhe, ihre schlaffen Strümpfe. Schließlich werfe ich einen Blick auf sie, und mein Herz setzt aus; ihre Augen sind nicht geschlossen. Sie sieht mich an. Das reine junge Weiß ihrer Augen, das blaue Weiß – es hat mich gefunden.

Ich habe sogar eine Vorahnung, daß wir sie treffen werden, als wir in die Stadt hinuntergehen, um ein Sandwich zu essen. Der Gedanke erschreckt mich. Ich bin mir sicher, daß sie in meinem Gesicht lesen könnte, was wir getan haben. Ich bin bereit, alles zu gestehen, ich habe nicht den geringsten Instinkt, zu lügen, davonzukommen, aber Dean, mein Gott, er würde sie mit einem Lächeln begrüßen. Darin liegt der ganze Unterschied. Ich bin nicht stark genug, um sie zu lieben. Man muß selbstsüchtig sein.

Der Gedanke quält mich, während ich ihm beim Essen zusehe. Allmählich sinke ich in einen feinen, einen delikaten Haß. Ich höre nicht mehr, was er sagt. Ich bin mir nur meiner eigenen Gedanken bewußt, und ich höre das Geräusch seiner mahlenden Zähne. Er stinkt nach Selbstsicherheit. Wir sind ihm alle ausgeliefert. Wir sind seiner Freundschaft unterworfen, seiner Liebe. Wir reagieren auf die Prinzipien seiner Welt, weil wir in uns selbst keine haben. Er hat eine Macht, die ich nicht einmal genau benennen kann. Sie flackert plötzlich auf, manchmal ist sie da und manchmal nicht – ohne sie ist er leer, ein Körper ohne Atem, so gewöhnlich wie mein eigenes Spiegelbild. Es ist diese Macht, die seine Existenz garantiert, sogar danach, sogar, als er selbst gar nicht mehr da ist.

34 Er wird wiederkommen, um sie zu holen. Schweigen. Sie sieht ihn an. Dann ein einziges Wort.

»*Non.*«

»Ja.«

»*Non*«, sagt sie tonlos.

Also, dann kann er es eben nicht erklären, sagt er. Wenn sie darauf besteht, daß sie es so genau weiß … Sie sitzt da und beobachtet ihn, die Mundwinkel heruntergezogen, die Augen mißtrauisch. Er wird sie nachkommen lassen, sagt er.

»Wann?«

»Ich weiß es nicht genau. Ich muß das Geld für das Ticket zusammenkriegen.«

»Was?«

»Das Geld für den Flug.«

Ein kurzes, bitteres Achselzucken.

»Hör mich doch einfach mal an«, sagt er.

Sie sagt nichts.

»Ich habe es im Moment nicht«, erklärt er.

Ihr Gesicht scheint sanfter, aber es liegt kein Verständnis darin oder zumindest keine Zustimmung. Sie blickt auf den Fußboden.

»Hör zu, ich schwöre es dir«, sagt er. Er hebt die Hand.

Sie sieht auf.

»Wirklich«, sagt er.

»Bei deiner Mutter?«

»Ja.«

Sie macht eine Bewegung mit dem Kinn.

»Was?«

»Sag es«, sagt sie.

»Ich schwöre es bei meiner Mutter.«

Sie seufzt. Er sitzt neben ihr auf dem Bett. Er legt sich zurück und beginnt ihr davon zu erzählen, wie es sein wird. Am Anfang will sie sich nicht darauf einlassen, aber dann merkt er an ihrer Stille, daran, wie sie seine Stimme aufnimmt, daß sie zuhört. Sie werden in der ganzen Stadt herumlaufen, er wird ihr jeden Stadtteil zeigen. Sie werden die großen Avenues hinuntergehen, in alle Schaufenster sehen. Samstagabends gehen sie aus, tanzen bis spät in die Nacht. Sie hat nur zwei Arten von Kleidung, Hosen und Pullover für den Tag – Kordhosen für ihn – und ein wundervolles Kleid zum Ausgehen. Zwei, korrigiert er sich, eins für den Nachmittag, eins für den Abend. Und er hat einen einzigen guten Anzug, sehr dunkel, grau, vielleicht schwarz. Ein Bett. Ein Tisch. Ein paar Stühle. Die Fenster blicken auf eine Brücke.

Sie liegen still, atmen leise, die Köpfe auf dem langen Polsterkissen, das noch in seiner geblümten Hülle steckt. Die Jalousien sind heruntergezogen. Es ist kurz nach Mittag. Da ist das leise Klappern von Tellern und dahinter eine feierliche Stille. Ein Radio, vielleicht. Ab und zu ein Auto. Sie schlafen ein.

Sie wachen in einer anderen Welt auf. Deans Augen gehen ziellos im Zimmer herum, fallen schließlich auf den Wecker. Eine Stunde ist vergangen. Er setzt sich auf und beginnt sich in aller Stille auszuziehen, zuerst die Schuhe, dann die Socken. Der Fußboden ist kühl und angenehm unter den Füßen.

Sie posieren nackt vor dem Spiegel. Dean ist größer. Sein Körper ist dunkel. Er hält sich ein Stück von ihr entfernt, wie ihr Schatten. Das Licht kommt in dünnen, waagerechten Streifen herein, Rippen, die sich auf den Fußboden legen. Er schiebt ihr seinen Schwanz von hinten zwischen die Beine, und sie drückt die Schenkel zusammen, um ihn festzuhalten. Sie greift hinter sich, um seine Eier mit den Fingerspitzen zu streicheln. Er sieht aus wie ein Rettungsschwimmer. Auf seinen Hüften liegt eine Andeutung von Fett, wie ein Marmorgeländer.

Sie beginnen sich langsam zu lieben. Er legt sie auf die dunklen Blumen der Tagesdecke und arbeitet ihn in sie hinein, als verkeilte er einen Pfahl. Dann läßt er sie rittling auf sich sitzen. Ihre Stimme ist fast unhörbar, ein Flüstern von der Straße.

»Es ist ein Gefühl, als berührte er mein Herz«, sagt sie.

Sie hebt sich leicht, die Hände an seiner Taille.

»Ich glaube, er tut's«, sagt sie.

Dean lächelt. Er drückt sie noch ein Stück weiter herunter. Sie kämpft sanft dagegen an. Dann dreht er sie um und dringt tief in sie ein. Es ist wie ein Regen aus Liebe. Wohin er sich auch wendet, er wird von ihm durchnäßt. Als wären sie in getrennten Zimmern, als erlebten sie den Akt ganz allein, sind sie bis zum letzten Augenblick wie gebannt und liegen hinterher zusammengefallen auf dem Bett, die Decken und Laken um sie herum. Ihre Stimmen sind leise, ohne Bedeutung. Vor dem Fenster huschen Tauben über die Steinplatten.

Sie fahren nach St. Léger, die Sonne flutet bis in die Tiefen des Wagens, trifft auf ihre Knie. Die Straßen verschwinden hinter ihnen. Die letzte Kurve. Sie fahren den langen Hang hinab, durch die kurzen und kühlen Tunnel, weiter hinunter, dann unter dem Viadukt, dessen leere Kammern blau von Luft sind, hindurch und an den Hinweisschildern vorbei. Sie rauschen unter den Bäumen hindurch. Das Auto beschleunigt, die schweren Achsen knacken, der Asphalt fließt unter ihnen.

Ihre Mutter freut sich über den Besuch. Sie sitzen am Küchentisch und reden, die Katze streicht rhythmisch zwischen Deans Füßen hindurch, dreht sich um, kommt wieder, drückt sich an seine Fußknöchel. Es ist seltsam still, auch wenn sie sprechen. Es ist wie der Korridor eines Krankenhauses oder eine leere Station. Dean spürt die Blicke der Mutter. Sie sieht ihn fast schüchtern an. Wenn ihre Augen sich treffen, lächelt sie. Ihr Mann ist bei der Arbeit. Der Stuhl, auf dem er gewöhnlich dicht vor der Wand sitzt, ist leer, ein Holzstuhl mit einem dünnen schmutzigen Kissen. Anne-Marie sagt ihrer Mutter nichts davon, daß Dean fortgeht. Sie reden über die Nachbarn, Verkehrsunfälle, Kleidung. Der Nachmittag ist voll von behaglichem Klatsch. Nichts deutet darauf hin, daß er diese Küche zum letzten Mal sieht.

Sie kommen spät wieder nach Hause. Wagen sind auf dem Platz geparkt; die Vögel machen ihre letzten Flüge vor der Dunkelheit. Sie essen im Hotel. Der Speisesaal ist voll. Sie ist enorm zärtlich. Es geht in ihre kleinsten Gesten ein, in ihr Lächeln. Das Essen wird einfach aus sich heraus zu einem Ereignis, einem langen Ineinandergehen von Gefühlen, gebrochen nur von der Ankunft der verschiedenen Gänge. Sie reden von der Vergangenheit, erinnern sich an verschiedene Orte, Schwierigkeiten, Freuden. Sie trinkt ein zweites Glas Wein. Draußen hat sich ein blauer Abend herabgesenkt. Ich habe hier viele Male gegessen, ich kenne das Stimmengewirr der Gäste in diesem weiten Saal, das leuchtende Weiß der Tischdecken, die sich hinziehenden Diskussionen, ein gelegentliches Lachen. Durch all das hindurch höre ich dann, als es zu Ende ist, das Klappern ihrer Absätze, gelassen, dünn, als sie schließlich zur Tür geht, stehenbleibt. Die Blicke folgen ihr wie Verneigungen. Sie wartet. Er kommt zu ihr, nachdem er bezahlt hat, und sie treten zusammen auf die Straße. Ich bleibe allein an meinem Tisch zurück – so stelle ich es mir immer vor –, sehe zu, wie sie abbiegen und durch den gewölbten Raum mit den beleuchteten Vitrinen gehen und schließlich fort sind. Ein unbekanntes Liebespaar. Sie verschwinden in die Stadt. Ich werde sie nie wieder sehen. Ich sitze hier. Es wird mindestens zehn Minuten dauern, bis ich mein Dessert kriegen kann. Der Kellner muß erst kommen, um den Hauptkurs abzuräumen und meine Bestellung entgegenzunehmen.

Sie steigen die Treppe hinauf. Der Schlüssel dreht sich im Schloß. Die einfachen Mechanismen des Verbrechens. Er liegt auf dem Bett, nackt, während sie ihr Augen-Make-up entfernt. Man hört Wasser laufen. Ihr Gesicht ist nah am Spiegel. Sie kann ihn darin sehen, ausgestreckt, eine Hand an der Innenseite des Schenkels.

»Du bist wie ein toter König«, sagt sie.

Sie öffnet die Läden weit. Das Lampenlicht, das von der Kirche nach oben flutet, scheint ein Stück Dunkelheit in den geheimnisvollen Himmel zu tragen, einen eisernen Kern. Dean liebt sie mit großer Zärtlichkeit, küßt ihre Schultern, lauscht ihrem Atem. Es ist, als hätte er es nie zuvor getan. Er versucht, sie sich einzuprägen. Seine Hände berühren sie mit Sorgfalt. Seine Lippen formen ehrfürchtige Sätze.

Danach liegen sie lange Zeit wortlos da. Es gibt nichts. Ihr Gedicht liegt verstreut um sie herum. Die Tage sind überallhin gefallen, sie sind wie ein Kartenhaus zusammengebrochen. Die Luft ist kühl. Er zieht die Decken über sie. Sie ist so vollkommen still, daß sie zu schlafen scheint. Er berührt ihr Gesicht. Es ist naß von Tränen.

35 Der Morgen, an dem er aufbricht, der letzte Morgen, kommt, so gewöhnlich wie jeder andere. Sie haben die Nacht miteinander verbracht. Dean sieht ihr zu, wie sie sich im Zimmer herumbewegt, sich anzieht. Es gibt sehr wenig zu sagen. Alles ist hilflos still, unwirklich. Was sie tun, erscheint ihnen künstlich, notwendig, aber vollkommen leblos. Er bringt sie zur Arbeit – die Stadt erwacht gerade –, und sie parken ein paar Minuten vor der Tür. Die Straße liegt im Schatten und ist kühl. Ein paar Leute gehen vorbei. Schließlich verabschieden sie sich. Dean läßt den Motor an. Sie steht wartend da. Er fährt langsam davon, bewegt sich durch Flächen von Sonnenlicht, die auf seinem Weg liegen. Er dreht sich um. Ein letztes Winken. Eine Kurve. Er ist fort.

Plötzlich fährt er schneller, als schösse er aus einem Tunnel heraus. Die Luft ist klar und würzig. Die grauen Fassaden von Autun werden lebendig. Er hält aus einer Laune heraus an und kauft eine Apfelsine.

Ich höre, daß die Haustür aufgeht und er hereinkommt.

»So …«, sagt er schließlich.

Er setzt sich. Er scheint voller Resignation. Dann steht er wieder auf.

»Wann mußt du los?«

»In zwei Stunden etwa«, sagt er. »Ich werde ein paar Sachen hierlassen. Ist das in Ordnung?«

»Ich weiß nicht. Was soll ich damit machen?« Ich werde auch nicht mehr lange hier sein, ein paar Tage höchstens.

»Nichts. Ich will sie nur nicht mitnehmen«, sagt er. »Vielleicht lege ich sie in den Wagen.«

»Das wär besser.«

»Dann mach ich das.«

Er bietet mir Apfelsinenscheiben an. Wir sitzen da und essen sie. Der kühle Saft erfüllt unsere Münder. Die Kerne sind dick und sehr weiß. Wir spucken sie in die Hand.

»Warum gehen wir nicht runter und essen etwas am Bahnhof?« sagt er.

»In Ordnung.«

»Ich muß nur zu Ende packen«, sagt er.

»Kann ich dir helfen?«

»Nein. Es ist nicht viel.«

Ich sehe zu, während er die letzten paar Dinge erledigt. Wir fahren zum Bahnhof und sitzen im ersten heißen Sonnenlicht vor dem Hotel. Touristen packen ihre Wagen voll.

»Wie fühlst du dich?«

»Ich weiß nicht«, sagt er. »Ein bißchen nervös.«

Dann zuckt er die Achseln. Nach einer Pause fügt er hinzu: »Aufgeregt, schätz ich.«

»Das kann ich mir vorstellen.«

»Es ist eine lange Zeit gewesen«, sagt er. »Erinnerst du dich noch an den Tag, als ich hier ankam?«

Der Tag, an dem er ankam …

»Ich dachte, ich würde ein, zwei Wochen bleiben.« Er lacht. »Ein, zwei Wochen. Es fühlt sich an wie mein ganzes Leben.«

Ja. Das ist wahr. Und meines. Diese langen Monate. Es ist, als wäre ich im Gefängnis gewesen. Meine Rippen sind zu sehen. Meine Haut ist weiß, so weiß, daß ich mich schämen würde, mich vor anderen auszuziehen. Und damit ist eine Bitterkeit verbunden, die in mich einsickert wie eine Lauge.

Der Zug fährt um elf Uhr vierzig. Wir wiegen sein Gepäck im Bahnhof. Zweiundzwanzig Kilo. Wir rechnen es aus, er hat ein paar Pfund zuviel. Wenn er auf dem Flughafen ist, kann er ein paar Sachen herausnehmen und sie in die Taschen stecken.

»Nur daß ich nichts sehr Schweres habe«, sagt er.
»Schuhe.«
»Ja«, sagt er, »das wird toll aussehen.«
Wir stehen auf dem leeren *quai*, allein wie Möwen. Der Bahnhof ist trostlos. Die Uhr hat gerade schwarze Zeiger, die zucken, wenn sie sich bewegen. Plötzlich bin ich überwältigt von der Einfachheit des Ganzen: er fährt fort. Wir stehen hier und warten auf den Zug. Es ist die letzte Stunde.
Schließlich taucht er auf. Er ist zuerst still, selbst als er schon näher herankommt, und er scheint nicht langsamer zu werden. Dann berührt uns sein Atem. Die Fenster blättern vorbei, etwas über Augenhöhe. Sie trennen sich, werden langsam, kommen zum Halt. Wir gehen zur Tür. Ich folge ihm, und wir finden ein leeres Abteil, wo wir sein Gepäck in der Ablage über der Sitzbank verstauen. Ich fühle mich unerträglich verlegen, aber es dauert nicht mehr lange, eine Minute oder zwei, bis zum Pfiff. Ich sage auf Wiedersehen und trete auf den Bahnsteig hinaus. Der Zug beginnt sich zu bewegen. Er beschleunigt schnell. Ich sehe ihn winken. Ich trete zurück. Ich winke selbst auch. In dem Moment denke ich an sie, allein, den Kopf über die Arbeit dieses Morgens gebeugt. Ihr Gesicht wirkt gewöhnlich. Sie hat ein kleines Kinn. M. Hoquetis fragt sie, ob es ihr gut geht. *Oui, monsieur,* sagt sie. Ist sie sicher – sie sieht unwohl aus. Sie versucht zu lächeln. *Non, monsieur*. Ich kann mir nicht vorstellen, was sie empfindet. Ich kann es nur ahnen, an ihrem absoluten, ihrem totalen Schweigen ermessen, als der Zug eine Biegung macht und den Viadukt hoch in der Morgenluft überquert.
Der Delage steht untersetzt im Sonnenlicht, mit der Schnauze am Rinnstein. Ich gehe um ihn herum. Der Staub Frank-

reichs, schwarz von Öl, klebt an den Bremstrommeln. Eine Schicht toter Insekten bedeckt die Scheinwerfer. Ich fahre zum Haus zurück. Er lenkt sich wie ein Lastwagen. Ich stelle mir vor, daß die Leute in den Cafés mir nachblicken. Ich bin ein wenig nervös. Natürlich würge ich ihn an der Ecke ab. Ich versuche, ihn wieder anzulassen. Ein Motorradfahrer kommt heran, steht neben mir und starrt mich an.

Später am Nachmittag bekomme ich einen Anruf aus Paris. Es ist Dean. Die Verbindung ist schlecht – seine Stimme klingt dünn und schrill.

»Wie ist es in Paris?«

»Gott, ist das voll hier«, sagt er. »Es müssen eine Million Touristen in der Stadt sein.«

»Wirklich?«

»Du solltest mal die Wagen sehen.«

»Hatten sie deine Reservierung?«

»Ja«, sagt er, »alles bestens. Ich fliege um halb acht. Sie haben mich für einen Franzosen gehalten, was für ein Gefühl! Ich glaube, weil ich mein schwarzes Hemd trage. Na ja, vielleicht auch, weil es ein bißchen dreckig ist ...«

»Es ist dein Haarschnitt.«

»Wahrscheinlich hast du recht. Hör mal, vielen Dank für alles. Ich vermisse Autun jetzt schon. Ich schreib dir einen langen Brief.«

»Schön.«

Der Abend ist ruhig und klar. Ich bin zum Essen bei den Jobs. Ich gehe gegen sieben aus dem Haus. Es ist noch reichlich Zeit. Die Straßen sind merkwürdig still, aber vielleicht nur, weil ich nicht mehr hinhöre. Place du Carrouge. Ich gehe auf die andere Seite hinüber, sehe hinauf. Ihre Läden sind geschlossen. Ich kann nicht erkennen, ob sie da ist. Sie wird jetzt an den Wochenenden nach Hause fahren, das weiß ich, in der Dämmerung den Bahnhof hinter sich lassen, Fahrräder schlängeln sich an ihr vorbei, leise Stimmen. Sie nimmt den Koffer in die andere Hand, sein Gewicht nimmt ihrem Gang die Grazie, sie wirkt fast schwerfällig. Sie trägt hohe Absätze. Sie braucht fast eine halbe Stunde, den letzten Teil des Weges geht sie am Kanal entlang. Das Wasser ist unbewegt. Das Licht schwindet. Schwalben schießen schneidend durch die Dunkelheit über den Feldern. Madame Job, ihr Gesicht wie ein Ellenbogen, nimmt mich an der Tür in Empfang.

Bevor er einstieg, stand die Sonne in Orly schon tief. Fast kein Wind. Eine weite, bösartige Ruhe. In der Entfernung, blau wie Winter, die verschwommenen Dächer der Stadt. Rauch. Im Osten wird es schon dunkel. Im Flugzeug ist alles hell erleuchtet. Dean sitzt am Fenster, als es in der abendlichen Stille zur Startbahn rollt, die großen Reifen rumpeln über die Fugen der Betonplatten. Die Anschnallzeichen sind erleuchtet. Das NO SMOKING ist an. Unvermittelt gerät meine Vorstellung in Panik, sie stürzt von einer Sache zur anderen. Ich bin ihm solange gefolgt, daß ich ein Gespür für Gefahren habe. Sie wenden in Richtung der Startbahn. Die ganze perfekte Maschinerie des Fluges beginnt zu arbeiten. Die riesigen, aber anmutigen Flügel zittern. Die Motoren brüllen. Und jetzt, im letzten Moment, beginnt es, sich zu bewegen, langsam, mit einer Majestät, die ich nicht ertragen kann, lange scheint es nicht schneller zu werden, bis es plötzlich vorüberschießt, sich hebt, den Boden verläßt. Es gewinnt steil an Höhe. Die weiche Dunkelheit des Sommerhimmels empfängt es. Die Lichter werden schwächer, das Geräusch, und schließlich bleibt ganz Frankreich, jetzt unsichtbar, das Frankreich aller Jahreszeiten, tief in die Stille der Nacht versunken, hinter ihm zurück.

36 Wir treffen uns im Café Foy. Mit seiner düsteren Reihe von Nischen, seinen Tischen im hinteren Teil, ist es wie ein leerer Eisenbahnwaggon. Das Licht des späten Nachmittags erfüllt es, die Ruhe der Provinz. Der *patron* spielt mit einem Freund Domino.

Ganz allein, der Tag hinter ihr, kommt sie nach hinten, wo ich sitze, und streckt mechanisch die Hand aus. Ein einziges nach unten gerichtetes Schütteln, das uns beide verlegen macht.

»*Bonjour*«, sagt sie ruhig.

»*Bonjour.*«

Sie sitzt mit niedergeschlagenen Augen da, der bloße Tisch zwischen uns. Der Tag ist sehr weiß in der Tür, so scheint es, das Weiß getrübten Wassers. Der Verkehr gleitet lautlos vorbei.

Dean ist am zwölften Juni bei einem Autounfall umgekommen. Es gibt wenig Einzelheiten. Es regnete. Es war Nacht. Er war auf dem Weg aufs Land, um seine Schwester zu besuchen. Glassplitter überall, der Regen schüttete herab. In beiden Richtungen lange Autoketten, die darauf warteten, an der Unfallstelle vorbeifahren zu können, die Scheinwerfer dicht hintereinander, langsam wie Teile einer großen Prozession. Ich konnte es einfach nicht glauben. Es schien unmöglich, es schien falsch, obwohl ich es schon lange erwartet hatte.

Ich habe das Gefühl, daß ich sie endlos lange ansehe, bevor wir sprechen – ich kann das tun, ohne daß sie es überhaupt bemerkt –, und ich sehe dasselbe Mädchen vor mir, das damals uns gegenüber an dem Tisch im Etoile d'Or saß, weil sie plötzlich dasselbe blasse, unsichere, irgendwie resignierte Mädchen *ist*. Es ist genau so, als träfen wir uns das erste Mal. Ich weiß nicht, was ich sagen soll. Es ist hoffnungslos. Mir ge-

genüber sitzt ein ganz gewöhnliches Mädchen, gutaussehend, vielleicht nicht allzu intelligent. Das Schweigen beginnt uns zu verzehren. Wir sitzen in dem schmalen, leeren Raum. Ich sehe auf das Fenster, sie auf die Rückwand. Ich nehme ihre Hand. Sobald ich sie berühre, füllen sich ihre Augen. Sie beginnt zu weinen. Ich sehe zu Boden. Sie wußte es, sagt sie. Als sie spricht, laufen die Tränen ihr die Wangen herunter. Sie tut nichts dagegen. Wir sitzen schweigend da.
»Anne-Marie«, sage ich, »was wirst du tun? Wirst du hier in der Stadt bleiben?«
Sie hebt die Schultern.
»Ich weiß nicht«, murmelt sie.
»Vielleicht wäre es besser, wenn du nach Hause fährst.«
»Nein«, sagt sie.
»Bist du sicher?«
Sie nickt.
»Also ... weißt du, ich gehe hier bald weg. Ich dachte, du willst vielleicht auch nicht hierbleiben, und wenn du Hilfe brauchst, um woandershin zu gehen, na ja, ich würde sehr gern ... tun, was ich kann. Ich meine, wenn du Geld brauchst ...«
Sie scheint nicht zuzuhören. *Merci*, sagt sie.
Es ist sehr schwierig. Nach einer Weile versuche ich es noch einmal. Ich frage sie, ob sie essen gehen möchte. Sie scheint sich das zu überlegen, schüttelt aber schließlich den Kopf, nein. Ich warte darauf, daß sie von ihm spricht, von sich selbst, irgend etwas, aber es kommt nicht. Die Tränen haben ihre Wangen fleckig gemacht. Sie wischt sie nicht weg. Und es ist hier im Foy, wo wir uns voneinander verabschieden und dann zusammen zur Tür gehen. Die Straße draußen ist voller Leute, die einkaufen gehen. Die Autos kommen kaum durch. Ich sehe zu, wie sie die Straße über-

quert; sie geht an Menschen vorbei, ohne sie zu berühren, sie geht ziemlich schnell.
Vielleicht – dessen ist sie, wie ich weiß, fähig – taucht sie am Abend doch auf, unten am *gare,* kommt die breite Straße allein herunter, als machte sie bloß einen Spaziergang. Denn in Deans Leben, wenn es das denn gab, kam sie immer, wohin er sie bat, egal, wie weit. Sie zögerte nie. Sie kam, um ihn zu treffen, ich weiß genau, was sie tat, wie großzügig sie war, wie natürlich. Und wie süß ihre ersten Unterhaltungen in der Sprache waren, die sie ihn lehrte.

37 Viele Fragmente fallen mir ein, werden entdeckt, tauchen wieder auf. Ich gehe im Zimmer herum und nehme Dinge auf oder erinnere mich an sie, Dinge, die narkotisch wirken, die mich zum Träumen bringen – die Details, die Reliquien der Liebe, von einer schmerzlichen Schönheit erfüllt. Hinten in einer Schublade finde ich den verlorenen Teil der Liste, die sie in Nancy gemacht haben, die Namen von Hotels. Es paßt genau an das andere Stück. Darauf die merkwürdigen toten Worte: *Obelisk. Suez. Tous les Oiseaux du Monde.* Da ist nur ein Name in ihrer Handschrift: *Ritz.*
Das Sonnenlicht dieses eisigen Morgens fällt durch riesige Fenster auf mein Gesicht, durch große Glasflächen mit kleinen Makeln, geläutert durch eine bittere Sonntagsstille. Im Morgengrauen steht der Rauch blau in den billigen Bars der Stadt. Die Veteranen husten. In Nancy kam sie zur Welt, und dort lernte sie auch, in dieser jungen, schlichten Handschrift zu schreiben:

… es gibt nichts, was nicht Dir gehört, alles, was ich denke, alles, was ich fühlen kann. Es ist mir nur peinlich, daß ich nicht genug weiß. Aber es ist mir egal, wenn Du nie mir gehörst, ich will nur dir gehören, sei hart mit mir, streng, aber verlaß mich nicht, mach einfach, was du auch mit einer anderen Frau machen würdest – bitte. Ich sterbe sonst. Ich verstehe jetzt, daß man an der Liebe sterben kann.

Ich bekomme einen Brief von seinem Vater, der mir nach Paris nachgeschickt wird. Er bittet mich, Deans persönliche Sachen nach Amerika zu senden. Cristina wird sich darum kümmern, sagt sie. Ich versichere sie, daß nicht viel da ist. Was den Wagen angeht, so ist das eine merkwürdige Geschichte – er ist auf den Namen Pritchard, 16bis rue Jadin, eingetragen, und sie kennen ihn. Er verbringt den Sommer in Griechenland, meinen sie, aber sie werden sich auch darum kümmern. Vielleicht. Er steht in der Nähe des Hauses unter Bäumen, abgeschlossen, aber wie ein sehr alter kränkelnder Mann beginnt er vor meinen Augen zu verfallen. Die Reifen scheinen gar kein Profil mehr zu haben. Tote Blätter liegen auf der Kühlerhaube, auf dem verblichenen Dach. An den Rädern kann man die ersten leichten Verfärbungen des Chroms feststellen. Das Leder drinnen, wenn man durch die schmutzigen, blaustreifigen Fenster hineinsieht, ist trocken und rissig. Da steht sie, die stillgelegte Maschine, ungehört tickt die elektrische Uhr im Armaturenbrett, die ihr langsam das letzte Leben aussaugt. Und eines Tages zeigt auch die Uhr eine falsche Zeit an. Die Zeiger stehen still. Es ist zu Ende.
Schweigen. Ein Schweigen, das auch über mein Leben gekommen ist, ich habe nichts dagegen, das einzugestehen. Es

sind nicht die großen Plätze Europas, die mir trostlos erscheinen, sondern die Myriaden von kleinen Städten, die sich fest gegen den Reisenden verschließen, Städte, die so still sind wie die Landschaft selbst. Die Läden der Häuser sind alle zugezogen. Nur gelegentlich kriecht eine Spur Licht hervor. Die Felder werden dunkel, Schwalben schießen über ihnen dahin. Ich fahre schnell durch diese Städte. Bevor der Abend kommt, bin ich wieder draußen, bevor das Neon der Kinos angeht, vor den einsamen Abendessen. Ich verbringe nie eine Nacht in ihnen.

Aber natürlich ist Dean in einem Sinne nie gestorben – seine Existenz ist über solche Zufälle erhaben. Man braucht Helden, und das heißt, daß man sie sich schaffen muß. Und sie werden durch unseren Neid, unsere Treue real. Wir sind es, die ihnen ihre Majestät geben, ihre Macht, die wir selbst nie besitzen könnten. Und sie wiederum geben uns etwas davon zurück. Aber sie sind sterblich, diese Helden, genau wie wir es sind. Sie halten nicht für immer. Sie verblassen. Sie verschwinden. Sie werden zurückgelassen, vergessen – man hört nichts mehr von ihnen.

Was Marie-Anne angeht, sie lebt jetzt in Troyes oder hat dort gelebt. Sie ist verheiratet. Wahrscheinlich hat sie Kinder. Sie gehen sonntags spazieren, das Sonnenlicht fällt auf sie. Sie besuchen Freunde, reden, gehen abends nach Hause, tief in dem Leben, das, wie wir alle finden, so ungemein ersehnenswert ist.

James Salter

»Klar, hart, grandios.« NZZ

James Salter
In der Wand

Vernon Rand ist Bergsteiger. Eines Tages beginnt er Hals über Kopf ein neues Leben. Er verlässt seine Arbeit, seine Frau und fliegt nach Genf, um in den Alpen zu klettern. Zusammen mit seinem Freund Cabot beschließt er, die Nordwand des Dru zu besteigen. In der Wand kommt es zur Katastrophe. Cabot stürzt ab und bleibt gelähmt. Rand kann das nicht akzeptieren und versucht, seinen Freundmit allen Mitteln zu heilen – körperlich und psychisch.

»James Salter schreibt mit so knapper und disziplinierter Gestik, wie Piloten Flugzeuge bedienen oder Bergsteiger Haken schlagen.« *FAZ*